岩 波 文 庫

31-211-1

山 頭 火 俳 句 集

夏 石 番 矢 編

岩 波 書 店

目次

俳句

明治四十四(一九一一)年……一
明治四十五・大正元(一九一二)年……四
大正二(一九一三)年……五
大正三(一九一四)年……七
大正四(一九一五)年……一〇
大正五(一九一六)年……一五
大正六(一九一七)年……一九
大正七(一九一八)年……二二
大正八(一九一九)年……二四

大正九(一九二〇)年……三四
大正十(一九二一)年……三五
大正十一(一九二二)年……三六
大正十四(一九二五)年……三七
大正十五(一九二六)年……三八
昭和二・三(一九二七/二八)年……三九
昭和三(一九二八)年……四〇
昭和四(一九二九)年……四〇
昭和五(一九三〇)年……四二
昭和六(一九三一)年……五三
昭和七(一九三二)年……五六
昭和八(一九三三)年……七八
昭和九(一九三四)年……一〇二
昭和十(一九三五)年……一三三

昭和十一(一九三六)年……一四三
昭和十二(一九三七)年……一五〇
昭和十三(一九三八)年……一五三
昭和十四(一九三九)年……一六一
昭和十五(一九四〇)年……一七五

日記

昭和五(一九三〇)年……一八七
昭和六(一九三一)年……二一三
昭和七(一九三二)年……二一八
昭和八(一九三三)年……二八二
昭和九(一九三四)年……三一〇
昭和十(一九三五)年……三三九
昭和十一(一九三六)年……三三九

昭和十二(一九三七)年……三五四
昭和十三(一九三八)年……三七一
昭和十四(一九三九)年……三九一
昭和十五(一九四〇)年……四〇五

随筆

ツルゲーネフ墓前におけるルナンの演説……四二一
夜長ノート……四二六
生の断片……四三一
底から……四三六
十字架上より……四四〇
俳句における象徴的表現……四四七
象徴詩論……四四九
燃ゆる心……四五二

最近の感想……四五六
白い路……四五九
手記より……四六二
私を語る……四六五
水……四六八
故郷……四七〇
鉄鉢の句について……四七二
再び鉄鉢の句について……四七四
無題……四七六
履歴書……四八一
解説(夏石番矢)……四八五
略年譜……五〇三
俳句索引……五〇九

俳句

明治四十四(一九一一)年

夏の蝶勤行の瞼やや重き

後園に名花散んぬ夏の蝶を嘆ず

流藻に夢ゆらゝなり夏の蝶

カフエーにデカダンを論すなつの蝶飛べり

サイダーの泡立ちて消ゆ夏の月

白きもの網にうごくよ夏の月

夕立晴るゝ高楼に妓や山路なる

岐路に堕して激論も夜を長うせり

韮咲きぬ妓生に不平吐くべかり

放鳥の嘆くか森に谺(こだま)ある

君を送る急行列車柿渋き云ふ

古聖の徳を祝く此村に柿多き

島の悲劇もふと見たり芒に印象す

友にきくセメント岩や枯芒

忘れえぬ面影や秋晴れの宿

追放す邪宗徒もありて夜長船

不平難ず返書炉開の比喩もあり

家格また炉開の事に見る悲し

明治四十五・大正元(一九一二)年

窓に迫る巨船あり河豚鍋の宿

壁書さらに「黙」の字ませり松の内

病む児守る徒然を遠き凧も見て

野分海の遠鳴も徹夜読む床に

酒も断たん身は凩の吹くままに

大正二（一九一三）年

実験室の微風や蛙ならべある

構内そよろの花菜風汽車待つ間読む

散歩がてらポストまで花菜匂ふ夜を

我は大正の物臭太郎也

今日も事なく暮るゝなり物臭は蟬鳴いて

諸戸開いて寝そべりぬ夏野見るとなき

夏野ほのかに匂ふもの傘白き行く

明日の行程地図に見る夏野草敷いて

あるかなきかの枯野風茱萸(グミ)明りして

いつも清げに誰待てる二階枯野占む

気まぐれをうかと見ぬ紫雲英濃き雨に

大正三（一九一四）年

教会の鐘が鳴る霧晴れを行く

今日も事なし凩に酒量るのみ

病床にて　五句〔二句〕

店のさゞめき夢のよに火燵なつかしむ

雪降りそめし葉のそよぎ暗き病床に

絵本見てある子も睡げ木蓮ほろゝ散る

我とわが子と二人のみ干潟鳶舞ふ日

構内倉庫建つまゝに柳青みたり

岩国にて　二句

空に雲なし透かし見る火酒の濃き色よ

酔へば物皆なつかし街の落花踏む

子連れては草も摘むそこら水の音

線路あさる鴉ありうらゝ汽車待てば

御大喪の夜　二句

闇をぬいて巨松立つ不時の篝火に

闇路戻れば藪しゞま啼ける何鳥か

嵐やみしだるき空うつろ鳴く雲雀

野良猫が影のごと眠りえぬ我に

松裂かれしまゝにして炎天浮く蜻蛉

句集措いて見入る海少し波立てり

海は見えず波とゞろ一人酔ひ足りぬ

触るれば死に真似の虫やがて冷やかに這ひぬ

蜻蛉去ればば蜂が来る書斎静心

十月二日、佐合島の破苦船居を訪ふ　三句〔一句〕

友や待つらんその島は晴々と横はれり

大正四(一九一五)年

風は裸木虐げて水に沈みたれ

沈み行く夜の底へ底へ時雨落つ

波の果てより雲湧いて白帆一つ生まれぬ

独り飲む我に大鏡寒う照れり

一夜、事ありて夜もすがら歩く　二句〔一句〕

大きな鳥の羽ばたきに月は落ちんとす

湯田温泉　二句〔一句〕

唄さびしき隣室よ青き壁隔つ

風ふく夜のこゝちようコップ砕けたり

汽車とゞろけば鴉散る銀杏真裸なり

海は濁りてひた〳〵と我れに迫りたれ

旅中　三句〔一句〕

濃き煙残して汽車は凩の果てへ吸はれぬ

強き闇にわが巻煙草の小さき火影かな

風がはた〳〵窓うつに覚めて酒恋し

独り飲みをれば夜風騒がしう家をめぐれり

森の奥の柑子畑柑子かゞやけり

水音かすかにまた時雨る森のしめやかさ

波のうら〳〵捨石炭(スミ)拾ふ二人の児かな

闇の奥に火が燃えて凸凹(デコボコ)の道を来ぬ

星のまたゝき海は蒼醒めて波打てり

少し酔へり物思ひをれば夕焼けぬ

虻が交みてやがて分れたり光る大空

風のまに〳〵孤雲（ヒトツグモ）ひろがりて消えぬ

蝶々もつれつゝ青葉の奥へしづめり

一日物いはず海にむかへば潮満ちて来ぬ

酒倉屋根に陽は渦巻きて蝶々交れり

鳩群れて飛べり果てもなう照り映ゆる空

叫ぶ男あり夜潮ゆらめくのみの暗さ

波よ照れ〳〵子らにまじりて泳ぎいづ

三日月ほのと名も知らぬ花のゆらぎをる

大正五（一九一六）年

石ころに夕日しむのみ鳥も来ず

鉄柵の中コスモス咲きみちて揺る

乞食ゆき巡査ゆき柳ちるなり

昇る日さんらん死人（シビト）にふりそゝぐかな

ひとすぢのひかり雲をつらぬき芒そよがず

夢深き女に猫が背伸びせり

凩のなか物たゝく音の暮れゆけり

藪の奥をひやゝかに湧きて澄める水

あてもなく踏み歩く草はみな枯れたり

藪かげの光あつめて梅はましろし

凩に吹かれつゝ光る星なりし

浪の音聞きつゝ遠く別れ来し

涙流れぬしん〱と燃ゆる火の前に

寂しき春　十一句(二句)

囚徒が四五人話しをる麦青けれ

光と影ともつれて蝶々死んでをり

父子ふたり水をながめつ今日も暮れゆく

汽車すぎしあと薔薇がまぶしく咲いてゐたり

さゝやかな店をひらきぬ桐青し

兵隊おごそかに過ぎゆきて若葉影あり

蛙蛙独りぼつちの子と我れと

土掘る音　十一句〔一句〕

読経流れて木立いつせいにそよぎけり

大正六(一九一七)年

黒き手が黒き手が木の実つかみたり

ゆきゝたえず猫がつめたく死んでをり

警察署庭木ひそかな葉を降らす

エンヂンのひゞきたえずして月の大空

店しまふわれのみに月の木影かな

雪やみけり一列の兵士たゞしく過ぐ

あてもなくさまよふ路の墓地に来ぬ

海よ海よふるさとの海の青さよ

大きな穴が掘らるゝ街のしづけさよ

兵隊過ぎぬそのにほひ暗き真夜中

電話地下線工事

炎天の街のまんなか鉛煮ゆ

本妙寺

南無妙法蓮華経人の子の手はたゞれたり

電話地下線工事

鶴嘴ひかるやぐざと大地に突き入りぬ

監獄署見あぐれば若葉匂ふなり

青い灯赤い灯人のゆく方へついてゆく

大正七(一九一八)年

飯　十一句〔二句〕

大きな蝶を殺したり真夜中

真昼かなしきおもひわく日輪たかし

エンジンの響き身ぬちにひびく大地に響く

たまさかに飲む酒の音さびしかり

生きものの命　十一句栃木温泉にて〔四句〕

水はみな音たつる山のふかさかな

鳥よこち向けさびしいこころうたはうぞ

蛙ぴよんと飛びしがやがて踏まれたり

つと起きし児が金魚の死骸つかみたり

いつ見ても咲いてゐる花赤い花

先生のお話山の青さの流るる風

大正八(一九一九)年

一すぢの煙悲しや日輪しづむ

星空の冬木ひそかにならびゐし

大正九(一九二〇)年

紅塵　十四句〔五句〕

労れて戻る夜の角のいつものポストよ

蝶ひとつ飛べども飛べども石原なり

兵隊さんが唄へば児等も唄ふかな

陽ぞ昇る空を支ふる建物の窓窓

みんなの唄にエンヂンがよくまはる昼

大正十(一九二一)年

ほころび縫う身に沁みて夜の雨

お日様かたむきとんぼの眼玉がひかるぞい

月夜の水を猫が来て飲む私も飲まう

大正十一(一九二二)年

けふもよく働いて人のなつかしさや

虎雄氏に

おほらかに君歩み去る河岸落葉

ま夜なかひとり飯あたゝめつ涙をこぼす

風の巷の大時計鳴らず

思ひつかれて帰る夜の大地震あり
（十二月八日夜強震あり）

大正十四(一九二五)年

大正十四年二月、いよいよ出家得度して肥後の片田舎なる味取観音堂守となつたが、それはまことに山林独住の、しづかといへばしづかな、さびしいと思へばさびしい生活であつた。

松はみな枝垂れて南無観世音
＊〔草木塔〕

松風に明け暮れの鐘撞いて
＊

真夜中はだしで猫がもどつて来た

山寺の猫真夜中虫とつて来てあそぶ

大正十五(一九二六)年

大正十五年四月、解くすべもない惑ひを背負うて、
行乞流転の旅に出た。

分け入つても分け入つても青い山 *

炎天をいただいて乞ひ歩く *

放哉居士の作に和して

鴉啼いてわたしも一人 *

生を明らめ死を明らむるは仏家一大事の因縁なり
(修証義)

生死の中の雪ふりしきる *

昭和二・三(一九二七／二八)年

この旅、果もない旅のつくつくぼうし　＊

へうへうとして水を味ふ　＊

まつすぐな道でさみしい　＊

しぐるるや死なないでゐる　＊

昭和三(一九二八)年

踏み入れば人の声ある冬の山

殺された蚤の音だ

放哉墓前の句より

墓のしたしさの雨となつた

昭和四(一九二九)年

水はあふれ魚は泳ぐ

また見ることもない山が遠ざかる

＊

どうしようもないわたしが歩いてゐる

＊

捨てきれない荷物のおもさまへうしろ

＊

掻けば剝げる肉体の秋

あんなに降つてまだ降つてやがる

昭和五(一九三〇)年

こんなにうまい水があふれてゐる　＊

おぼつかない日本語で飴がよう売れる

ボタ山の雪晴れてゐる

ふるさとの自動車の泥水ぞんぶん浴びた

タコ壺かこひ草もゆる春になつた

横顔の美しいジヤズ

嵐の中の墓がある

こゝで泊らうつくつくほうし

焼き捨てゝ日記の灰のこれだけか

旅はさみしい新聞の匂ひかいでも

蒸し暑い日の盗人つかまへられてしまつた

投げ与へられた一銭のひかりだ

墓がならんでそこまで波がおしよせて

＊

吠えつゝ犬が村はづれまで送つてくれた

これが別れのライスカレーです

暮れの鐘が鳴る足が動かなくなつた

子供と人形と猫と添寝して

酔うてこほろぎと寝てゐたよ

＊

何とたくさん墓がある墓がある

はだかでだまつて何掘つてるか

こんなに米がとれても食へないといふのか

このまゝ死んでしまふかも知れない土に寝る

父が掃けば母は焚(た)いてゐる落葉

お経あげてゐるわがふところは秋の風
ふりかへらない道をいそぐ
やるせない夢のうちから鐘が鳴りだした
崖はコンクリートの蔦紅葉
暮れてなほ耕す人の影の濃く
雨だれの音も年とつた

見る〳〵月が逃げてしまつた

ホイトウとよばれる村のしぐれかな

支那人の寝言きいてゐて寒い

ふる郷ちかい空から煤ふる

日記焼き捨てる火であたゝまる

空も人も時化ける

風の中声はりあげて南無観世音菩薩

火が何よりの御馳走の旅となつた

ふる郷ちかく酔うてゐる

水を前に墓一つ

憂鬱を湯にとかさう

緑平居

ボタ山の下でまた逢へた

ボタ山もほがらかな飛行機がくる

サーカス所見

いつも動いてゐる象のからだへ日がさす

乞ふことをやめて山を観る

ボタ山のたゞしぐれてゐる

音を出てまた音の中

寝てゐる猫の年とつてゐるかな

なつかしくもきたない顔で
人は動かない機械は動いてゐる
今夜のカルモチンが動く
廃坑の霜がぬくうとけてゆく
これでも生活（くらし）のお経あげてゐるのか
車、人間の臭を残して去つた

地下室を出て雨の街へ

墓をおしのけレールしく

飛行機飛んで行つた虹が見える

おいしいにほひのたゞよふところをさまよふ

自動車まつしぐらに村の夕闇をゆるがして行つた

水のんでこの憂鬱のやりどころなし

寝るところが見つからないふるさとの空

火が燃えてゐる生き物があつまつてくる

日を浴びつゝこれからの仕事を考へる

自分の家を行きすぎてゐたのか

あんな夢を見たけさのほがらか

寒い風の広告人形がよろめく

降つてきたのは煤だつた

昭和六（一九三一）年

自嘲

笠も漏りだしたか

すさんだ皮膚を雨にうたせる

老遍路さん

持てるものみんな持つて歩いてゐる

闇をつらぬいて自動車自動車

ひそかに蓄音機かけてしぐれる

おみくじひいてかへるぬかるみ

吹いても吹いても飴が売れない鮮人の笛かよ

雪空、痒いところを掻く

あんなに泣く子の父はゐないのだ

デパートのてつぺんの憂鬱から下りる

星があつて男と女

なんぼ食べても食べ足りない象はうごく

大空晴れわたり死骸の沈黙

重荷おもくて唄うたふ

ひとりにはなりきれない空を見あげる

自嘲

うしろ姿のしぐれてゆくか

昭和七(一九三二)年

鉄　鉢　の　中　へ　も　霰(あられ)

父によう似た声が出てくる旅はかなしい

海のあなたはふるさとの山に雲

山ふかくなり大きい雪がふつてきた

雪中行乞

雪　の　法　衣　の　重　う　な　る

酒やめておだやかな雨

佐世保駅凱旋日

骨（コツ）となつてかへつたかサクラさく

あすもあたゝかう歩かせる星が出てゐる

旅もをはりの、酒もにがくなつた

夢

忘れようとするその顔の泣いてゐる

腹底のしく〱いたむ大声で歩く

春へ窓をひらく

松風に鉄鉢をさゝげてゐる

へんろの眼におしよせてくだけて白波

旅人のふところでほんにおとなしい児

あたゝかい子犬の心がようわかる

さくらさくらさくさくらちるさくら

市役所風景

いちにち働らいた塵をあつめてゐる

水たまりがほがらかに子供の影うつす

霞の中を友の方へいそぐ

風のトンネルぬけてすぐ乞ひはじめる

ひさしぶり話してをります無花果(いちじく)の芽

風の建物の入口が見つからない

ＪＯＧＫ、ふるさとからちりはじめた
ぬかるみをふんできてふるさとのうた

映画

字幕消えてうまさうな水が流れる流れる
別れてきて橋を渡るのである

緑平老に

なつかしい頭が禿げてゐた
あるけばきんぽうげすわればきんぽうげ

うつむいて石ころばかり

星も見えない旅をつゞけてゐる

岩へふんどし干してをいて

ふるさとの夢から覚めてふるさとの雨

身にせまり啼くは鴉

ふるさとの言葉のなかにすわる

波音のお念仏がきこえる

ふるさとはみかんのはなのにほふとき

コドモが泣いてハナが咲いてゐた

門司埠頭凱旋兵

生きて還つてきた空の飛行機低う

添加

水を渡つて女買ひに行く

ばたり落ちてきて虫が考へてゐる

水音、なやましい女がをります

暗さ匂へば螢

おとなりが鳴ればこちらも鳴る真昼十二時

いちご、いちご、つんではたべるパパとボウヤ

さみしうて夜のハガキかく

鉄鉢かゞやく

これだけ残つてゐるお位牌ををがむ

しめやかな山とおもへば墓がある

いつまで生きよう庵を結んで

行乞

ありつたけ食べて出かける

さみしいからだをずんぶり浸けた

山ふかくきてみだらな話がはづむ

鮮人ルンペン

拾ふことの、生きることの、袋ふくれる

とりきれない虱の旅をかさねてゐる

これが私の歯であつた一片

釣られて目玉まで食べられちやつた

いつしよに伸べた手白い手恥づかしい手

墓から墓へ夕蜘蛛が網を張らうとする

おちつかない朝の時計のとまつてる

長かつた旅もをはりの煙管掃除です

山の仏には山の花

食べるもの食べきつたかなかな

ぴつたり身につけおべんたうあたゝかい

すゞしく蛇が朝のながれをよこぎつた

はだかではだかの子をだいてゆふべ

この木で二円といふ青柿のしづかなるかな

私の食卓、夏草と梅干と

よいゆふべとなりゆくところがない

暑さ、泣く子供泣くだけ泣かせて

炎天のポストへ無心状である

貧しさは水を飲んだり花を眺めたり
あをむけば蜘蛛のいとなみ
日ざかり、われとわがあたまを剃り
どうしてもねむれない夜の爪をきる
星あかりをあふれくる水をすくふ
風ふくふるさとの橋がコンクリート

ひさびさ雨ふりふるさとの女と寝る

ほうたるこいこいふるさとにきた

＊

夏草、お墓をさがす

炎天、まけとけまからないとあらそうてゐる

稲妻する過去を清算しやうとする

ちんぽこにも陽があたる夏草

花いばら、ここの土とならうよ

川棚温泉

こばまれて去る石ころみちの暑いこと

川棚温泉留別

三日月よ逢ひたい人がある

彼女ぢゃない、彼だ

こほろぎがわたしのたべるものをたべた

蚯蚓が半分ちぎれてにげたよ

いつさいがつさい芽生えてゐる

*

月おちて風ふく

こどもほしや月へうたうてゐる女

其中庵(ごちゅうあん)即事

なつめたわゝにうれてこゝに住めとばかりに

秋風の水で洗ふ

秋の蚊のないてきてはたゝかれる

旅のこころのおちついてくる天の川まうへ

わたしがはいればてふてふもはいる庵の昼

ひとりで酔へばこうろぎこうろぎ

招魂祭二句（一句）

ぬかづいて忠魂碑ほがらか

みほとけのかげわたしのかげの夜をまもる

酔へばやたらに人のこひしい星がまたゝいてゐる

くみあげる水がふかい秋となつてきた

さみしさがけふも墓場をあるかせる

郵便やさん、手紙と熟柿と代へていつた

わが井戸は木の実草の葉くみあげる

近眼と老眼とこんがらがつて秋寒く

ゆふ空から柚子の一つをもぎとる

秋空の電線のもつれをなをさうとする

月も林をさまよふてゐた
秋の夜ふかうして心臓を聴く
たそがれる木かげから木かげへ人かげ
おとはしぐれか
ひとりの火がよう燃えます
法衣ぬげば木の実ころころ

秋の野のほがらかさは尾をふつてくる犬

障子たゝくは秋の夜の虫

秋ふかうなる井戸水涸れてしまつた

恋のこうろぎが大きい腹をひきずつて

みほとけはひとすぢのお線香まつすぐ

ほがらかにして親豚仔豚

晩課諷経

こゝにかうしてみほとけのかげわたしのかげ
からだいつぱい陽をあびとんぼに好かれる
誰も来ない茶の花がちります
お茶漬けさら〳〵わたしがまいてわたしがつけたおかうかう
もう冬がきてゐる木ぎれ竹ぎれ
街は師走の、小猿も火鉢をもらつてる

入日をまともに金借りて戻る河風

風に最後のマッチをすらうとする

雨がやまない、ちつとも酔はない酒を飲みつゞけてゐる

寝られない夜は狐なく

鉄鉢たたいて年をおくる

昭和八(一九三三)年

誰かきさうな空がくもつてゐる枇杷の花

凩の火の番の唄

雨のお正月の小鳥がやつてきて啼く

お正月のからすかあかあ

三日月さん庵をあづけます

酔へばいろ〱の声がきこえる冬雨

述懐

煙草のけむり、五十年が見えたり消えたり

考へてゐる電灯ともつた

冬蠅よひとりごというてゐた

長い手紙をかけばしたしく虹がたち

よごれものは雨があらつてくれた

冬ぐもり、いやな手紙をだしてきたぬかるみ

あたたかし火を焚いて古人をおもふ

食べるもの食べつくし何を考へるでもない冬夜

つめたいたたみをきて虫のぢつとしてゐる

たたずめばどこかで時計鳴る

松茸

はなれて遠いふるさとの香を呼ぶ

家を持たない秋ふかうなつた

まとも木枯のローラーがころげてくる

鴉ないて待つものが来ない

其中（ごちゅう）雪ふる一人として火を焚く

*

雪、雪、雪の一人

産湯すてる雪のとける

雪から大根ぬいた

水のいろのわいてくる

林のなか、おちついて雪と私

みぎひだりさむいさむいあいさつ

とう〳〵雪がふりだした裏藪のしづもり

けふいちにちはものいふこともなかつたみぞれ

霜をふんでくる音のふとそれた

何だか死にさうな遠山の雪

影が水を渡る

電灯ひとつ人間ひとり

ふけて炊かねばならない煙がさむい

樹明君に

月が暈きた餅持つてきてくれた

腹が鳴る、それに耳をかたむけてゐる私

ゆふべのサイレンのながうてさむうて

暮れても耕やす人かげに百舌鳥(もず)のけたたましく

柳井田所見

これが新国道で、あれはやきいもや

みんな働らく雲雀のうた

太陽、生きものが生きものを殺す

藪のしづかさが陽をのんでしまつた

やつとふきのとう

椿ひらいて墓がある

札をつけられて桜ひらかうとして

ぬくとくはうてきて百足(むかで)は殺された

灯火管制の月夜をさまよふ

南無地蔵尊、こどもらがあげる藪椿

月夜いつぱいサイレンならしつゞける

春の野が長い長い汽車を走らせる

雑草はうつくしい淡雪

どうすることもできない矛盾を風が吹く

水音もあたらしい橋ができてゐる

何だか物足らない別れで、どこかの鐘が鳴る

こゝにも春が来て生恥をさらしてゐる

夜ふけの風がでてきてわたしをめぐる

其中庵に春風春水一時に到る

春さむく針の目へ糸がとほらない

草萌えるあちらからくる女がめくら

ひなたの六地蔵どれも首がない

一人が一人を見送るバスのほこり

子供がねつしんに見てゐる機械がよう廻る

咲くより剪られて香のたかい花

忘れられて空へ木の実のゆれてゐる

闇 が 空 腹

水にそうてふるさとをはなれた

ぬいてもぬいても草の執着をぬく

＊

仕事を持たない手の晴れて風ふく

ながい毛がしらが

水をへだてゝをなごやの灯がまたゝきだした

橋の下のすゞしさやいつかねむつてゐた

おばあさんが自慢する水があふれる
カフヱーもクローバーもさびれた蓄音器の唄
死にそこなつた、こうろぎがもうないてゐる
まだかきをきをかきをえてゐない腹のいたみをおさへ
ひえ〴〵とからだをのばし蛇もうごかない
みんないんでしまつた炎天

炎天の機械と人と休んでゐる

遠雷すふるさとのこひしく

朝からはだかで蟬よとんぼよ

晴れわたり青いひかりのとんぼとあるく

をのれにひそむや藪蚊にくんだりあはれんだりして

風のなかおとしたものをさがしてゐる

自動車が通つてしまへば群とんぼ
血がほとばしる、わたしのうつくしい血
警察署の裏はきたない水へ夾竹桃
子のことは忘れられない雲の峰
生きのびて蔦のからんだ門のうち
ぼろきてすずしい一人があるく

枕がひくうて水音がたえない一夜

家がとぎれると水音の山百合

いたゞきのはだかとなつた

ふるさとのながれや河鹿また鳴いてくれる

ふるさとの水をのみ水をあび

山の青さへつくりざかやの店が閉めてある

炎天のした蚯蚓はのたうちまはるばかり

逢ひたいが逢へない伯母の家が青葉がくれ

山頭火には其中庵がよい雑草の花

ころころころげてまんまるい虫のたすかつた

胡瓜（きゅうり）の皮をむぐそれからそれと考へつゝ

風がさわがしく蟬はいそがしく

街からつかれてお米と蠅ともらつてもどつた

ききようかるかやことしの秋は寝床がある

死んだまねして蜘蛛はうごかない炎天

子のことも考へないではない雲の峰がくづれた

このうまさは山の奥からもらつてきた米

山のまろさは蜩(ひぐらし)がなき

どうやら道をまちがへたらしい牛の糞
はだかではだかの子にたたかれてゐる
朝焼うつくしいとかげの木のぼり
こうろぎよあすの米だけはある
よい娘さんがゐる村のデパートで
腹いつぱいの月が出てゐる

いつまでもねむれない月がうしろへまはつた

バスも通うてゐるおもひでの道がでこぼこ

秋日あついふるさとは通りぬけよう

何もかも捨てゝしまはう酒杯の酒がこぼれる

追加

海をまへに果てもない旅のほこりを払ふ

鮮人長屋も秋暑い子供がおほぜい

秋の野へうごくのはタンク
かぼちやとあさがほとこんがらかつて屋根のうへ
葱も褌も波で洗ふ
晩の極楽飯、朝の地獄飯を食べて立つ
蛙とびだしてきてルンペンに踏み殺された
とてもねむれない月かげをいれる

性慾もなくなつた雑草の月かげで

秋蠅のつるんだところがわたしのあたま

ぎやあとなけばほうとなくふくらうの夜で

考へても考へても煙管がぢゆくぢゆく

歩いて東京へ行く夢も長い夜で

よろめくはみごもつたこうろぎ

落ちる月へ光る星

行乞途上

あるいてさみしい顔を小供にのぞかれて

旅人われはつめたい靄につゝまれてしまつた

犬が尾をふる木の葉がおちるおべんたうをひらく

枯れてゆききができるやうになつた草の実

昼三味線も色街のうらは大根ばたけ

雪に覚めたが食べるものはない

草もわたしも日の落ちるまへのしづかさ

十二月廿七日から風邪気味にて臥床、病中吟として

ふとめざめたらなみだこぼれてゐた

ひさしぶりにでゝあるく赤い草の実

ふと子のことを百舌鳥が啼く

＊

昭和九(一九三四)年

枯草

捨てきれないものが枯れてゆく草のなか

月夜の月がない下をさまよふ

米があれば炭があれば雪がふれば

氷くだいて今日の米をとぐ

最後の一粒までたべちやつた仔犬の寒い顔

こゝがいちばん安い食堂のうるさいレコード

遠山の雪も別れてしまつた人も

けふもやすまう小鳥の合唱がはじまつた

わらやうつくしい氷柱のひかる

枯野、みんないつしよにうたふ

どうにかなるだらう雪のふりしきる

雪ふるひとり踊る

雪あかり何やら来てはさびしがらする

小鳥がきてはさえづるたべるものがない

月からこぼれて草の葉の雨

月がまろくて恋のふくらう

林をあるけばけふ焚くだけの枯木はひろへた

冬夜の水をのむ肉体が音たてて

あるけば冬草のうつくしいみち

樹明君に

ウソをいはないあんたと冬空のした

雪のあかるさが家いつぱいのしづけさ

＊

雪が霙となりおもひうかべてゐる顔

旧友来庵

ひとりへひとりがきていつしよにぬくうねる

ふたりいつしよに寝て話す古くさい夢ばかり
枯れて草も木もわたくしもゆふ影をもつ
夢の女の手を握つたりなどして夢
雀　お　ど　る　や　雲　か　げ　も　な　し
かうしてこのまゝ死ぬることの、日がさしてきた
壁にかげぼうしの寒いわたくしとして

ふくらうはふくらうでわたしはわたしでねむれない

汽車のひゞきも夜あけらしい楢の葉の鳴る

お正月の小鳥がうたひつつうたれた

少年の夢のよみがへりくる雪をたべても

身にちかくふくらうがまよなかの声

なにもかも雑炊としてあたゝかく

こゝろあらためて水くみあげてのむ

風をあるいてきて新酒いつぱい

これから旅も春風のゆけるところまで

みんな生きねばならない市場が寒うて

これでも住める橋下の小屋の火が燃える

クレーンおもむろに春がきてゐる空

こんな水にも春の金魚が遊んでゐる

逢うてうれしくボタ山の月がある

緑平居

けさはおわかれの太陽がボタ山のむかうから

病めばをかしな夢をみた夜明けの風が吹きだした

利かなくなつた手は投げだしておく日向

げそりと暮れて年とつた

何やら来て何やら食べる夜のながいこと

心　あ　ら　た　め　て　土　を　掘　る

遠山の雪のひかるや旅立つとする

これだけの質草はあつてうどんと酒

眼は見えないでも孫とは遊べるおばあさんの日なた

生きてゐるもののあはれがぬかるみのなか

春の水をさかのぼる

庵はこのまま萌えだした草にまかさう

島にも家が墓が見える春風

よい道がよい建物へ、焼場です

あかるくてあたゝかくて王様うごけなくなつた

水音の一人となり捨てるものがなんぼでも

うちの鳥そとの鳥つめたい雨ふる
通りぬける街はお祭のぬかるみ
とつぷり暮れて着いてうどんやにうどんがない
やぶれたからだのどうにもならないさくらがさいた
ぽかんと山が、おならがすうつと
病んで寝てゐてまこと信濃は山ばかり

たたいてもらうてうめきつづけて死んでゆくのか

月よ山よわたしは旅で病んでゐる

わらやしづくするうちにもどつてる

まんぢゆう、ふるさとから子が持つてきてくれた

死にそこなつたが雑草の真実

風は五月の寝床をふきぬける

雑草につつまれて弱い心臓で
てふてふつるまうとするくもり
けふも雨ふる病みほうけたる爪をきらう
雨のゆふべの人がきたよな枯木であつたか
葱坊主、わたしにもうれしいことがある
草の青さできりぎりすもう生れてゐたか

蜘蛛は網張る私は私を肯定する

＊

発表できない句（或る時機がくるまでは）

死ねる薬はふところにある日向ぼつこ

述懐、子に

これは母子草、父子草もあるだらう

空は初夏の、直線が直角にあつまつて変電所

雨の、風の、巣を持つ雲雀よ、暮れてもうたふか

柿の若葉のかがやく空を死なずにゐる

＊

なんと若葉のあざやかな、もう郵便がくる日かげ

打つ手を感じて蠅も私もおちつかない

これが今日のをはりの一杯をいただく

ちんぽこもおそそも湧いてあふれる湯

こんなに晴れた日の猫が捨てられて鳴く

病後

たまたま髯剃れば何とふかい皺

寝るとして白湯のあまさをすする

てふてふとまるなそこは肥壺

其中庵二句〔一句〕

しろい蝶くろい蝶あかい蝶々もとぶところ

うぐひすよ、もとのからだにはなれないで夏

こんな句はナイシヨウ〳〵！

死んでしまうたら、草のそよぐ

からりとしてしきりに死が考へられる日

死なうとおもふに、なんとてふてふひらひらする
かういふ世の中の広告気球を見あげては通る
焼かれる虫のなんと大きい音だ
鍋や茶碗や夜つぴて雨が洗つてくれた
はだかで筍(たけのこ)ほきとぬく
がつがつ食べてゐるふとると殺される豚ども

街はうるさい蠅がついてきた

ここを死に場所とし草のしげりにしげり

*

木かげがあれば飴屋がをれば人が寄つて

生きたくもない雑草すずしくそよぐや

けさは鶯がきてこうろぎも鳴く

炎天、かぜふく

いつぴきとなりおちつかない蠅となつてゐる

父が母が、子もまねをして田草とる

いつもの豆腐でみんなはだかで

金借ることの手紙を書いて草の花

ともかくもけふまでは生きて夏草のなか

どうせもとのからだにはなれない大根ふとる

生えて移されてみんな枯れてしまつたか

空梅雨いちにち、どなられてぶたれて馬の溜息

その竹の子も竹になつた、さびしさにたへて

青田のなかの蓮の華のひらいた

汲みあげた芥がおよげばいもりの子かよ

百姓なれば石灰をまく石灰にまみれて炎天

樹明に

モシモシよい雨ですねよい酒もある待つてゐる
どしやぶりのそのおくで蟬のなく
山あをあをと死んでゆく
みんな死んでしまうことの水音
しがないくらしの、草がやたらにしげります
夏の夜あるけばいつか人ごみの中

赤い花が、墓場だつた

対抗試合

むしあつくやつとホームイン

月へうたふバスガールのネクタイの涼しく

草ふかくここに住みついて涼しく

夜蟬よここにもねむれないものがゐる

炎天、はてもなくさまよふ

炎天、否定したり肯定したり

ひとりしんみりとゐてかびだらけ

なんと朝酒はうまい糸瓜（へちま）の花

或る家にて

暑さ、この児はとても助かるまい

雑草ふかく見えかくれゆく馬のたてがみ

炎天のレールまつすぐに

死ねる薬が身ぬちをめぐるつくつくぼうし

草の中ゆく私の死のかげ

夕焼ふかく何かを待つてゐる

質草一つ出したり入れたりして秋

また質入する時計ちくたく

彼岸花さくふるさとはお墓のあるばかり

*

藪のなか曼珠沙華のしづか

濡れて越える秋山のうつくしさよ

ヱスもひとりで風をみてゐるか

日向ごろりとヱスもわたしも秋草に

重荷を負うて盲目である

サイレン鳴ればさびしい犬なればほえ

エスもわたしも腹をへらして高い空

みごもつてこほろぎはよろめく

秋の雨ふるサイレンのリズム

質のいれかへも秋ふかうなつた

なんとなくなつかしいもののかげが月あかり

郵便やさんたより持つてきて熟柿たべてゆく

秋雨の汽車のけむりがしいろいひゞき

風の日を犬とゐて犬の表情

つかれてかへつてきて茶の花

雑草、どこからともなくレコードうた

茶の花さいてここにも人が住んでゐる

病中

ともかくも生かされてはゐる雑草の中

誰にもあはないとうがらし赤うなる

いつとなく草枯れて家が建ち子が泣いてゐる

なんぼう考へてもおんなじことの落葉をあるく

冬夜むきあへるをとことをんなの存在

空ほがらかで樽屋さんいそがしい

月の落ちた山から鳴きだしたもの

質入れして

けふから時計を持たないゆふべがしぐれる

父子対面—飯塚に健を訪ねて—

このみちまつすぐな、逢へるよろこびをいそぐ

煤煙、騒音、坑口(マブ)からあがる姿を待つてゐる

小春ぶらぶらと卒都婆を持つてゐる女

あひびきまでは時間があるコリントゲーム

雲がみな星となつて光る寒い空

病中

ほつかり覚めてまうへの月を感じてゐる

寒さ、質受けしておのが香をかぐ

ことしもをはりの憂鬱のひげを剃る

成道会の日

けさのひかりの第一線が私のからだへ

枯草うごくと白い犬

このみちの雑草の中あたたかうたどる

不眠二句〔一句〕

うと〳〵すれば健が見舞うてくれた夢

ハガキ一枚持つて月のあるポストまで

きら〳〵ひかつて売り買ひされるよう肥えた魚

生きてゐることがうれしい水をくむ

こんなに痩せてくる手をあはせても

考へるともなく考へてゐたしぐれてゐた

昭和十（一九三五）年

周二君を送る三句（一句）

おわかれの顔も山もカメラにおさめてしまつた

甘いものも辛いものもあるだけたべてひとり

時間、空間、この木ここに枯れた

周二君を小郡駅に見送るプラットホームにて

窓が人がみんなうごいてさようなら

子をおもふ

わかれて遠いおもかげが冴えかへる月あかり

雪もよひ雪にならない工場地帯のけむり

あすは入営の挨拶してまはる椿が赤い

見あげて飛行機のゆくへの見えなくなるまで

噛みしめる五十四年の餅である

南無地蔵尊冴えかへる星をいたゞきたまふ

しぐれつゝうつくしい草が身のまはり

雪をたべつつしづかなものが身ぬちをめぐり

雪のあかるさの死ねないからだ

ゆらいで梢もふくらんできたやうな

＊

花ぐもりの、ぬけさうな歯のぬけないなやみ

井師筆額字を凝視しつつ

「其中一人」があるくよな春がやつてきた

雪あかりわれとわが死相をゑがく

ひとりたがやせばうたふなり　＊

空へ若竹のなやみなし　＊

雑草風景、世の中がむつかしくなる話

黎々火君に

なつかしい顔が若さを持つてきた

水へ水のながれいる音あたゝかし

ふるつくふうふうわたしはなぐさまない

爆音はとほくかすんで飛行機

五月の風が、刑務所は閉めてぴつたり

水へ石を投げては鮮人のこども一人

若葉に月が、をんなはまことうつくしい

うしろすがたにネオンサインの更けてあかるく

たんぽぽのちりこむばかり誰もこない

酔ひざめの闇にして蛍さまよふ

衣更

ほころびを縫ふ糸のもつれること

樹明君に

おみやげは酒とさかなとそして蠅

青葉のむかうからうたうてくるは酒屋さん

柿の若葉が、食べるものがなくなつた

ぬけた歯を投げ捨てて雑草の風

とても上手な頬白が松のてつぺん

赤蛙さびしくとんで

あれから一年草がしげるばかり

木かげは風がある旅人どうし

身のまはりは草だらけマイナスだらけ

蛙なく窓からは英語を習ふ声

最後の一匹として殺される蠅として

アルコールがユウウツがわたしがさまよふ

飲めるだけ飲んでふるさと

急行はとまりません日まはりの花がある駅

死をうたふ（十一句）〔二句〕

死ねる薬を掌にかゞやく青葉

死のすがたのまざまざ見えて天の川

行軍の兵隊さんでちよつとさかなつり

炎天の稗をぬく

考へつづけてゐる大きな鳥が下りてきた

風がわたしを竹の葉をやすませない

誰かきたよな声は蜂だつたか

「死をうたふ」追加

死がちかづけばおのれの体臭

竹の葉のすなほにそよぐこゝろを見つめる

秋雨ふけて処女をなくした顔がうたふ

おのれにこもればまへもうしろもまんぢゆさげ

聟をとるとて家建てるとて石を運ぶや秋

をさない瞳がぢつと見てゐる虫のうごかない

いちにち雨ふる土に種子を抱かせる

釣餌
月夜のみみずみんな逃げてしまつた

昭和十一(一九三六)年

追加一句
みんな洋服で私一人が法衣で雪がふるふる

こどもに雪をたべさしたりしてつゝましいくらし

ばいかる丸にて
ふるさとはあの山なみの雪のかがやく

宝塚へ
春の雪ふる女はまことうつくしい

また一枚ぬぎすてる旅から旅

*

ほつと月がある東京に来てゐる

*

ビルがビルに星も見えない空

*

花が葉になる東京よさようなら

*

(自嘲)

どうにもならない生きものが夜の底に

遠くなり近くなる水音の一人

信濃路

あるけばかつこういそげばかつこう

おべんたうをひらくどこから散つてくる花びら

さえづりかはして知らない鳥が知らない木に

すべつて杖もいつしよにころんで

八重ざくらうつくしく南無観世音菩薩像

崖から夢のよな石楠花で

とかく言葉が通じにくい旅路になつた

図書館はいつもひつそりと松の花

＊

国上山

青葉わけゆく良寛さまも行かしたろ

＊

砂丘にうづくまりけふも佐渡は見えない

＊

水底の雲もみちのくの空のさみだれ

平泉

ここまで来しを水飲んで去る

こゝろむなしくあらうみのよせてはかへす

さみだるる旅もをはりの足を洗ふ

梅雨空の荒海の憂鬱

水音のたえずして御仏とあり

島が島に天の川たかく船が船に

そよかぜの草の葉からてふてふうまれて出た

七月二十二日帰庵

ふたたびここに草もしげるまま

＊

食べることのしんじつみんな食べてゐる

山口吟行・工場

細い手の触れては機械ようまはる

みのむしぶらりとさがつたところ秋の風

うれしいことでもありさうな朝日がこゝまで

飛行機はるかに通りすぎるこほろぎ

水をわたる誰にともなくさようなら

眼とづれば影が影があらはれてはきえる

水音のとけてゆく水音

私と生れて秋ふかうなる私

枯草枯れつくしひそかな一人だ

ふるさとの土の底から鉦たたき

＊

其中庵風景

月から柿の葉のひらり

けふは凩のはがき一枚

＊

昭和十二(一九三七)年

自画像

ぼろ着て着ぶくれておめでたい顔で

＊

あつまつてお正月の焚火してゐる

さようなら雲が春らしい

それから七階へ、星のきらめくを

さくらまんかいにして刑務所

てふてふひらひらよいつれあつた

てふてふうらうら天へ昇るか

＊

とんからとんから何織るうららか

＊

草の青さよはだしでもどる

＊

藪から鍋へ筍いつぽん　＊

風の中おのれを責めつつ歩く　＊

月のあかるさはどこを爆撃してゐることか

がちやがちやがちやがちやがちやなくよりほかない

日ざかりの千人針の一針づつ

戦死者の家

ひつそりとして八ツ手花咲く

大空澄みわたる日の丸あかるい涙あふるる

昭和十三(一九三八)年

焼場水たまり雲をうつして寒く

其中一人いつも一人の草萌ゆる

雪へ雪ふる戦ひはこれからだといふ

門司駅待合室所見

仲よく読んでゐるよこからいやな顔がのぞいて

途上

かなしい旅だ何といふバスのゆれざまだ
そこらぢゆう石炭だらけの石炭を拾ふてゐる
春のほこりが、こんなに子供を生んでゐる

日田

松から朝日が赤い大鳥居
水じゆうわうに柳は芽ぶく
山ざくら人がのぼつて折つてゐる

むつかしい因数分解の、赤い何の芽

何もかも万歳となつて炎天

出征兵

これが最後の日本の飯を食べてゐる汗

遺骨を迎へて

いさましくもかなしくも白い函

＊

街はおまつりお骨となつて帰られたか

＊

みんな出て征く山の青さのいよいよ青く

＊

馬も召されておぢいさんおばあさん　＊

ほまれの家

音は並んで日の丸はたたく　＊

案山子もがつちり日の丸ふつてゐる　＊

戦傷兵士

足は手は支那に残してふたたび日本に　＊

ゆふべなごやかな親蜘蛛子蜘蛛　＊

死線四句〔二句〕

死はひややかな空とほく雲のゆく　＊

そこに月を死のまへにおく

　　＊

母の四十七回忌

うどん供へて、母よ、わたくしもいただきまする

　　＊

なんとなくあるいて墓と墓との間

　　＊

咳がやまない脊中をたたく手がない

　　＊

朝焼夕焼食べるものがない

　　＊

自嘲

初孫がうまれたさうな風鈴の鳴る

　　＊

秋風、行きたい方へ行けるところまで

*

ビルとビルとのすきまから見えて山の青さよ

*

なんとうまさうなものばかりがショウヰンドウ

*

宇平居

石に水を、春の夜にする

*

人に逢はなくなりてより山のてふてふ

*

ふつとふるさとのことが山椒の芽

*

水をへだててをとことをなごと話が尽きない　＊

旅人わたしもしばしいつしよに貝掘らう　＊

むしあつく生きものが生きものの中に　＊

へそが汗ためてゐる　＊

空襲警報るゐるゐとして柿赤し　＊

防空管制下よい子うまれて男の子　＊

身辺整理

焼いてしまへばこれだけの灰を風吹く

＊

老遍路

死ねない手がふる鈴をふる

＊

わが其中庵も

壁がくづれてそこから蔓草

＊

それは死の前のてふてふの舞

＊

山に白いのは新らしい墓で

再会

＊

握りしめる手に手のあかぎれ

昭和十四(一九三九)年

新居雑詠、湯田の一隅に移り住みて

雪ふりつもる鰯を焼く

更けて戻れば人形倒れてゐます

酒がこれだけ、お正月にする

春の夜の明日は知らないかたすみで寝る

旅の或る日の鼻毛ぬくことも

涙ながれて春の夜のかなしくはないけれど
春風のうごくさかなを売りあるく

三月、東へ旅立つ

旅もいつしかおたまじやくしが泳いでゐる

＊

大大阪はさすがに

景気インフレ街は更けるとへどばかり

熱田神宮参拝、林伍君と共に

ならんでぬかづいて二千五百九十九年の春
ほろりと最後の歯もぬけてうらゝか

やつと一人となり私が旅人らしく

波の上をゆきちがふ挨拶投げかはしつつ

春の夜の寝言ながなが聞かされてゐる

波音の墓のひそかにも

どしやぶりの電車満員まつしぐら

石段のぼりつくしてほつと水をいたゞく

霧雨のお山は濡れてのぼる

自転車

松風春風振袖ひらひらさせてくる
まつたく雲がないピントをあはせる

野蕗居昨今

こどもら学校へいつてしまうと花ぐもりのカナリヤ
妻を満洲に、留守居の豌豆咲きつづく
雀のおしやべり借りたものが返せない

低空飛行その下の畑打つ

若葉を分け入りてうんこすること

波音ばかりの空家ばかりで

バスのとまつたところが刑務所の若葉

一階二階五階七階春らんまん

述懐

母よ、しみ〴〵首に頭蛇袋（フクロ）をかけるとき

春ふかきゆふべのわたしをわたしてもらふ

水をひいてこんなところにも一軒屋

伐つては流す木を水に水に木を

杣人に斧を拾うてあげた

けふも一つのよい事してあげて歩く

山はしづけく鳥もうたへば人もうたふ

おぢいさんも戦闘帽でハイキング

ぶらぶらぬけさうな歯をつけて旅をつゞける

月あかりして山が山がどつしり

寝ころべば信濃の空のふかいかな

電線はまつすぐにわたしはうねうね峠が長い

デパートエレベーターガール

上つたり下つたりおなじ言葉をくりかへして永い永い日

車中

うらうらここはどこだらう

ぽろり歯がぬけてくれて大阪の月あかり

博覧会場にて

眼とづれば涙ながるゝ人々戦ふ

誰やら休んだらしい秋草をしいて私も

ふるさとへ走りゆく汽車のながいこと

里をはなれて踏切番とし父一人子一人

九月、四国巡礼の旅へ

鴉とんでゆく水をわたらう

＊

宇品所見

馬馬あすは征く馬の顔顔顔

宇品乗船

ひよいと四国へ晴れきつてゐる

秋晴れの島をばらまいておだやかな

朝焼のうつくしさおわかれする

母一人子一人の召されていつた

某氏に

しつかとお骨いだいて山また山

墓にかこまれて家一つ

のぼりつめてすこしくだれば秋の寺

例によつて例のごとく野糞

秋を見おろして吐きたいものを吐く

水音しだいにねむれない夜となり

演習

機関銃たちまち月の落ちかかる

十月十八日　演習

砲声しきりに明けてくる秋草

花野ひそみゆく兵らは擬装して

大松二三本は残つて長者はゐない

秋ふかくまよへる犬がないてまた

からだぽりぽり掻いて旅人

屏風ヶ浦海岸寺

ぬかづけば木の香にほふや秋

小豆島にて

水をよばれるすこし塩気あるうまし

わたしがわたしに秋風の小包一つ

しぐれて山をまた山を知らない山

空襲警報ひたむきに稲こぐ

ことしも旅の、六十才と書く

石の指さすままに花野のみちはまよはず来た

同寺〔香園寺〕慈母観音像

南無観世音おん手したたる水の一すぢ

野宿いろ〱

波音おだやかな夢のふるさと

病みて旅人いつもニンニクたべてゐる

いちにち物いはず波音

すすき原まつぱだかになつて虱をとる

海鳴そぞろ別れて遠い人をおもふ

東寺

うちぬけて秋ふかい山の波音

牛は花野につながれておのれの円をゑがく

ほろほろほろほろびゆくわたくしの秋

仲がよくないぢいさんばあさん夜が長く

朝のひかりただよへばうたふもの

老木倒れたるままのひかげ

野宿

わが手わが足われにあたたかく寝る

なんとまつかにもみづりて何の木

大宝寺

朝まゐりはわたくし一人の銀杏ちりしく

霧の中から霧の中へ人かげ

昭和十五(一九四〇)年

藤岡君に

お正月の歯のない口が鯛の子するする

塵かと吹けば生きてゐて飛ぶ

しくしく腹のいたみに堪へて風の夜どほし

墓地をとなりによい春が来た

たまたま人が春が来て大いに笑ふ

道後湯町、宝厳寺

をなごまちのどかなつきあたりは山門

ふりかへる枯野ぼうぼううごくものなく

だんだん似てくる癖の、父はもうゐない

母の第四十九回忌

たんぽぽちるやしきりにおもふ母の死のこと

わが庵は御幸山裾にうづくまり、お宮とお寺とにいだかれてゐる。
老いてはとかく物に倦みやすく、一人一草の簡素で事足る、所詮私の道は私の愚をつらぬくより外にはありえない。

おちついて死ねさうな草萠ゆる

陸軍記念日

まつたく雲がない今日の太陽

地べた人形ならべて春寒くなかなか売れない

練兵場は明け早い雲雀のうた

はきだめに小鳥が来てゐる雨のしとしと

練兵場

いま突撃の、つばめ身をかへす

ふまれてたんぽぽひらいてたんぽぽ

炎天食べるものはない一人

活けて雑草のやすけさにをる

自殺せる弟を憶ふ

山のみどりのしみじみ死んでゐたかよ

自嘲

つくつくぼうし、わたしをわたしが裁く

黄金虫ぶツつかつても鳴いてもはいれない

あらしのあとのさらに悔いざるこころ

護国神社

石灯籠しろじろ秋立つ

満洲の孫をおもふ

この鬚——ひつぱらせない（ママ）お手手がある

野良猫が来て失望していつた

天の川ま夜中の酔ひどれは踊る

自省

蠅を打ち蚊を打ち我を打つ

ひなたぼこ傷おのづから癒えてくる

床屋にて

かなしいことがある耳搔いてもらう

とべないほど血を吸うて蚊のたちまち打たれた

満洲の家族をおもひつつ

また孫が生れたさうな雲の峰あふぐ

夕立やお地蔵さんもわたしもずぶぬれ

大地へおのれをたたきつけたる夜のふかさぞ

足音は野良猫がふいとのぞいて去る

もりもり盛りあがる雲へあゆむ

やつとお米が買へて炎天の木かげをもどる

自嘲

ぼろ売つて酒買うてさみしくもあるか

秋晴まいにち飛行機がくる爆音

言葉がわからないので笑うてわかれる露草咲いてゐる

音は郵便投げこまれてどつさり

夕焼うつくし今日一日はつつましく

子規墓畔・子規髪塚・鳴雪髯塚

ならんでお墓のしみじみしづか

大根二葉わがまま気ままの旅をおもふ

ねむれない夜のふかさまた百足を殺し

ピクニックも軍国調の声張りあげてうたひつつ

もんぺもとりどりのみんなで待機してゐる

秋の夜の虫とんできて生きてかへらず

日記

昭和五（一九三〇）年

行乞記（一）

九月九日　晴、八代町、萩原塘、吾妻屋（三五・中）

私はまた旅に出た、愚かな旅人として放浪するより外に私の生き方はないのだ。

七時の汽車で宇土へ、宿においてあった荷物を受取って、九時の汽車で更に八代へ、宿をきめてから、十一時より三時まで市街行乞、夜は餞別のゲルトを飲みつくした。

同宿四人、無駄話がとりどりに面白かった、殊に宇部の乞食爺さんの話、球磨の百万長者の慾深い話などは興味深いものであった。

九月十四日　晴、朝夕の涼しさ、日中の暑さ、人吉町、宮川屋（三五・上）

球磨川づたいに五里歩いた、水も山もうつくしかった、筧の水を何杯飲んだことだろう。

一勝地(いっしょうち)で泊るつもりだったが、汽車でここまで来た、やっぱりさみしい、さみしい。郵便局で留置の書信七通受取る、友の温情は何物よりも嬉しい、読んでいるうちにほろりとする。
行乞相があまりよくない、句も出来ない、そして追憶が乱れ雲のように胸中を右往左往して困る。……
一刻も早くアルコールとカルモチンとを揚棄しなければならない、アルコールでカモフ
ラージした私はしみじみ嫌になった、アルコールの仮面を離れては存在しえないような
私ならばさっそくカルモチンを二百瓦(グラム)飲め(先日はゲルトがなくて百瓦しか飲めなくて
死にそこなった、とんだ生恥を晒したことだ!)。

呪ふべき句を三つ四つ

蟬しぐれ死に場所をさがしてゐるのか

•青草に寝ころぶや死を感じつゝ

毒薬をふところにして天の川

•しづけさは死ぬるばかりの水が流れて

熊本を出発するとき、これまでの日記や手記はすべて焼き捨ててしまったが、記憶に残
った句を整理した、即ち、

・けふのみちのたんぽゝ咲いた
・嵐の中の墓がある
　炭坑街大きな雪が降りだした

□

・朝は涼しい草鞋(わらじ)踏みしめて
　炎天の熊本よさらば
・蓑虫も涼しい風に吹かれをり
　熊が手をあげてゐる藷(いも)の一切れだ(動物園)
・あの雲がおとした雨か濡れてゐる
・さうろうとして水をさがすや蜩(ひぐらし)に
・岩かげまさしく水が湧いてゐる
・こゝで泊らうつく〳〵ぼうし
・寝ころべば露草だつた
・ゆふべひそけくラヂオが物を思はせる
・炎天の下を何処へ行く
・壁をまともに何考へてゐた

・大地したしう投げだして手を足を
・雲かげふかい水底の顔をのぞく
・旅のいくにち赤い尿して
・さゝげまつる鉄鉢の日ざかり

単に句を整理するばかりじゃない、私は今、私の過去一切を清算しなければならなくなっているのである、ただ捨てても捨てても捨てきれないものに涙が流れるのである。

私もようやく「行乞記」を書きだすことが出来るようになった。——

私はまた旅に出た。——

所詮、乞食坊主以外の何物でもない私だった、愚かな旅人として一生流転せずにはいられない私だった、浮草のように、あの岸からこの岸へ、みじめなやすらかさを享楽している私をあわれみ且つよろこぶ。

水は流れる、雲は動いて止まない、風が吹けば木の葉が散る、魚ゆいて魚の如く、鳥とんで鳥に似たり、それでは、二本の足よ、歩けるだけ歩け、行けるところまで行け。

旅のあけくれ、かれに触れこれに触れて、うつりゆく心の影をありのままに写そう。私の生涯の記録としてこの行乞記を作る。

……………

九月十五日　曇后晴、当地行乞、宿は同前。

きょうはずいぶんよく歩きまわった、ぐったり労れて帰って来て一風呂浴びる、野菜売りのおばさんから貰った茗荷を下物に名物の球磨焼酎を一杯ひっかける、熊本は今日が藤崎宮の御神幸だ、飾馬のボシタイボシタイの声が聞えるような気がする、何といっても熊本は第二の故郷、なつかしいことにかわりはない。

あわれむべし、白髪のセンチメンタリスト、焼酎一本で涙をこぼす！

この宿はよい、若いおかみさんがよい、世の中に深切ほど有効なものはない、それにしても同宿の支那人のやかましさはどうだ、もっと小さい声でチイチイパアパアやればよいのに。

鮮人はダラシがないことは日本人同様、ツケアガルことは日本人以上、支那人は金貯め人種だ、行商人の中で酒でも飲んでいる支那人をみたことがない。

昨夜は三時まで読書、今夜もやっぱり寝つかれないらしい。

九月廿日　晴、同前(小林町、川辺屋(四〇・中))。

小林町行乞、もう文なしだからおそくまで辛抱した、こうした心持をいやしいとは思うが、どうしようもない、もっとゆったりとした気分にならなければ嘘だ、きょうの行乞はほんとうにつらかった、時々腹が立った、それは他人に対するよりも自分に対しての憤懣であった。

夜はアルコールなしで早くから寝た、石豆腐(この地方の豆腐は水に入れてない)を一丁食べて、それだけでこじれた心がやわらいできた。

このあたりはまことに高原らしい風景である、霧島が悠然として晴れわたった空へ盛りあがっている、山のよさ、水のうまさ。

西洋人は山を征服しようとするが、東洋人は山を観照する、我々にとっては山は科学の対象でなくて芸術品である、若い人は若い力で山を踏破せよ、私はじっと山を味うのである。

・かさなつて山のたかさの空ふかく

　霧島に見とれてゐれば赤とんぼ

　朝の山のしづかにも霧のよそほひ

チヨツピリと駄菓子ならべて鳳仙花
旅はさみしい新聞の匂ひかいでも
山家明けてくる大粒の雨
重荷おもかろ濃き影ひいて人も馬も
朝焼け蜘蛛のいとなみのいそがしさ
・泣きわめく児に銭を握らし
蒸し暑い日の盗人つかまへられてしまつた
こんなにたくさん子を生んではだか
死にそこなつて虫を聴いてゐる

十月十一日　晴、曇、志布志町行乞、宿は同前（目井津、末広屋（三五・下））。

九時から十一時まで行乞、こんなに早う止めるつもりではなかつたけれど、巡査にやかましくいわれたので、裏町へ出て、駅で新聞を読んで戻って来たのである（だいたい鹿児島県は行乞、押売、すべての見師（ママ）の行動について法文通りの取締をするそうだ）。今日は中学校の運動会、何しろ物見高い田舎町の事だから、爺さん婆さんまで出かけるらしい、それも無理はない、いや、よいことだと思う。

隣室の按摩兼遍路さんは興味をそそる人物だった、研屋(とぎや)さんも面白い人物だった、昨夜の「山芋掘り」もまた異彩ある人物だった、彼は女房に捨てられたり、女房を捨てたり、女に誑(たぶらか)されたり、女を誑したりして、それが彼の存在の全部らしかった、いわば彼は愚人で、そして喰えない男なのだ、多少の変質性と色情狂質とを持っていた。

畑のまんなかに、どうしたのか、コスモスがいたずらに咲いている、赤いの、白いの、弱々しく美しく眺められる。

今日はまた、代筆デーだった。あんまさんにハガキ弐枚、とぎやさんに四枚、やまいもほりさんに六枚書いてあげた、代筆を(ママ)くれようとした人もあるし、あまり礼もいわない人もある。

夕べ、一杯機嫌で海辺を散歩する、やっぱり寂しい、寂しいのが本当だろう。

行乞している私に向って、若い巡査曰く、托鉢なら托鉢のように正々堂々とやりたまえ、私は思う、これでずいぶん正々堂々と行乞しているのだが。

隣室に行商の支那人五人組が来たので、相客二人増しとなる、どれもこれもアル中毒者だ（私もその一人であることに間違いない）、朝から飲んでいる（飲むといえばこの地方では諸焼酎(いも)の外の何物でもない）、彼等は彼等にふさわしい人生観を持っている、体験の宗教とでもいおうか。

コロリ往生――脳溢血乃至心臓麻痺でくたばる事だ――のありがたさ、望ましさを語ったり語られたりする。

人間というものは、話したがる動物だが、例の山芋掘りさんの如きは、あまり多く話す、ナフ売りさんはあまりに少く話す、さて私はどちらだったかな。

酒壺洞君の厚意で、寝つかれない一夜がさほど苦しくなかった、「文藝春秋」はこういう場合の読物としてよろしい。

支那人――日本へ来て行商している――は決して飲まない、煙草を吸うことも少い、朝鮮人はよく飲みよく吸い、そしてよく喧嘩する（日本人によく似ている）、両者を通じて困るのは、彼等の会話が高調子で喧騒で、傍若無人なことだ。

夢に、アメリカへ渡って、ドーミグラスという町で、知ったような知らないような人に会って一問題をひきおこした、はて面妖な。

十一月一日　曇、少雨、延岡町行乞、宿は同前（延岡町、山蔭屋（三〇・中上））。

また雨らしい、嫌々で九時から二時まで延岡銀座通を行乞、とうとう降りだした、大したことはないが。

例の再会の人とは今朝別れる、彼は南へ、私は北へ――そして夕方また大分で同宿したことのあるテキヤさんと再会した、逢うたり別れたり、さても人のゆくえはおもしろいものである。

同宿の土方でテキヤさんはイカサマ賽を使うことがうまい、その実技を見せて貰って、なるほど人はその道によって賢しだと感心した。

昨日も今日も行乞相は悪くなかった、しかしまだまだ境に動かされるところがある、いいかえれば物に拘泥するのである、水の流れるような自然さ、風の吹くような自由さが十分でない、もっとも、そこまで行けばもう人間的じゃなくなる、人間は鬼でもなければ仏でもない、同時に鬼でもあれば仏でもある。

隣室の老遍路さんは同郷の人だった、故郷の言葉を聞くと、故郷が一しお懐かしくなって困る。……

空たかくべんたういたゞく
光あまねく御飯しろく

女房に逃げられて睾丸を切り捨てた男――その男が自身の事をしゃべりつづけた、多分、彼はその女房の事で逆上してるのだろう、何にしても特種たるを失わなかった。

Gさんに、――我々は時々「空」になる必要がありますね、句は空なり、句不異空といってはどうです、お互にあまり考えないで、もっと、愚になる、というよりも本来の愚にかえる必要がありますね。

どうやら雨もやんだらしい、明日はお天気に自分できめて寝る、私にもまだ明日だけは残っている、来月はないが、もちろん来年もないが。

十一月六日　晴后曇、行程六里、竹田町、朝日屋(三五・中)

急に寒くなった、吐く息が白く見える、八時近くなってから出発する、牧口、緒方という村町を行乞する、牧口というところは人間はあまりよくないが、土地はなかなかよい、丘の上にあって四方の連山を見遥かす眺望は気に入った、緒方では或る家に呼び入れられて回向した、おかみさんがソウトクフ(曹洞宗の意味！)といって、たいへん喜んで下さったが、皮肉をいえば、その喜びとお布施とは反比例していた、また造り酒屋で一杯ひっかけた、安くて多かったのはうれしかった、そこからここまでの二里の山路はよかった、丘から丘へ、上るかと思えば下り、下るかと思えば上る、そして水の音、雑木紅葉——私の最も好きな風景である、ずいぶん急いだけれど、去年馴染のこの宿へついたのは、もう電灯がついてからだった、すぐ入浴、そして一杯、往生安楽国！

竹田は蓮根町といわれているだけあってトンネルの多いのには驚ろく、ここへくるまでにも八つの洞門をくぐったのである。

・すこしさみしうてこのはがきかく（元寛氏、時雨亭氏に）

・あなたの足袋でこゝまで三十里（闘牛児氏に）
百舌鳥ないてパッと明るうなる

・飯のうまさもひとりかみしめて

・最後の一粒を味ふ

・名残ダリヤ枯れんとして美しい
犬が尾をふる柿がうれてゐる
腰かける岩を覚えてゐる

・よろ〳〵歩いて故郷の方へ

・筧あふるゝ水に住む人なし
枯山のけむり一すぢ
かうして旅の山々の紅葉

・ゆきずりの旅人同志で話つきない

この宿はよいというほどではない、まあ中に位する、或る人々は悪いというかも知れないが、私には可もなく不可もなし、どちらかといえばよい方である、何となくゆっくりしていておちついていられるから。

また主人公も妻君も上手はないが好人物だ、内証もよいらしく、小鳥三十羽ばかり飼うている、子がないせいでもあろうけれど。

坊主枕はよかった、こんな些事でもうれしくて旅情を紛らすことができる、汽車の響はよくない、それを見るのは尚(な)おいけない、ここからK市へは近いから、一円五十銭の三時間で帰れば帰られる、感情が多少動揺しても無理はなかろうじゃないか。

夜もすがら水声が聞える、曽良(そら)の句に、夜もすがら秋風きくや裏の山、というのがあったように覚えているが、それに同じて

　夜をこめて水が流れる秋の宿

同宿の老人はたしかに変人奇人に違いない、金持だそうなが(ママ)、見すぼらしい風采で、いつも酒を飲み本を読んでいる。

十一月十三日　曇、汽車で四里、徒歩で三里、玖珠町、丸屋(二五・中ノ上)

早く起きて湯にひたる、ありがたい、この地方はすべて朝がおそいから、大急ぎで御飯をしもうて駅へ急ぐ、八時の汽車で中村へ、九時着、二時間あまり行乞、ぼつぼつ歩いて二時玖珠町着、また二時間あまり行乞、しぐれてさむいので、ここへ泊る、予定の森町はすぐそこだが。

山国はやっぱり寒い、もうどの家にも炬燵が開いてある、駅にはストーブが焚いてある、自分の姿の寒げなのが自分にも解る。

北由布から中村までの山越は私の好きな道らしい、前程を急ぐので汽車に乗ったのは残念だった、雑木山、枯草山、その間を縫うてのぼったりくだったりする道、そういう道をひとり辿るのが私は好きだ、いずれまた機縁があったら歩かせてもらおう。

今日もべんとうは草の上で食べたが、寒かった、冷たかった。

このあたりの山はよい、原もよい、火山型の、歪んだような荒涼とした姿である、焼野焼山といった感じだ。

これは今日の行乞に限ったことではないが、非人間的、というよりも非人情的態度の人々に対すると、多少の憤慨と憐愍とを感じないではいられない、そういう場合には私は観音経を読誦しつづける、今日もそういう場合が三度あった、三度は多過ぎる。

吊り下げられた鉤にひっかかる魚、投げ与えられた団子を追うて走る犬、そういう魚や犬となってはならない、そうならないための修行である、今日も自から省みて自から恥じ自から鞭った。

寒い、気分が重い、ぼんやりして道を横ぎろうとして、あわや自動車に轢かれんとした、危いことだった、もっともそのまま死んでしまえば却ってよかったのだが、半死半生では全く以て困り入る。

あふるゝ朝湯のしづけさにひたる(湯口温泉)

・こゝちようねる今宵は由布岳の下

下車客五六人に楓めざましく

雑木紅葉のぼりついてトンネル

尿してゐる朝の山どつしりとすはつてゐる

・自動車に轢かれんとして寒い寒い道

昨日の宿は申分なかったが、今日の宿もよい、二十五銭でこれだけの待遇をして貰っては何だかすまないような気がする、着くと温かい言葉、炭火、お茶、お茶請(それは漬物だけれど)そして何でも気持よくやって下さる。……

同宿の坊さん、彼は真言宗だといっていたが、とにかく一癖ある人間だった、今は眼が悪く年をとったのでおとなしいが、ちょいちょい昔の負けじ魂を押えきれないようだ。

十一月廿六日　晴、行程八里、半分は汽車、緑平居(うれしいという外なし)

ぐっすり寝てほっかり覚めた、いそがしく飲んで食べて、出勤する星城子さんと街道の分岐点で別れる、直方を経て糸田へ向うのである、歩いているうちに、だんだん憂鬱になって堪えきれないので、直方からは汽車で緑平居へ驀進した、そして夫妻の温かい雰囲気に包まれた。……

味々居から緑平居までは歓待優遇の連続である、これでよいのだろうかという気がする、飲みすぎ饒舌りすぎる、遊びすぎる、他の世話になりすぎる、他の気分に交りすぎる、勿体ないような、早敢(ママ)ないような心持になっている。

山のうつくしさよ、友のあたたかさよ、酒のうまさよ。

今日は香春岳のよさを観た、泥炭山(ボタヤマ)のよさをも観た、自然の山、人間の山、山みなよからざるなし。

あるだけの酒飲んで別れたが（星城子君に）

眼が見えない風の道を辿る

•十一月二十二日のぬかるみをふむ（歩々到着）

•夜ふけの甘い物をいたゞく（四有三居）

傷づいた手に陽をあてる

晴れきつて真昼の憂鬱

はじめての鰒(ふぐ)のうまさの今日（中津）

ボタ山ならんでゐる陽がぬくい

・ひとすぢに水ながれてゐる
・重いドアあけて誰もゐない
枯野、馬鹿と話しつゞけて
憂鬱を湯にとかさう
・地下足袋のおもたさで来て別れる
ボタ山の下でまた逢へた(緑平居)
また逢うてまた酔うてゐる(〃)
・小菊咲いてまだ職がない(闘牛児君に)
留守番、陽あたりがよい

駅で、伊豆地方強震の号外を見て驚ろいた、そして関東大震災当時を思い出した、そして諸行無常を痛感した、観無常心が発菩提心となる、人々に幸福あれ、災害なかれ、しかし無常流転はどうすることも出来ないのだ。

緑平居で、プロ文士同志の闘争記事を読んで嫌な気がした、人間は互に闘わなければならないのか、闘わなければならないならば、もっと正直に真剣に闘え。

この二つの記事が何を教えるか、考うべし、よく考うべし。

十一月廿八日　晴、近郊探勝、行程三里、香春町（二五・中）

昨日もうららかな日和であったが、今日はもっとほがらかなお天気である、歩いていて、しみじみ歩くことの幸福を感じさせられた、明夜は句会、それまで近郊を歩くつもりで、八時緑平居を出る、どうも近来、停滞し勝ちで、あんまり安易に狎れたようである、一日歩かなければ一日の堕落だ、などと考えながら河に沿うて伊田の方へのぼる、とても行乞なんか出来るものじゃない（緑平さんが、ちゃんとドヤ銭とキス代とを下さった、下さったといえば星城子さんからも草鞋（わらじ）銭をいただいた）、このあたりの眺望は好きだ、山も水も草もよい、平凡で、そして何ともいえないものを蔵している、朝霧にほんのりと浮びあがる香春、一ノ岳二ノ岳三ノ岳の姿にもひきつけられた、ボタ山が鋭角を空へつきだしている形もおもしろい（この記事もまた、別に書こう、秋ところどころの一節として書くに足るものだ）、ぶらりぶらり歩く、一歩は一歩のうららかさやすらかさである、句を拾って来なさいといって下さった緑平さんの友情を思いながら、——いつのまにか伊田まで来たが、展覧会があった後で、何だかごたごたいる（ママ）、おちついて寝られるような宿がありそうにもないので、橋を渡って香春へ向いてゆく、この道も悪くない、平凡のうれしさを十分に味う、香春岳はやっぱりいい、しかし私には少し奇峭に過ぎないでもない、それに対してなだらかな山なみが、より親しまれる、そのところどころの雑木紅葉がうつくしい(香春岳は遠くからか、或は近くから眺めるべき山だ、緑平居あたりからの遠山がよい、また、ここまできて見あげてもよい)、十一時にはもう香春の町へ着いた、寂れた街である、久振に蕎麦を食べる、宿をとるにはまだ早すぎるので、街を出はずれて、高座寺へ詣る、石寺とよばれているだけに、附近には岩石が多い、梅も多い、清閑を楽しむには持ってこいの場所だ、散り残っている楓の一樹二樹の風情も捨てがたいものだった(この辺は今春、暮れてから緑平さんにひっぱりまわされたところだ、また、因(ちなみ)に書いておく、香春岳全山は禁猟地で、猿が数百匹野生して残存している、見物に登ろうかとも思ったが、あまり気乗りがしないので、やめた、二、三十匹乃至二、三百匹の野生猿が群がり遊んでいる話を宿の主人から聞かされた)。

この宿は外観はよいが内部はよくない、ただ広くて遠慮のないのが気に入った、裏の川で洗濯をする、流れに垢をそそぐ気分は悪くなかった。

一浴一杯、それで沢山だった、顔面頭部の皮膚病が、孤独の憂鬱を濃くすることはするけれど。

すくひあげられて小魚かゞやく

はぎとられた芝土の日だまり

・菊作る家の食客してゐる
そこもこゝも岩の上には仏さま（高座石寺）
冴冴（こだま）するほがらか
鳴きかはしてはよりそふ家鴨
枯木かこんで津波蕗（ふき）の花
つめたからう水底から粉炭（ビフン）拾ふ女
火のない火鉢があるだけ
落葉ふんでおりて別れる（緑平君に）
・みすぼらしい影とおもふに木の葉ふる（自嘲）

十二月八日　晴后曇、行程四里、松崎、双之介居。

八時頃、おもたい地下足袋でとぼとぼ歩きだした、酒壺洞君に教えられ勧められて双之介居を訪ねるつもりなのである、ようやく一時過ぎに、松崎という田舎街で「歯科口腔専門医院」の看板を見つける、ほんとうに、訪ねてよかった、逢ってよかったと思った、純情の人双之介に触れることが出来た（同時に酔っぱらって、グウタラ山頭火にも触れていただいたが）、まちがいのないセンチ、好きにならずにはいられないロマンチシズム、あまりにうつくしい心の持主で、醜い自分自身を恥じずにはいられない双之介、ゆたかな芸術的天分を発揮しないで、恋愛のカクテルをすすりつつある人――そういったものを、しんみりと感じた。

開業所、宿泊所、飲食所、それがみんな別々なのも面白い、いかにも双之介的らしい、このあたりは悪くない風景だが、太刀洗が近いので、たえず爆音が聞えるのは困る。

……

昨日今日は近代科学に脅やかされた、その適切な一例として、右は汽車が走る、左は電車が走る、そのまんなかを自動車が走る、法衣を着て網代笠をかかった私が閉口するのも無理はあるまい、閉口しなければウソだ。

道を訊ねる、答える人の人間的価値がよく解る、今日も度々道を訊ねたが、中年の馬車挽さんは落第、若い行商人は満点だった、教えるならば、深切に、人情味のある答を望むのは無理かな。

　しんせつに教へられた道の落葉

•つめたい雨のうつくしい草をまたぐ

　大木に腰かけて旅の空

　立札の下手くそな文字は「節倹」

山茶花（さざんか）散つて貧しい生活
坊さん二人下りたゞけの山の駅の昼（追加）
大金持の大樅の木が威張つてゐる
•空の爆音尿してゐる（太刀洗附近）
•たゝへた水のさみしうない
また逢つた薬くさいあんたで（追加）
•降るもよからう雨がふる
夕空低う飛んで戻た（ママ）（飛行機）
暮れてもまだ鳴きつゞける鵙（もず）だ

今夜は酔うた、すっかり酔っぱらって自他平等、前後不覚になっちゃった、久しぶりの酔態だ、許していただこう。

十二月十三日　曇、行程四里、大牟田市、白川屋（ママ）（　）

昨夜は子供が泣く、老爺がこづく、何や彼やうるさくて度々眼が覚めた、朝は早く起きたけれど、ゆっくりして九時出立、渡瀬行乞、三池町も少し行乞して、普光寺へ詣でる、堂塔は見すぼらしいけれど景勝たるを失わない、このあたりには宿屋——私が泊るような——がないので、大牟田へ急いだ、日が落ちると同時にこの宿へ着いた、風呂はない、風呂屋へ行くほどの元気もない、やっと一杯ひっかけてすべてを忘れる。……

　痰が切れない爺さんと寝床ならべる

・孫に腰をたゝかせてゐるおぢいさんは

・眼の見えない人とゐて話がない

　水仙一りんのつめたい水をくみあげる

　水のんでこの憂鬱のやりどころなし

　あるけばあるけば木の葉ちるちる

先夜同宿した得体の解らない人とまた同宿した、彼は自分についてあまりに都合よく話す、そんなに自分が都合よく扱えるかな！

私はどうやらアルコールだけは揚棄することが出来たらしい、酒は飲むけれど、また、飲まないではいられまいけれど、アルコールの奴隷にはならないで、酒を味うことが出来るようになったらしい。

冬が来たことを感じた、うそ寒かった、心細かった、やっぱりセンチだね、白髪のセンチメンタリスト！　笑うにも笑えない、泣くにも泣けない、ルンペンは泣き笑いする外ない。

夜、寝られないので庵号などを考えた、まだ土地も金も何もきまらないのに、もう庵号だけはきまった、曰く、三八九庵（唐の超真和尚の三八九府に拠ったのである）。

十二月十七日　霜、晴、行程六里、堕地獄、酔菩薩。

朝、上山して和尚さんに挨拶する（昨夜、挨拶にあがったけれど、お留守だった）、和尚さんはまったく老師だ、慈師だ、恩師だ。

茅野村へ行って土地を見てまわる、和尚さんが教えて下さった庵にはもう人がはいっていた、そこからまた高橋へゆく、適当な家はなかった、またひきかえして寥平さんを訪ねる、後刻を約して、さらに稀也さんを訪ねる、妙な風体を奥さんや坊ちゃんやお嬢さんに笑われながら、御馳走になる、いい気持になって（お布施一封までいただいて）、寥平さんを訪ねる、二人が逢えば、いつもの形式で、ブルジョア気分になりきって、酒、酒、女、女、悪魔が踊り菩薩が歌う、……寝た時は仏だったが、起きた時は鬼だった、じっとしてはいられないので池上附近を歩いて見る、気に入った場所だった、空想の草庵を結んだ。……

今日も一句も出来なかった、こういうあわただしい日に一句でも生れたら嘘だ、ちっとも早くおちつかなければならない。

自分の部屋が欲しい、自分の寝床だけは持たずにはいられない、――これは私の本音だ。

十二月廿二日　曇、晴、曇、小雪、行程五里、本妙寺屋。

一歩一歩がルンペンの悲哀だった、一念一念が生存の憂鬱だった、熊本から川尻へ、川尻からまた熊本へ、逓信局から街はずれへ、街はずれから街中へ、そして元寛居であたたかいものをよばれながらあたたかい話をする、私のパンフレット三八九、私の庵の三八九舎もだんだん具体化してきた、元坊の深切、和尚さんの深切に感謝する、義庵老師が最初の申込者だった！

寒くなった、冬らしいお天気となった、風、雪、そして貧！

昭和六(一九三一)年

三八九日記

一月五日　霧が深い、そしてナマ温かい、だんだん晴れた。

朝湯へはいる、私に許された唯一の贅沢だ、日本人は入浴好きだが、それは保健のためでもあり、享楽でもある、殊に朝湯は趣味である、三銭の報償としては、入浴は私に有難過ぎるほどの物を与えてくれる。

次郎(ママ)さんから悲しい手紙が来た、次郎さんの目下の境遇としては、無理からぬこととは思うが、それはあまりにセンチメンタルだった、さっそく返事をあげなければならない、そして平素の厚情に酬いなければならない、それにしても、彼は何という正直な人だろう、そして彼女は何という薄情な女だろう、何にしても三人の子供が可愛想だ、彼等に恵みあれ。

午後はこの部屋で、三八九会第一回の句会を開催した、最初の努力でもあり娯楽でもあった、来会者は予想通り、稀也、馬酔木、元寛の三君に過ぎなかったけれど、水入らずの愉快な集まりだった、句会をすましてから、汽車弁当を買って来て晩餐会をやった、うまかった、私たちにふさわしい会合だった。

だいぶ酔うて街へ出た、そしてまた彼女の店へ行った、逢ったところでどうなるのでもないが、やっぱり逢いたくなる、男と女、私と彼女との交渉ほど妙なものはない。

自転車が、どこにもあるように、蓄音機も、どの家庭にもある、よく普及したものは、地下足袋、ラジオ、等、等、等。

朝霧の赤いポストが立つてゐる
霧の朝日の葉ぼたんのかゞやき
・おみくじひいてかへるぬかるみ
冬日ぬくう毛皮を張る
しぐれ、まいにち他人の銭を数へる
山に向つて久しぶりの大声
灯が一つあつて別れてゆく
葉ぼたん畑よい月がのぼる

一月十五日　晴、三寒四温というがじっさいだ。

少々憂鬱である(アルコールが切れたせいか)、憂鬱なんか吐き捨ててしまえ、米と塩と炭とがあるじゃないか。

夕方からまた出かける(やっぱり人間が恋しいのだ！)、馬酔木さんを訪ねてポートワインをよばれる、それから彼女を訪ねる、今夜は珍らしく御気嫌がよろしい、裏でしょんぼり新聞を読んでいると、地震だ、かなりひどかったが、地震では関東大震災の卒業生だから驚かない、それがいい事かわるい事かは第二の問題として。

きょうは家主から前払間代の催促をうけたので、わざわざ出かけたのだったが、馬酔木さんには何としてもいいだせなかった、詮方なしに、彼女に申込む、快く最初の無心を聞いてくれた、ありがたかった、同時にいろいろ相談をうけたが！

彼女のところで、裏のおばさんの御馳走――それは、みんなが、きたないといって捨てるそうなが――をいただく、老婆心切(ママ)とはおばさんの贈物だろうか、みんなは何という罰あたりどもだろう、じっさい、私は憤慨した、奴鳴り(ママ)つけてやりたいほど興奮した。

今日で、熊本へ戻ってから一ケ月目だ、ああこの一ケ月、私は人に知れない苦悩をなめさせられた、それもよかろう、私は幸にして、苦悩の意義を体験しているから。

・痛む足なれば陽にあてる
・人のなつかしくて餅のやけるにほひして
・よう寝られた朝の葉ぼたん
　雪もよひ雪とならなかつたビルデイング
・何か捨てゝいつた人の寒い影
・そうてまがる建物つめたし
・子のために画いてゐるのは鬼らしい（馬酔木さんに）
・警察署の雪はまだ残つてゐる
・あんなに泣く子の父はゐないのだ

二月五日　まだ降っている、春雨のような、また五月雨のような。
毎日、うれしい手紙がくる。
雨風の一人、泥濘の一人、幸福の一人、寂静の一人だった。
・雨のおみくじも凶か
　凩（こがらし）、書きつゞけてゐる
・ひとりの火をおこす

（底本注＝この間空白十五ページ、ノートの最終ページに、左の句が記されている。）

味取在住時代　三句

久しぶりに掃く垣根の花が咲いてゐる

けふも托鉢、こゝもかしこも花ざかり

ねむり深い村を見おろし尿する

追加一句

松はみな枝たれて南無観世音（味取観音堂の耕畝として）

行乞途上

旅法衣ふきまくる風にまかす

行乞記（二）

十二月廿二日　晴、汽車で五里、味取、星子宅。

私はまた旅に出た。――

「私はまた草鞋を穿かなければならなくなりました、旅から旅へ旅しつづける外ない私でありました」と親しい人々に書いた。

山鹿まで切符を買うたが、途中、味取に下車してHさんGさんを訪ねる、いつもかわらぬ人々のなさけが身にしみた。

Sさんの言葉、Gさんの酒盃、K上座の熱風呂、和尚さんの足袋、……すべてが有難かった。

積る話に夜を更かして、少し興奮して、観音堂の明けの鐘がなるまで寝つかれなかった。

十二月廿七日　晴后雨、市街行乞、大宰府参拝、同前(二日市、和多屋(二五・中))。

九時から三時まで行乞、赤字がそうさせたのだ、随って行乞相のよくないのはやむをえない、職業的だから。……

大宰府天満宮の印象としては樟(くすのき)の老樹ぐらいだろう、さんざん雨に濡れて参拝して帰宿した。

宿の娘さん、親類の娘さん、若い行商人さん、近所の若衆さんが集って、歌かるたをやっている、すっかりお正月気分だ、フレーフレー青春、下世話でいえば若い時は二度ない、出来るだけ若さをエンジョイしたまえ。

昭和七(一九三二)年

一月二日　時雨、行程六里、糸田、緑平居。

今日は逢える——このよろこびが私の身心を軽くする、天道町(おもしろい地名だ)を行乞し、飯塚を横ぎり、鳥尾峠を越えて、三時にはもう、冬木の坂の上の玄関に草鞋をぬいだ。

この地方は旧暦で正月をする、ところどころに注連が張ってあって国旗がひらひらするぐらい、しかし緑平居における私はすっかりお正月気分だ。

　風にめさめて水をさがす(昨夜の句)

自戒三則——

　一、腹を立てないこと

　二、嘘をいわないこと

三、物を無駄にしないこと(酒を粗末にするなかれ!)

今日は、午前は冬、午後は春だった。

一月十九日　曇、行程二里、唐津市、梅屋(三〇・中)

午前中は浜崎町行乞、午後は虹の松原を散歩した、領巾振山は見ただけで沢山らしかった、情熱の彼女を想う。

唐津というところは、今年、飯塚と共に市制をしいたのだが、より多く落ちつきを持っているのは城下町だからだろう。

松原の茶店はいいね、薬缶からは湯気がふいている、娘さんは裁縫している、松風、波音。……

受けとってはならない一銭をいただいたように、受けとらなければならない一銭をいただかなかった。

江雲流水(ママ)、雲のゆく如く水の流れるようであれ。

・初誕生のよいうんこしたとあたゝめてゐる

・松に腰かけて松を観る

・松風のよい家ではじかれた

この宿はおちついてよろしい、修行者は泊らないらしい、また泊めないらしい、しかし高い割合にはよくない、今夜は少し酔うほど飲んだ、焼酎一合、酒二合、それで到彼岸だからめでたしめでたし。

虹の松原はさすがにうつくしいと思った、私は笠をぬいで、鉄鉢をしまって、あちらこちら歩きまわった、そして松——松は梅が孤立的に味わわれるものに対して群団的に観るべきものだろう——を満喫した。

げにもアルコール大明神の霊験はいやちこだった、ぐっすり寝て、先日来の不眠をとりかえした。

一月廿二日　晴、あたたかい、行程一里、佐志、浜屋（二五・上）

誰もが予想した雨が青空となった、とにかくお天気ならば世間師は助かる、同宿のお誓願寺さんと別れて南無観世音菩薩。……

ここで泊る、唐津市外、松浦潟の一部である、このつぎは唐房——この地名は意味ふかい——それから、湊へ、呼子町へ、可部町（ママ）へ、名護屋へ。

唐津行乞のついでに、浄泰寺の安田作兵衛を弔う、感じはよろしくない、坊主の堕落だ。

唐津局で留置の郵便物をうけとる、緑平老、酒壺洞君の厚情に感激する、私は——旅の山頭火は――友情によって、友情のみによって生きている。

行乞流転しているうちに、よく普及しているのは、いいかえれば、よく行きわたっているのは、――自転車、ゴム靴(地下足袋をふくむ)そして新聞紙、新聞紙の努力はすばらしい。

松浦潟の一角で泊った、そして見て歩いた、悪くはないが、何だかうるさい。

この宿はよい、私が旅人としての第六感もずいぶん鋭くなったらしい、行乞六感！

よい宿だと喜んでいたら、妙な男が飛び込んで来て、折角の気分をメチャメチャにしてしまった、あんまりうるさいから奴鳴(ママ)ってやったら、だいぶおとなしくなった。

緑平老の肝入、井師の深切、俳友諸君の厚情によって、山頭火第一句集が出来上るらしい、それによって山頭火も立願寺(底本注＝熊本県玉名郡)あたりに草庵を結ぶことが出来るだろう、そして行乞によって米代を、「三八九」によって酒代を与えられるだろう、

山頭火よ、お前は句に生きるより外ない男だ、句を離れてお前は存在しないのだ！

昨夜はわざと飲み過した、焼酎一杯が特にこたえた、そしてぐっすり寝ることが出来た、

私のような旅人に睡眠不足は命取りだ、アルコールはカルモチンよりも利く。

一月廿八日　朝焼、そして朝月がある、霜がまっしろだ。

今日一日のあたたかさうららかさは間違ない、早く出立するつもりだったが、何やかや手間取って八時過ぎになった、一里歩いて多久、一時間ばかり行乞、さらに一里歩いて北方、また一時間ばかり行乞、そして錦江へいそぐ、今日は解秋和尚に初相見を約束した日である、まだ遇った事もなし、寺の名も知らない、それでも、そこらの人々に訊ね、檀家を探して、道筋を教えられ、山寺の広間に落ちついたのは、もう五時近かった、行程五里、九十四間の自然石段に一喝され、古びた仁王像(千数百年前の作だそうな)に二喝された、土間の大柱(楓ともタブともいう)に三喝された、そして和尚のあたたかい歓待にすっかり抱きこまれた。

一見旧知の如し、逢うて直ぐヨタのいいあいこが出来るのだから、他は推して知るべしである。

いかにも禅刹らしい(緑平老はきっと喜ぶだろう)、そしていかにも臨済坊主らしい(それだから臭くないこともない)。

遠慮なしに飲んだ、そして鼾をかいて寝た。

・父によう似た声が出てくる旅はかなしい

今日はほんとうにうららかだった、枯葦がびっくりしてそよいでいた、私のように。

フトン薄くてフミンに苦しむ、このあたりはどこの宿でも掛蒲団は一枚(好意でドテラをくれるところもあるが)。

おんな山、女らしくない、いい山容だった。

馬神隧道というのを通り抜けた、そして山口中学時代、鯖山洞道を通り抜けて帰省した当時を想いだして涙にむせんだ、もうあの頃の人々はみんな死んでしまった、祖母も父も、叔父も伯母も、……生き残っているのは、アル中の私だけだ、私はあらゆる意味において残骸だ!

この地方は二月一日のお正月だ、お正月が三度来る、新のお正月、旧のお正月、——お正月らしくないお正月が三度も。

共同餅搗は共同風呂と共に村の平和を思わせる。

勝鴉(神功皇后が三韓から持って帰ったという)が啼いて飛ぶのを見た、鵲の一種だろう。

歩く、歩く、死場所を探して、——首くくる枝のよいのをたずねて!

　飯盛山福泉寺(解秋和尚主董、鍋島家旧別邸)

山をそのままの庭、茅葺の本堂書院庫裏、かすかな水の音、梅の一、二本、海まで見える。

猫もいる、犬もいる、鶏も飼ってある、お嬢さん二人、もろもろの声（音というにはあまりしずかだ）。

すこし筧の匂いする山の水の冷たさ、しんしんとしみいる山の冷え（薄茶の手前は断わった）、とにかく、ありがたい一夜だった。

二月十日　まだ風雨がつづいているけれど出立する、途中千々石（チヂイワ）で泊るつもりだったが、宿という宿で断られつづけたので、一杯元気でここまで来た、行程五里、小浜町、永喜屋（二五・中）

千々岩は橘中佐の出生地、海を見遥かす景勝台に銅像が建立されている。

或る店頭で、井上前蔵相が暗殺された新聞記事を読んだ、日本人は激し易くて困る。

……

この宿は評判がよくない、朝も晩も塩辛い豆腐汁を食べさせる、しかし夜具は割合に清潔だし（敷布も枕掛も洗濯したばかりのをくれた）、それに、温泉に行けて相客がないのがよい、たった一人で湯に入って来て、のんきに読んでいられる。

ここの湯は熱くて量も多い、浴びて心地よく、飲んでもうまい、すべて本田家の個人所有である。

海も山も家も、すべてが温泉中心である、雲仙を背景としている、海の青さ、湯烟の白さ。

凍豆腐ばかりを見せつけられる、さすがに雲仙名物だ、外に湯せんべい。

三月五日　すべて昨日のそれらとおなじ〔晴、市中行乞、滞在、佐賀市、多久屋（二五・中）〕。

大隈公園というのがあった、そこは侯の生誕地だった、気持のよい石碑が建てられてあった、小松の植込もよかった、どこからともなく花のかおり——丁字花らしいにおいがただようていた、三十年前早稲田在学中、侯の庭園で、侯等といっしょに記念写真をとったことなども想い出されてしょうぜんとした。

ここのおかみさんは口喧（やかま）しい人だ、女の悪いところをヨリ多く持っている、彼女といっしょに生活している亭主公の忍耐に敬服する、同宿のお遍路さんの妻君は顔も心も十人並だが、境遇上時々ヒステリックになるらしい、無理もないとは思うけれど、朝から夫婦喧嘩してるのを見聞している、彼女をさげしむよりも人間のみじめさを感じる。

子供というものもおもしろい、オコトワリオコトワリといってついてくる子供もいるし、可愛い掌に米をチョッポリ握ってくれる子供もいる、彼等に対して、私も時々は腹を立てたり、嬉しがったりするのだから、私もやっぱり子供だ！

佐賀市はたしかに、食べ物飲み物は安い、酒は八銭、一合五勺買えば十分二合くれる、大バカモリうどんが五銭、カレーライス十銭、小鉢物五銭、それでも食える。緑平老の厚意で、昨日今日は余裕があるので、方々へたよりを書く、五枚十枚二十枚、何枚書いても書き足らない、もっと、もっと書こう。とにかく、たよりほどうれしいものはない。

　畳古きにも旅情うごく

　□

　樹影雲影猫の死骸が流れてきた

・土手草萌えて鼠も行つたり来たりする

　□

　水鳥の一羽となつて去る

　飾窓の牛肉とシクラメンと

三月十日　雨となった、行程二里、小城町、常盤屋(二五・上)

降りだしたので合羽をきてあるく、宿銭もないので雨中行乞だ、少し憂鬱になる、やっぱりアルコールのせいだろう、当分酒をやめようと思う。

早くどこかに落ちつきたい、嬉野か、立願寺か、しずかに余生を送りたい。

　酒やめておだやかな雨
こんな句はつまらないけれど、ウソはない、ウソはないけれど真実味が足りない、感激がない。

夜は「文藝春秋」を読む、私にはやっぱり読書が第一だ。

ほろりと前歯がぬけた、さみしかった。

追記——川上というところは川を挟んだ部落だが、水が清らかで、土も美しい、山もよい、神社仏閣が多い、中国の三次町に似ている、いわば遊覧地で、夏の楽園らしい、佐賀市からは、そのために、電車が通うている、もう一度来てゆっくり遊びたいと思うた。

宿は高い割合に良くなかった。

春日墓所(閑叟公の墓所)は水のよいところ、水の音も水の味もうれしかった。

三月廿三日　雨后晴、休養、漫歩、宿は同前(佐世保市、末広屋(三五・中))。

小降りになったので、頭に利久帽(ママ)、足に地下足袋、尻端折懐手の珍妙な粉装(ママ)で、市内見物に出かける、どこも水兵さんの姿でいっぱいだ、港の風景はおもしろい。

プロレタリヤ・ホールと大書した食堂もあれば、簡易ホテルの看板を出した木賃宿もある、一杯五銭の濁酒があるから、チョンの間五十銭の人肉もあるだろう！
安煙草はいつも売切れだ、口付は朝日かみのり、刻はさつき以上、バットは無論ない、
チェリーかホープだ。

　骨(コツ)となつてかへつたかサクラさく（佐世保駅凱旋日）

塩湯へいった、よかった、四銭は安い、昨日の普通湯四銭は高いと思ったが。
佐世保の道路は悪い、どろどろしている（雨後は）、まるで泥海だ、これも港町の一要素
かも知れない。
同宿は佐商入学試験を受ける青年二人、タケ（尺八吹）、そして競馬屋さん、この競馬は
面白い、玩具の馬を走らせるのである、むろん品物が賭けてある、一銭二銭の馬券で一
銭から十銭までの品を渡すのである。

四月二日　晴、また腹痛と下痢だ、終日臥床。

緑平老の手紙は春風春水一時到の感があった、まことに持つべきものは友、心の友であ
る。
April fool!　昨日はそうだったが今日もそうらしい、恐らくは明日も——マコト　ソラ
ゴト　コキマゼテ、人生の団子をこしらえるのか！

しくしく腹がいたむ、読書も出来ない、情ないけれど自業自得だ、病源はショウチュウだったのだ。

四月十四日　雨となるらしい曇り、行程三里、生きの松原、その松原のほとりの宿に泊る綿屋(・)

行乞途上、わからずやが多かったけれど、今日もやっぱり好日。

女はうるさい、朝から夫婦喧嘩だ、子供もうるさい、朝から泣きわめく、幸にして私は一人だ。……

朝鮮人はうるさいと思うのに(この宿にも二人泊っている、朝鮮人としての悪いところばかり持っているらしい)、亭主持つなら朝鮮人(遊ばせて可愛がってくれるから)とおばあさんがいう！

休んでいると、犬が尾をふりあたまをふってやってくる、からだをすりよせる、しかし私はお前にあげるものを持たない、すまないね。

どうでもといわれて、病人のために読経した、慈眼視衆生、福聚海無量、南無観世音菩薩、彼に幸あれ。

今年はじめての松露を見た(店頭で)、松原らしい気分になった、私もすこし探したが一個も見つからなかった。

松に風なく松露が。……

うるうという宿場はちっともうるおさなかった。

　すこし濁つて春の水ながれてくる

•旅人のふところでほんにおとなしい児

•春の街並はぢかれどほしでぬけた

•あたゝかい子犬の心がようわかる

春のくばりものとし五色まんぢゅう

再録

•朝からの騒音へ長い橋かゝる

•松はおだやかな汐鳴り

•遍路たゞずむ白浪おしよせる

•わびしさは法衣の袖をあはせる

□

•旅の或る日の松露とる

花ぐもりのいちにち石をきざむばかり

この宿はよい、家の人がよい、そして松風の宿だ、という訳でずいぶん飲んだ、そしてぐっすり寝た、久しぶりの熟睡だった、うれしかった。

途中、潤(うるう)というところがあった、うるおさないところだった。

私はこの頃、しゃべりすぎる、きどりすぎる、考えよ。

同宿六人、みんなおへんろさんだ、その中の一人、先月まで事件師だったという人はおもしろいおへんろさんだった、ホラをふいてエラがる人だけれど憎めない人間だった。

木賃宿における鮮人(飴売)と日本人(老遍路)との婚礼、それは焼酎三合、ごまめ一袋で、めでたく高砂になったが、かなしくもうれしいものだった。

四月十六日　薄曇、市街行乞、宿は同前(出来町、高瀬屋(　・中))。

福岡は九州の都である、あらゆる点において、――都市的なものを感じるのは、九州では福岡だけだ。

今日の行乞相はよかった、水の流れるようだった(まだ雲のゆくようではないけれど)、しかし福岡は――市部はどこでも――行乞のむつかしいところ、ずいぶんよく歩いたが、所得は、やっと食べて泊って、ちょっぴり飲めるだけ。

一銭、一銭、そして一銭、それがただアルコールとなるばかりでもなかった、今日は本を買った(達磨大師についての落草談)、読んで誰かにあげよう、緑平老にでも。

春を感じる、さくらはあまり感じない、それが山頭火式だ。

夜は中洲の川丈座へゆく、万歳オンパレードである、何というバカらしさ、何というホガらしさ(ママ)。

•昼月に紙鳶をたたかはせてゐる
•水たまりがほがらかに子供の影うつす
•あたゝかに坊やは箱の中に寝てゐる

——飲んだ、歩いた、歩いた、飲んだ——そして今日が今夜が過ぎてしまった、ただそれだけ、生死去来、はやっぱり生死去来に御座候、あなかしこ。

夜は万歳を聞きに行った、あんまり生死去来気がクサクサするから、そしてこういう時にはバカらしいものがよいから、——可愛い小娘がおじさんおじさんといって好意を示してくれた。

世の中味噌汁! この言葉はおもしろい。

今夜、はじめて蕨(わらび)を食べた、筍(たけのこ)はまだ。

四月廿日　曇、風、行程四里、折尾町、匹田屋(三〇・中)

風にはほんとうに困る、塵労を文字通りに感じる、立派な国道が出来ている、幅が広くて曲折が少なくて、自動車にはよいが、歩くものには単調で却ってよくない、別れ路の道標はありがたい、福岡県は岡山県のように、この点では正確で懇切だ。

行乞相はよかった、風のようだった(所得はダメ)。

省みて、供養をうける資格がない(応供に値するものは阿羅漢以上である)、拒まれるのが当然である、これだけの諦観を持して行乞すれば、行乞が修行となる、忍辱は仏弟子たるものの守らなければならない道である、踏みつけられて土は固まるのだ、うたたかれて人間はできあがる。

旅のこどもが犬ころを持つてゐる(ルンペン)

・けふもいちにち風をあるいてきた

山ふところの水涸れて白い花

・風のトンネルぬけてすぐ乞ひはじめる

もう葉桜となつて濁れる水に

同宿は土方君、失職してワタリをつけて放浪している、何のかのと話しかける、名札を書いてあげる、彼も親不孝者、打って飲んで買うて、自業自得の愚をくりかえしつつある劣敗者の一人。

五月一日　まったく五月だ、緑平居の温情に浸っている。

熱があるとみえて歯がうずくには困ったが、洗濯したり読書したり、散歩したり談笑したり。

彼女からの小包が届いていた、破れた綿入を脱ぎ捨てて袷に更えることが出来た、こういう場合には私とても彼女に対して合掌の気持になる。

廃坑を散歩した、アカシヤの若葉がうつくしい、月草を摘んできて机上の壺に挿して置く。

『放哉書簡集』を読む、放哉坊が死生を無視（敢て超越とはいわない、彼はむしろ死に急ぎすぎていた）していたのは羨ましい、私はこれまで二度も三度も自殺をはかったけれど、その場合でも生の執着がなかったとはいいきれない（未遂におわったが（ママ）その証拠の一つだ）。

筍を、肉を、すべてのものをやわらかく料理して下さる奥さんの心づくしが身にしみた（私の歯痛を思いやって下さって）。

緑平老は、あやにく宿直が断りきれないので、晩餐後、私もいっしょに病院へ行く、ネロ（その名にふさわしくない飼犬）もついてくる。

緑平居に多いのは、そら豆、蕗、金盞花である、主人公も奥さんも物事に拘泥しない性質だから、庭やら畑やら草も野菜も共存共栄だ、それが私にはほんとうにうれしい。

　廃坑の月草を摘んで戻る
　廃坑、若葉してゐるはアカシヤ
•ここにも畑があつて葱坊主
　へたくそな鶯も啼いてくれる
•夕空、犬がくしやめした
　ひとりものに犬がじやれつく
　香春晴れざまへ鳥がとぶ
　　　□
　何が何やらみんな咲いてゐる（緑平居）

五月廿日　曇、行程四里、正明市、かぎや（三〇・中）

いやいや歩いて、いやいやホイトウ、仙崎町三時間、正明市二時間、飯、米、煙、そしてそれだけ。

この宿の主人は旧知だった、彼は怜悧な世間師だった、本職は研屋だけれど、何でもやれる男だ、江戸児だからアッサリしている、おもしろいね。

同宿六人、みんなおもしろい、ああおもしろのうきよかな、蛙がゲロゲロ人間ウロウロ。

空即空、色是色、——道元禅師の御前ではほんとうに頭がさがる、——日本における最も純な、貴族的日本人、その一人はたしかに永平老古仏。

ここで得ればかなたで失う、一が手に入れば二は無くなる、彼か彼女か、逢茶喫茶、ひもじうなったらお茶漬でもあげましょうか、それがほんとうだ、それでたくさんだ、一をただ一をつかめば一切成仏、即身即仏、非心非仏。

　　こんやの宿も燕を泊めてゐる
・ふるさとの夜となれば蛙の合唱

初めて逢うた樹明君、久しぶりに逢うた敬治君、友はよいかな、うれしいかな、ありがたいかな、もったいないかな、昨日今日、こんなにノンキで生きているのはみんな友情の賜物である、合掌。

五月廿四日　晴、行程わずかに一里、川棚温泉、桜屋(四〇・中)

すっかり夏になった、睡眠不足でも身心は十分だ、小串町行乞、泊って食べて、そしてちょっぽり飲むだけはいただいた。

川棚温泉――土地はよろしいが温泉はよろしくない(嬉野に比較して)、人間もよろしくないらしい、湯銭の三銭は正当だけれど、剃髪料の三十五銭はダンゼン高い。

妙青寺(曹洞宗)拝登、荒廃荒廃、三恵寺拝登(真言宗)、子供が三人遊んでいた、房守さんの声も聞える、山寺としてはいいところだが。――

歩いて、日本は松の国であると思う。

新緑郷――鉄道省の宣伝ビラの文句だがいい言葉だ――だ、密柑の里だ、あの甘酸っぱい匂いは少年の夢そのものだ。

松原の、松のないところは月草がいちめんに咲いていた、月草は何と日本的のやさしさだろう。

・ふるさとはみかんのはなのにほふとき
・若葉かげよい顔のお地蔵さま
　初夏の坊主頭で歩く
　歩くところ花の匂ふところ
　□
・コドモが泣いてハナが咲いてゐた

行乞記（三）

六月九日　同前〔木下旅館（三〇・上）〕。

晴、といっても梅雨空、暗雲が去来する。

今日は寺惣代会が開かれる日だ、そして私に寺領の畠を貸すか貸さないかが議せられる日だ。

昨夜もあまり睡れなかったので、頭が重い。

アルコールよりカルモチン――まったくそういう気分になりつつある、飲まないのではない、飲めなくなったのだ（肉体的に）、意志が弱いと胃腸が強い、さりとはあんまり皮肉だったが、その皮肉も真実になったらしい、少くとも事実にはなった、健全な胃腸は不健全な飲食物を拒絶する！

年をとると、身体のあちらこちらがいけなくなる、私はこの頃、それを味わいつつある。

川棚温泉には犬が多い、多すぎる。

野を歩いていたら、青蘆のそよいでいるのに心をひかれた、こんなにいいものがあるのに、何故、旅館とか料理屋とかは下らない生花に気をとられているのだろう、もったいない、明早朝さっそく私はそれを活けよう。

・柿の葉柿の実そよがうともしない

六月廿一日　同前。

昨夜来の風雨がやっと午後になってやんだ、青葉が散らばり草は倒れ伏している。水はもう十分だが、この風では田植も出来ないと、お百姓さんは空を見上げて嘆息する。私にはうれしい手紙が来た、それはまことに福音であった、緑平老はいつも温情の持主である。

自分でも気味のわるいほど、あたまが澄んで冴えてきた、私もどうやら転換するらしい、——左から右へ、——酒から茶へ！

何故生きてるか、と問われて、生きてるから生きてる、と答えることが出来るようになった、この問答の中に、私の人生観も社会観も宇宙観もすべてが籠っているのだ。

　これで田植ができる雨を聴きつゝ寝る

・いたゞきは立ち枯れの一樹

・蠅がうるさい独を守る

・ひとりのあつい茶をすゝる

・花いばら、こゝの土とならうよ

六月廿四日　同前。

ようやく晴となった。

妹から心づくしの浴衣と汗の結晶とを贈ってくれた、すなおに頂戴する。

血は水よりも濃いという、まったくだ、同時に血は水よりもきたない。

小串へ出かけて、予約本二冊を受取る、『俳句講座』と『大蔵経講座』、これだけを毎月買うことは、私には無理でもあり、贅沢でもあろう、しかし、それは読むと同時に貯えるためである、この二冊を取り揃えて置いたならば、私がぽっかり死んでも、その代金で、死骸を片づけることが出来よう、血縁のものや地下の人々やに迷惑をかけないで、また、知人をヨリ少く煩わして、万事がすむだろう(こんな事を考えて、しかもそれを実行するようになっただけ、私は死に近づいたのだ)。

近来、水――うまい水を飲まない、そのためでもあろうか、何となく身心のぐあいがよろしくない、よい水、うまい水、水はまことに生命の水である、ああ水が飲みたい。

蠅取紙のふちをうろうろしている蠅を見てると、蠅の運命、生きもののいのち、といったようなものを考えずにはいられない。

終日終夜、湯を掘っている、その音が不眠の枕にひびいて、頭がいたんできた。

今日は書きたくない手紙を三通書いた、書いたというよりも書かされたというべきだろう、寺領借入のために、いいかえれば、保証人に対して私の身柄について懸念ないことを理解せしめるために、――妹に、彼に、彼女に、――私の死病と死体との処理について。――

鬱々として泥沼にもぐったような気分だ、何をしても心が慰まない、むろん、こういう場合にはアルコールだって無力だ、殊に近頃は酒の香よりも茶の味わいの方へ私の身心が向いつつあることを感じている（それは肉体的な、同時に、精神的なものに因していると思う）。

六月廿六日　同前。

曇、近郊散策、気分よろし、御飯がうまい、ただし酒はうまくない、これも人生の悲喜劇一齣だろう。

蚤はあたりまえだが、虱のいたのにはちょいと驚いた、蠅や蚊はもちろん。

今日は日曜日なので一夜泊り、或は一日遊びの浴客がちらほら歩いている、あまりモダンぶりのものは見うけない、ここにインバイがいないように（カフェーの女給や芸妓のエロサービスは知らないが)、それはここにふさわしいお客さんばかりだ。妙青禅寺の本堂で、観世流の謡会があった、日本的でよいと思うけれど、ほんとうの味は解らない。

青龍園――妙清(ママ)寺境内、雪舟築くところ――を改めて鑑賞する、自然を活かす、いいかえれば人為をなるたけ加えないで庭園とする点においてすぐれていると思う、つつじとかきつばたとの対照融和である(萩が一株もう咲いていた)。

門前の老松もよいが、大タブもよい、その実はうれしいものだ。

午後はあてどもなく山から山へ歩く、雑草雑木が眼のさめるようなうつくしさだ、粉米のような、こぼれやすい花を無断で貰って帰った。

おばさんが筍を一本下さった、うまい、うまい筍だった、それほどうまいのに焼酎五勺が飲みきれなかった!(明日は間違なく雨だよ!)

ほんとうに酒の好きな人に悪人がいないように、ほんとうに花を愛する人に悪人はいないと思う。

改造社の『俳句講座』所載、井師の放哉紹介の記録を読んで、放哉は俳句のレアリズムをほんとうに体現した最初の、そして或は最大の俳人であると今更のように感じたことである。

「刀鋒を以て斬るは敗る、刀盤を以て斬るは勝つ」捨身剣だ、投げだした魂の力を知れ。

緑平老に

□

・ひさしぶり逢へたあんたのにほひで（彼氏はドクトルなり）

□

・梅雨晴の梅雨の葉のおちる

蠅取紙

・いつしよにぺつたりと死んでゐる

・山ふかくきてみだらな話がはづむ

・山ふところのはだかとなる

・のぼりつくして石ほとけ

・みちのまんなかのてふてふで

・あの山こえて女づれ筍うりにきた

晩に土落（どろおと）し（田植済の小宴）、の御馳走を頂戴した（御相伴という奴だ）、煮しめ一皿、まだ飯一椀、私に下さる前に、牛が貰ったか知ら！（この地方は山家だから牛ばかりだ）

今朝はめずらしくどこからも来信がなかった、さびしいと思った、こうして毎日毎日遊んでいるのはほんとうに心苦しい、からだはつかわないけれど、心はいつもやきもきしている、一刻も早く其中庵(ごちゅうあん)が建つようにと祈っている。……近頃また不眠症にかかって苦しんでいる、遊んで、しかも心を労する私としては、それは当然だろうて。

六月廿八日　同前。

晴、時々曇る、終日不快、万象憂鬱。

不眠が悪夢となった、恐ろしい夢でなくて嫌な夢だから、かえってやりきれない。何もかも苦い、酒も飯も。

最後の晩餐！という気分で飲んだ、飲めるだけ飲んだ、ムチャクチャだ、しかもムチャクチャにはなりきれないのだ。

何というみじめな人間だろうと自分を罵った、——こんなにしてまで、私は庵居しなければならないのでしょうか——と敬治君に泣言を書きそえた。

七月一日　木下旅館。

雨、終日読書、自省と克己と十分であった、そして自己清算の第一日(毎日がそうだろう)。

伊東君に手紙を書く、愚痴をならべたのである、君の温情は私の一切を容れてくれる。私は長いこと、死生の境をさまようている、時としてアキラメに落ちつこうとし(それはステバチでないと同時にサトリではない)時として、エゴイズムの殻から脱しようとする、しかも所詮、私は私を彫りつつあるに過ぎないのだ。……

例の如く不眠がつづく、そして悪夢の続映だ！　あまりにまざまざと私は私の醜悪を見せつけられている、私は私を罵ったり憐んだり励ましたりする。

彼――彼は彼女の子であって私の子ではない――から、うれしくもさみしい返事がきた、子でなくて子である子、父であって父でない父、ああ。

俳句というものは――それがほんとうの俳句であるかぎり――魂の詩だ、こころのあらわれを外にして俳句の本質はない、月が照り花が咲く、虫が鳴き水が流れる、そして見るところ花にあらざるはなく、思うところ月にあらざるはなし、この境涯が俳句の母胎だ。

時代を超越したところに、目的意識を忘却したところに、いいかえれば歴史的過程にあって、しかも歴史的制約を遊離したところに、芸術(宗教も科学も)の本質的存在がある、これは現在の私の信念だ。

さみしい夜のあまいもの食べるなど

・何でこんなにさみしい風ふく

・手折るよりぐつたりしほれる一枝

・とりきれない虱の旅をかさねてゐる

・雨にあけて燕の子もどつてゐる

縞萱伸びあがり塀のそと

いちめんの蔦にして墓がそここゝ

ロマンチック——レアリスチック——クラシック——そして、何か、何か、何か、——

そこが彼だ。

我昔所造諸惑(ママ)業　皆由無始貪瞋痴

従身口意之所生　一切我今皆懺悔

衆生無辺誓願度　煩悩無尽誓願断

法門無量誓願学　仏道無上誓願成

七月七日

雨、空は暗いが私自身は明るい、其中庵が建ちつつあるのだから。——

しかし今日も行乞が出来ないので困る、手も足も出ない、まったくハガキ一枚もだせない。

時々、どしゃぶり、よう降るなあ！

昨日も今日も、そして明日も恐らくは酒なし日。

どこの家庭を見ても、何よりも亭主の暴君ぶりと妻君の無理解とが眼につく、そしてそれよりも、もっと嫌なのは子供のうるさいことである。

歯痛がやんだら手足のところどころが痛みだした、一痛去ってまた一痛、それが人生だ！

・くもりおもたくおのれの体臭
・けさはあめの花いちりん
・畦豆も伸びあがる青田風
・雨の山越え苗もらひに来た
・青田青田へ鯉児を放つ

七月八日

雨、少しずつ晴れてくる。

痔がよくなった、昨春以来の脱肛が今朝入浴中ほっとりとおさまった、大袈裟にいえば、十五ケ月間反逆していた肉塊が温浴に宥められて、元の古巣に立ち戻ったのである、まだしっくりと落ちつかないので、何だか気持悪いけれど、安心のうれしさはある。

とにかく温泉の効験があった、休養浴泉の甲斐があったというものだ、四十日間まんざら遊んではいなかったのだ。

建ちそうで建たないのが其中庵でござる、旅では、金がなくては手も足も出ない。ゆっくり交渉して、あれやこれやのわずらいに堪えて、待とう待とう、待つより外ない。

臭い臭い、肥臭い、ここでかしこで肥汲取だ、西洋人が、日本は肥臭くて困るというそうだが、或る意味で、我々日本人は糞尿の中に生活してる！

・朝の道をよこぎるや蛇

・朝しづくの一しづくである

□

田植じまひは子を連れて里へ山越えて

□

・梅雨あかり、ぱつと花のひらきたる

□

・鯉の児放つや青田風
・曇の日、釣りあげたはいもり

□

・墓から墓へ夕蜘蛛が網を張らうとする
・墓に紫陽花咲きかけてゐる
・夕焼小焼牛の子うまれた
・家をめぐり蛙なく新夫婦である

八月二日

朝から酒（壁のつくろいは泥だというがまったくその通りだ）、宿酔が発散した。

十一時の汽車で大道へ、追憶の糸がほぐれてあれこれ、あれこれといそがしい。

七年目ぶりにS家の門をくぐる、東京からのお客さんも賑やかだった、久しぶりに家庭的雰囲気につつまれる。

伯母、妹、甥、嫁さん、老主人、姪の子ら。……

夕食では少し飲みすぎた、おしゃべりにならないようにと妹が心配している、どうせ私は下らない人間だから、下らなさを発揮するのがよいと思うけれど。

酒は甘露、昨日の酒、今日の酒は甘露の甘露だった、合掌献盃。

よい雨だが、足らない、降れ、降れ、しっかり降ってくれ。

寿さんの努力で後山がよく開拓されてある、土に親しむ生活、土を活かす職業、それが本当だ。

樹明兄が借して下さった『井月全集』を読む、よい本だった、今まで読んでいなければならない本だった、井月の墓は好きだ、書はほんとうにうまい。

石地蔵尊、その背景をなしていた老梅はもう枯れてしまって花木が植えてある、ここも諸行無常を見る、一句手向けよう。

　あかつきのどこかで何か搗いてゐる
　朝風に竹のそよぐこと
　青田かさなり池の朝雲うごく
・朝風の青柿おちてゐて一つ
　おきるよりよい風のよい水をよばれた

S家即事

　伯母の家はいまもちろ〳〵水がながれて
・水でもくんであげるほかない水をくみあげる

風ふくふるさとの橋がコンクリート
ふるさとのこゝにもそこにも家が建ち

八月四日

曇、どうやら風雨もおさまったので、朝早く一杯いただいて出立、露の路を急いで展墓（有富家、そして種田家）、石古祖墓地では私でも感慨無量の体だった、何もかもなくなったが、まだ墓石だけは残っていたのだ。

青い葉、黄ろい花をそなえて読経、おぼえず涙を落した、何年ぶりの涙だったろうか！

それから天満宮へ参拝する、ちょうど御誕辰祭だった、天候険悪で人出がない、宮市はその名の示すようにお天神様によって存在しているのである、みんなこぼしていた。

酒垂公園へ登って滝のちろちろ水を飲む、三十年ぶりの味わいだった（おかげで被布を大（ママ）の枝にひっかけて裂いたが）。

故郷をよく知るものは故郷を離れた人ではあるまいか。

東路君を訪ねあてる、旧友親友ほどうれしいものはない、カフェーで昼飯代りにビールをあおった、夜は夜でおしろいくさい酒をしたたか頂戴した、積る話が話しても話しても話しきれない。

三田君にちょっと面接、斎藤さんへは電話で挨拶、いろいろくいちがったり、こんがらがったりして、ゆっくり話しあうことが出来なかったのは残念だった、またの機会を待とう。

・ふるさとの蟹の鋏の赤いこと
・ふるさとの河原月草咲きみだれ
・蟬しぐれ、私は幸福である
・ふるさとの水だ腹いっぱい
・ふるさとの空の旗がはたはた
・ひさびさ雨ふりふるさとの女と寝る
・日向草の赤いの白いのたづねあてた

□

・うぶすなの宮はお祭のかざり
・うぶすな神のおみくじをひく

□　展墓

・おもひでの草のこみちをお墓まで
夏草、お墓をさがす

・すゞしくお墓の草をとる
　お墓の、いくとせぶりの夏草をぬく
　　□　追加
　みんなに話しかける青葉若葉のひかり

　八月十三日

空晴れ心晴れる、すべてが気持一つだ。

其中庵は建つ、――だが――私はやっぱり苦しい、苦しい、こんなに苦しんでも其中庵を建てたいのか、建てなければならないのか。――

　夏草ふかく自動車乗り捨てゝある夕陽

　八月十九日

何事も因縁時節、いらいらせずに、じっとして待っておれ、そうするより外ない私ではないか。

入浴、剃髪、しんみりとした気持になって隣室の話をきく、ああ母性愛、母というものがどんなに子というものを愛するかを実証する話だ、彼等（一人の母と三人の子と）は動物に近いほどの愛着を体感しつつあるのだ。……

父としての私は、ああ、私は一度でも父らしく振舞ったことがあるか、私はほんとうにすまなく思う、私はすまない、すまないと思いつつ、もう一生を終ろうとしているのだ。

……

九月四日

雨、よう降りますね、風がないのは結構ですね。

午前は、樹明さん、敬治さん、冬村さんと四人連れで、其中庵の土地と家屋とを検分する、みんな喜ぶ、みんなの心がそのまま私の心に融け入る。……

午後はまた四人で飲む、そしてそれぞれの方向へ別れた。

夕方から夕立がひどかった、よかった、痛快だった。

さみしい葬式が通った。

私はだんだん涙もろくなるようだ(その癖、自分自身に対しては、より冷静になる)。

飯盒の飯はうまい、しかしこれは独身のうまさだ。

故郷へ一歩近づくことは、やがて死へ一歩近づくことであると思う。

——孤独、——入浴、——どしゃ降り、雷鳴、——そして発熱——倦怠。

私はあまりに貪った、たとえば食べすぎた（川棚では一日五合の飯だった）、飲みすぎた（先日の山口行はどうだ）、そして友情を浴びすぎている。……

こういう安易な、英語でいうeasy-goingな生き方は百年が一年にも値しない。

あの其中庵主として、ほんとうの、枯淡な生活に入りたい、枯淡の底からこんこんとして湧く真実を詠じたい。

　いつも尿する木の実うれてきた
　秋雨の枝をおろし道普請です
・雨ふるふるさとははだしであるく

九月十五日

晴、時々曇る、満月、いわゆる芋名月、満洲国承認の日、朝五時月蝕、八幡祭礼、肌寒を感じる。

昼、ばらばらとしぐれた、はじめてしぐれの風情を味う。

今日の雑草は夏水仙という花、その白いのがうれしい（これは雑草でなくて、どこかのこぼれ種らしい、川土手で摘んだが）。

酒壺洞君から、もっと強くなれと叱られた、たしかに私は弱気だ、綺語を弄すれば、善、良な悪人だ。

八幡宮の御神幸をここから遥拝する、追憶は三、四十年前の少年時代にかえる、小遣銭を握りしめて天神様へ駈けてゆく自分がよみがえってくる。……

蓮芋一茎をもらって、そのまま食べた。

憂鬱な日は飯の出来まで半熟で、ますます憂鬱になる、半熟の飯をかみしめていると涙がぽろぽろこぼれそうだ。

朝魔羅が立っていた、――まさにこれ近来の特種！

月蝕四句

旅の或る日の朝月が虧(か)げる
・虧げつゝ月は落ちてゆく
虧げはじめた月に向つてゐる（底本注＝削除の印あり）
・朝月となり虧げる月となり

□

・おまつりのきものきてゆふべのこらは
・こどもほしや月へうたうてゐる女
待てば鐘なる月夜となつて

□

・お祭の提灯だけはともし
　月夜のあんたの影が見えなくなるまで（樹明兄に）

夜、樹明兄来庵、章魚（たこ）を持って、――私がお祭客として行かないものだから待ちくたびれて――今夜こそ酒なかるべからずである、あまり飲みたくはないけれど、そしてあまり酒はよくないけれど少し買うてくる（といってもゲルトは私のじゃない）、しんみり飲んで話しつづけた、十二時近くまで。

・月夜おまつりのタコもってきてくれた

その鮪はうまかった、まったくうまかった。

ねむれない、三時まえに起きて米を炊いだり座敷を掃いたりする、もちろん、澄みわたる月を観ることは忘れない。

・月のひかりの水を捨てる（自分をうたう）

月並、常套、陳腐、平凡、こんな句はいくら出来たところで仕方がない、月の句はむつかしい、とりわけ、名月の句はむつかしい、蛇足として書き添えたに過ぎない。

九月十七日

晴、うすら寒いので、とうとうシャツをきた、ことに三時にはもう起きていたのだから、――うつくしい月だった、月光流とはこういう景情だろうと思った。

朝から其中庵へ出かける(飯盒そのものを持って)、大工さんへ加勢したり、戸外を掃除したり、室内を整理したりする、近来にない専念だった。

樹明さんから、ポケットマネー(五十銭玉一つ)頂戴、それでようやく煙草、焼酎にありつく。

夜、さらに同兄と冬村君と同道して来訪、話題は其中庵を離れない、明日は大馬力で其中庵整理、明後日入庵の予定。

これで、私もやっとほんとうに落ちつけるのである、ありがたし、ありがたし。

じっさい寒くなった、朝寒夜寒、障子をしめずにはいられないほどである。

秋、秋、秋、今年は存分に秋が味わえる。……

　月のひかりのながれるところ虫のなくところ

・山の端の月のしばし雲と遊ぶ

□

・なつめたわゝにうれてこゝに住めとばかりに(其中庵即事)

□

・またも旅するふろしきづつみが一つ(改作)

九月十八日

晴、すこし風があった。

満洲事変一週(ママ)年記念日、方々で色々の催おしがある。

私は朝から夕まで一日中其中庵で働らいた。

庵は山手(ヤマテ)山の麓、閑静にして申分なし、しずかで、しかもさみしうないという語句を用いたい。

椿の木の多いところ、その花がぽとりぽとりと心をうつことだろう。柿の木も多い、この頃は枝もたれんばかりに実をつけている、山手柿といって賞味されるという。

彼岸花も多く咲いている、家のまわりはそこもここも赤い。

樹明は竹格子を造り、冬村は瓦を葺く、そして山頭火は障子を洗う。

樹明、冬村共力して、忽ちのうちに、塵取を作り、箒を作り、何やらかやら作ってくれた。

電灯がついてから、竹輪で一杯やって別れた(ここはまさに酒屋へ三里、豆腐屋へ二里の感じだ)。

私はそれからまた冬村君に酒と飯とをよばれた、実は樹明兄に昼食として私の夕飯を食べられてしまったのである。

四日ぶりに入浴、ああくたびれた。

　月にほえる犬の声いつまでも

・朝の雲朝の水にうつり

・水に朝月のかげもあつて

・水音のやゝ寒い朝のながれくる

・朝寒の小魚は岸ちかくあつまり

　仕事のをはりほつかり灯つた

・秋風の水で洗ふ

其中庵には次のような立札を建つべきか、――

　歓迎葷酒入庵室

或は又、――

　酒なき者は入るべからず

労働と酒とのおかげで、ぐっすり寝た、夢も見なかった、このぐらい熟睡安眠したことはめったにない。

留守に誰か来て、待って、そして帰ったようだなと思ったら、それは先刻別れた樹明兄だった、……樹明兄はしばらくして、またやって来られたそうな、そしたら山頭火が酔っぱらって寝言をいっていたそう(ママ)そうな、……私は知らない!

九月十九日

天地清明、いよいよ本格的秋日和となった、働らくにも遊ぶにも、山も野も海も空も、すべてによろしいシーズンだ、よくぞ日本に生れける、とはこの事だ。

子規忌、子規はえらかった(私としてはあの性格はあまり好きでないけれど)、革命的俳人としては空前だった、ひとりしずかに彼について、そして俳句について考えた、床の花瓶には鶏頭が活けてあり、糸瓜(へちま)は畑の隅にぶらさがっている。

朝から其中庵へ、終日掃除、掃いても掃いても、拭いても拭いてもゴミが出る。——

この服装を見よ、片袖シャツにズボン、そのうえにレーンコートをひっかけている(すべて関東震災で帰郷する時に友人から貰った品)、頭には鍔広の麦桿帽、足には地下足袋、まさに英姿サッソウか!

更にこの弁当を見よ、飯盒を持ってゆくのだが、それは私の飯釜であり飯櫃であり飯茶碗である。

日中一人、夜は三人(樹明、冬村の二君来庵)。

月を踏んで戻る、今夜もまた樹明君に奢って貰った、私は飲み過ぎる、少くとも樹明君の酒を飲み過ぎる。

古釘をぬいてまわる、妙に寂しい気分、戸棚の奥から女の髪の毛が一束出て来た、何だか嫌な、陰気な感じ、よし、この髪の毛を土に埋めて女人塔をこしらえてやろう。

　　枝もたわわに柿の実の地へとどき
　　彼岸花の赤さがあるだけ
・つかれてもどるに月ばかりの大空

九月廿日　小郡町矢足(ヤアシ)　其中庵。

晴、彼岸入、そして私自身結庵入庵の日。

朝の井戸の水の冷たさを感じた。

自分一人で荷物を運んだ、酒屋の車力を借りて、往復二度半、荷物は大小九個あった、少いといえば少いが、多いとおもえば多くないこともない、とにかく疲れた、坂の悪路では汗をしぼった、何という弱い肉体だろうと思った、自分で自分に苦笑を禁じえないような場面もあった。

五時過ぎ、車力を返して残品を持って戻ると、もう樹明兄がきていて、せっせと手伝っている、何という深切だろう。

私がここに結庵し入庵することが出来たのは、樹明兄のおかげである、私の入庵を喜んでいるのは、私よりもむしろ彼だ、彼は私に対して純真温厚無比である。

だいぶ更けてから別れた、ぐっすり眠った、心のやすけさと境のしずけさとが融けあったのだ。

昭和七年九月廿日其中庵主となる、——この事実は大満洲国承認よりも私には重大事実である。

其中日記（一）

九月廿一日

庵居第一日(昨日から今日へかけて)。

朝夕、山村の閑静満喫。

虫、虫、月、月、柿、柿、曼珠沙華、曼珠沙華。

・移つてきてお彼岸花の花ざかり

□

・蠅も移つてきてゐる

近隣の井本老人来庵、四方山話一時間あまり、ついで神保夫妻来庵、子供を連れて（この家この地の持主）。

――矢足の矢は八が真　大タブ樹　大垂松　松月庵跡――

樹明兄も来庵、藁灰をこしらえて下さった、胡瓜（きゅうり）を持ってきて下さった（この胡瓜は何ともいえないうまさだった、私は単に胡瓜のうまさというよりも、草の実のほんとうのうまさに触れたような気がした）。

酒なしではすまないので、ちょんびりショウチュウを買う、同時にハガキを買うことも忘れなかった。

今夜もよう寝た、三時半には起床したけれど。

・さみしい食卓の辛子からいこと

・柿が落ちるまた落ちるしづかにも

九月廿二日

秋雨しめやかである、おちつかせる雨である。

其中一人とおさまっていると、身心が自然になごんでくる。

駅の売声がようきこえる。

跣足でポストまで、帰途、蓼(たで)を折ってきて活ける、野趣横溢、そして秋気床間に満つ。

百舌鳥(もず)が啼く、だいぶ鋭くなった、秋の深さと百舌鳥の声の鋭さとは正比例する、いや、秋が深うなれば百舌鳥は鋭く啼かざるを得ないのだ。

改作二句

・柿は落ちたまゝ落ちるまゝにしてをく(底本注＝削除の印あり)
・伸びて伸びきつて草の露

「後記」昨日の誤写を補足して置こう、——いわば引越祝をやった記事の追加だ。——今夜はどうしても飲まなければならないのだった、引越祝と軽視すべきじゃない、結庵入庵の記念祝宴なのだ、しかも私は例によって文なしだ、恥を忍んで、というよりも鉄面皮になって、樹明兄から五十銭銀貨三枚を借りる(返さなければ掠奪だ!)、街へ出て、鮹、蒲鉾、酒、煙草、葉書を買うて来る、二人でやっているうちに、冬村君もやってきて、三人で大に愉快にやった、めでたしめでたし、万歳万歳。――

・身にちかくあまりにちかくつくつくぼうし

　昼虫のしづけさを雨が落ちだした

夕方、樹明、敬治二兄同道来庵、酒、魚、鮨、すべて持参だから恐入る、飲む、話す、笑う、酔う、そして三人いっしょに街へ出た、ちょんびり飲み直して宿屋に泊った、三人ともいずれ劣らぬ脱線常習者なのだ、三人いっしょにぶらついて脱線しなかったのだから、まことに不思議な愉快だった。

九月廿三日

彼岸の中日、其中庵の開庵祝日でもある。

朝早く帰庵して拭いたり掃いたりする、御飯を炊きお菜を拵らえて、待っている。……間もなく二兄がニコニコしてやってくる、すぐまた酒にする(この酒は私が買った、敬治坊から頂戴したお祝儀で!)、そして三人で近隣の四、五軒を挨拶して廻る、手土産として樹明兄がカルピスをあげる。

これで、私も変則ながら、矢足の住人となった訳だ。

何といっても、樹明兄の知人が多く、敬治坊の親戚が多いのだから、私も肩身広く落ちつけるというものだ。

夕方、三人で散歩する、後の山はよかった、庵の跡、宮の跡、萩が咲きみだれている、夕日がおだやかにしんみりと照らす、物と物、心と心とが融け合うようだ。

夜は、さらに水哉、冬村二君も来庵、かしわでうんと飲んだ、酔うた酔うた、みんなが去ってゆくのが癪に障るほど酔うた（私は時々、親しい人々に対しては駄々児気分を発散するらしい）。

今日の忘れられない事は、米を頂戴した事、無花果(いちじく)を食べた事、酒のよかった事（昨日から今日へかけてよく飲んでよく食べたものだ、酒五升、鶏肉五百目、その他沢山である）。

・つく〳〵ぼうしつく〳〵〳〵ぼうしと鳴いて去る
・咲いてこぼれて萩である
・秋ふかう水音がきこえてくる

農学校即事

鵞鳥よ首のべて何を考へてる

十月二日

近頃にない熟睡だった。

晴、昨夜の残酒を傾ける。

省みて愧じないい生活。

郵便配達夫が柿を御馳走してくれという、私の柿ではないけれど、さあさあ好きなだけ食べなさい、食べろといわれる私の代りに、うまいかね。

萩が咲きこぼれている、煙がうすうすのぼっている。

終日籠居、孤独と沈黙と、そして閑寂と沈潜との一日だった。

家の周囲の雑草が刈られた、萩も薄もみんな。

こうろぎを聴いていると、ずいぶん上手下手がある、濁ったのがだんだん澄んでくるのが解る、虫の声もなかなか複雑だ。

咳嗽がひどくて苦しんだ、しかしそれが同時に私を自堕落から救うのも事実である。

十月九日

晴、昨日の今日だから身心がすぐれない、朝寝して残酒残肴を片付けていたら、六時のサイレンが鳴りだした。

即今の這是だ、参。

一人はよいかな、日向ぼっこしている私は一人だよ。

湯屋まで出かける、イージーゴーイングな自分に鞭ちつつ早々帰庵した。

ゲルトなし、アルコールなし、エゴなし。

Sさん一家族みんなで柿もぎに来た、子供はうるさいね、裏畑の柿をもぐべく、近所の娘さんが二人連れで来た、ナツメを下さいという、サアサアおとりなさい、いんぎんに礼をいって行った、若い女性はやっぱりわるくないな。

・酔へばやたらに人のこひしい星がまたゝいてゐる
　裏からつめたく藪風のふきぬけてゆく
・わかれてもどる木の実をひらふ
・秋あつくせりうりがはじまつた
・月に咲けるはそばのはな
・寝るよりほかない月を見てゐる
　(放哉坊の句とは別な味があると思うが)

昨日の買物(この言葉はよい)、――

一、端書切手　　十銭（私の買物はいつでも郵便局からはじまる、何故！）

一、線香　一　　六銭　　一、茶　一袋　　十銭

一、煙草（バット・ナデシコ）　　十一銭　　一、小バケツ　　十二銭

一、いりこ五十目　　十三銭　　一、菜葉二把　　四銭

一、焼酎一合　　十二銭　　一、ノート一冊（日記用）　　八銭

合計金　八十六銭也

（財布にまだ一円ばかり残っていたが、例のワヤで、酒や豆腐や松茸になってしまった）

とにかく、近頃の私は飲みすぎる、遊びすぎる、生死の一大事を忘れてはいないけれど、ややすてばち気分に堕していることを痛感する、こんなことで何が庵居だ、何の句作だぞといいたくなる、清算、精進、一念一路の真実に生きよ。

私は柿を愛する、実よりも樹を、――あの武骨な枝、野人的な葉、そこには近代的なものはないが、それだけ日本的だ、日本的なもの以外には何物もない（もっとも近来だいぶ改良されてはいるが）。

小さな犯罪、それを私は敢てした、裏畑の茗荷の子を盗んだのである、忘れられた茗荷の子だ、不運なその子は私の胃の腑で成仏しなければならなかった。

追加二句

・三日月のどこやら子供の声がある

・夜なべの音の月かげうつる

十月十九日

曇、雨が近いらしい。

けさも朝寝、といっても五時過ぎ、咳で覚めたのである、いやな夢も見たのだ、小人夢多し、是非もないかな。

火を焚くことが上手になった、習うより慣れろだ、今までは木炭で自炊していたのだが。百舌鳥が啼く、サイレンが鳴る、両者は関係がないけれど、私の主観においては融合する、百舌鳥は自然のサイレン、サイレンは人間の百舌鳥か。

苦茗、というよりも熱茗をすする、まず最初の一杯を仏前に供えることは決して忘れない、私にも草庵一風の茶味があってもよかろう、しかし、酒から茶への転換はまだまだむつかしい。

寒い、ほんとうに寒い、もう単衣でもあるまいじゃないか、冬物はこしらえて送ってあげますといってよこした人が怨めしい、というのも私の我儘だけれど。

今日の御飯は可もなく不可もなし、やっぱり底が焦げついて香しくなるようでないとおいしくない。

朝課諷経は食後にして、大根おろしに納豆で食べる、朝飯はいちばんうまい。

畑を見まわる、楽しみここにあり、肥料をやったので、ひょろひょろ大根がだいぶしっかりしてきた、白菜はもう一度間引しなければなるまい、ひともじの勢のよさ、何とほうれんそうが伸ぶことぞ、新菊は芽生える芽生える。

掃く、柿の落葉だけだ、雑草はそのままにしておけ、土地は誰の独占物でもない、雑草だって生えて伸びて茂る権利があろうじゃないか。

暫らく読書、新聞がきたから新聞を読む。

早目に昼飯、塩昆布でお茶漬さらさら。

日中諷経は修証義(しゅしょうぎ)、その語句が身にしみる。

樹明君から胃の薬(いや白米大菩薩)到来、これで当分餓える心配なし、それにしてもいつまでも知友の厚情に甘えていてはならない、行乞、行乞、行乞に出かけよう、そして安易と我儘とを解消しよう(この一項は、読書の項の前に記入すべきだった)。

樹明君の来信の一節に「しばらく菜根を噛んで静養して下さい」とある、まことにその通り、今日は文字通りの菜根デーだろう。

茶の花を挿しかえる、さびしい、ゆかしい花なるかな。

郵便さんがとうとう来なかった、めずらしい事だ。

Ｊさんの妻君がいつものように子供多勢ひきつれて柿もぎに来た、子供はやっぱりうるさい、柿はしずかなのに。

憂欝が忍び足でやってきた、それからのがれるには、歩くか、飲むか、寝るか、三つの手段があるが、歩くだけの元気なく、飲むほどの銭がなく、寝てみたが寝つかれないので、入浴と出かける、二銭五厘の遣悶策だ、あたたかい湯に浸り、髯を剃ったら、だいぶ気軽になった。

四日ぶりに街へ出かけたのだが、人間は人間の中へはいりたがる、それが自然でもある、私にだってそれが本当だろう。

川ぞいのみぞそばのうつくしさ、私はしばし見惚れた、この地方のそれは特別にうつくしいと思う。

歩けばきっと蛇の二、三匹におびやかされる、きょうもまた蛙が喰いつかれて断末魔の悲鳴をあげていた、いたましいとは思うけれど、私はどうすることも出来ない、蛙よ、汝は汝の運命のつたなきを泣け！（芭蕉が大井川のほとりで秋風の捨児に与えたと同一の語句だ）

夕飯も茶漬でぼそぼそだった。

晩課諷経は普門品にする、偈頌の後半部はまったくうれしい、身心がのびのびするようだった。

夜は読んだり書いたり、さて寝ようかなと思っているところへ、樹明君の足音が聞える、久振だな、といっても四日振だ、それほど二人はしげしげ逢っていた、逢わずにはいられないのだ。

あれこれ話しつづけていたが、いよいよ農繁期に入ったのでまた暫らく逢えまいというので、一杯やることに相談一決(いつでも異議のあったことがない！)私は支度、君は街まで一走り。

いい酒だった、缶詰もうまかった、私が大部分平らげた、そしてずいぶん酔うて、君を困らしたらしい、例の常習的変態デマをとばしたのだろう、とにかく、私は親友に対しては駄々ッ児だ。

幸にして(樹明君が今夜はいつもとちがってしっかりしていた)ワヤにならなかった、ありがたかった。

送って出て月がある、――それから、粥を煮て食べた、このあたりの行為は夢遊病者に似ている。

就寝前の言葉として（附記）

飛躍はなかった、しかし、たしかに諦観はあった、自己超越に近いもの、身心脱落らしいもの、そういう心境への第一歩を歩んだと信じている。

・秋空、うめくは豚（追加）

・朝は陽のとゞくところで茶の花見つけた

めをとで柿もぐ空が高い

秋の山の近道の花をつんでもどる

・たそがれる木かげから木かげへ人かげ

十一月二日

昨夜は割合によく眠れたので、今朝の眼覚めもわるくない、お天気は照ったり曇ったり、晴れた方が多く温かだった。

『夢窓国師夢中問答集（むちゅうもんどうしゅう）』を読む。

やっと酒壺洞君から鉢の子到着、これは寄贈用として。

今日も出歩かずにはいられなかった、早昼飯を食べてから、西へ西へとたどった、道が時々なくなるので、引き返したり、がむしゃらに雑草を踏み分けたりして、ようやく小山を一つ越えて、嘉川へ着いた、ここにもおもいでがある（周中三年生として下関へ修学旅行途上の一泊地だった、等、等）、そしてそこから旧国道を戻って来た、土ほこりには閉口した、そのために、だんだん憂鬱になって、とうとう頭痛がしだした。

夕方、樹明君来庵、茶をのんで、粥をたべて、しばらく話しあった、君も近来禁酒で（疾病のために）、そして私が怠慢なので（「三八九」の原稿も書かないから）、何となく不機嫌だった、私は内心、気の毒やら申訳ないやらで恐縮したことである。

関門日々新聞の九星欄を見ると、——一白の人、紅葉の美も凋落し葉を振い落せし如き日——とある、これではたまらない、何とかならないものかな、もっとも、私はいつも裸木だが！

山の野菊（嫁菜の類）、竜胆がうつくしかった、ひたたきもめずらしく可愛かった、この小鳥を見たのは何年ぶりだろう、山柿や櫨紅葉（はぜもみじ）のよいことはいうまでもない。

りんどうを持ってかえって活けた、山の花として満点。

・みんなもがれてこの柿の木は落葉するばかり
・この山奥にも田があり蝗（いなご）があそんでゐる
・りんだうはつゝましく蔓草のからみつき
・見はるかす野や街や雲かげのうつりゆくを

十一月廿五日

きょうもしぐれる、身心ややよろしくなる。

こおろぎの子、あぶらむしの子、子は何でもかあいらしい。

雨に汚れ物——茶碗とか鍋とか何とか——を洗わせる、というよりも洗ってもらう。

『俳句講座』を漫読して、乙二を発見した、何と彼と私とはよく似ていることよ、私はうれしかった、松窓七部集が読みたい、彼について書きたい。

きょうはほんとうにしみじみとしぐれを聴いた。

•さんざふる夜の蠅でつるみます
•たゞ一本の寒菊はみほとけに
•山茶花さいてお留守の水をもらうてもどる
•誰かきさうな空からこぼれる枇杷の花
•しぐれたりてりだしたりこゝそこ茶の花ちつて
•冬蠅とゐて水もとぼしいくらし

改作二句

この柿の木が庵らしくするあるじとして

こゝにかうしてみほとけのかげわたしのかげ（晩課諷経）

十二月十四日

「三八九」をだしてほっとしたのとアルコールのききめによって、ぐっすりと寝た、ただすこし胃の工合が悪い、十週間（ママ）ぶりにちと飲みすぎたようでもある。

曇り寒く雨となる、今日この頃はほんとうにようしぐれる、しかししぐれはわるくない、気分がおちついて物をしんみり味うようになる。

煙草が粉までなくなった、火鉢をかきまわして灰の中からバット吸殻を見つけだしたときのうれしさ、それは砂金採集家が砂金を拾うようなものだろう、しかし何としても恥ずかしい仕業だ、いわゆる乞食根性のいやしさだ、慾望の奴隷であるな。

いゝいゝいゝいゝいゝ
いね〳〵と人にいはれつ年の暮——路通の乞食吟である、私は幸にしてこの季節には行乞に出かけなくてすみそうだ、ありがたい。

こころのプロレタリアであれ、清く純であれ。

いゝいゝいゝいゝいゝ
白菜はおいしいね。

みんな死んでゆく、——彼も死んだ、彼女も死んだ、——心細いよりも早敢（ママ）ないよりも、もっと根本的なものを感じる、生死去来真実人、生死は仏の御命なり、生死去来は生死去来なり、生也全機現、死也全機現、生死になりきれ、生もなく死もないところまで精進せよ。

　冬になつた老眼と近眼とこんがらかつて

老境の述懐である、しずかなあきらめである、冬日影のしめやかさである、私の自画自賛である。

昨日、山口では、『俳句講座』と浄土三部経とを預けて郵税を借りたが、S奥さんに対談しつつある自分の姿を思いだすと、それは苦笑に値するばかりだ。

山口は私にとって第三故郷ともいうべき土地、やっぱりなつかしいうれしい気持をそそられた、山のよさをはっきり知った。

ゆっくりして湯田温泉に一浴したかったが、その余裕も持たなかった、また近いうちに出かけようと思う。

　・わらやしづくするあかるいあめの
　・のびあがりのびあがり大根大根
　・夕焼ける木の実としおちたどんぐり
　・こんなところに水仙の芽が、お正月

昨日の山口行は私にいろいろの事を考えさせたが、途上、花柳菜を見て宮崎を思い、葉牡丹を見て熊本を思った。

△抗議二つ、その一は、独居をうらやむなかれ、その二は、古人の様式に今人をあてはめるなかれ。

さみしくなれば、畑を見てまわる、家の周囲をぐるぐるまわる、それでもなぐさめられる。

いつのまにやら、干柿をすっかり食べつくした、ここに改めてF家のおばさんにお礼を申上げなければなるまい、こんなところにも人間の推移があるからおもしろい。

夜、突然、敬坊来庵、酒と汽車弁当とを買ってくる、敬坊は何というなつかしい人間だろう、酒がなくなり、弁当を食べてしまってから街へ、そして例の如し。

・酒もなくなつたお月さんで

この句が悪くないならば——よくもなかろうが——その程度ぐらいにふざけて酔うたのである。

・月がのぼつて何をまつでもなく

この句にはこの頃の私が出ていると思う、待つでもないで待っている私である。……

十二月三十一日

昼は敬治君と、夜は樹明君と酒らしい酒を飲んだ。
ひとり、しずかに、庵主として今年を送った、さよなら。

・冬夜の人影のいそぐこと
・鉄鉢たたいて年をおくる

インチキ　ドライヴ

昭和七年度の性慾整理は六回だった、内二回不能、外に夢精二回、呵、呵、呵、呵。

昭和八(一九三三)年

其中日記(二)

一月一日

私には私らしい、其中庵には其中庵らしいお正月が来た。

門松や輪飾はめんどうくさいので、裏の山からネコシダを五、六本折ってきて壺に挿した、これで十分だ、歯朶を活けて、二年生きのびた新年を迎えたのは妙だった。

お屠蘇は緑平老が、数の子は元寛坊が、そして餅は樹明君が送ってくれた。

いわゆるお正月気分で、敬治君といっしょに飲みあるいた、そして踊りつづけた、それはシャレでもなければギョウダンでもない、シンケンきわまるシンケイおどりであった!

踊れ、踊れ、踊れ、踊れる間は踊れ!

芝川さんが上海からくれた手紙はまことにうれしいものであった。

•お地蔵さまもお正月のお花

•お正月のからすかあかあ

樹明君和して曰く

かあかあかあからすがふたつ

•シダ活けて五十二の春を迎へた

二月廿五日

未明、樹明来、宇部へ出張して、飲み過ぎて、三田尻まで乗り越して、ようやくここまで来たという、いかにも樹明らしい、ふたりいっしょにしばらく寝る。

明けてから、お茶を飲んで、さよなら、それから私は飯だが、もうショウユもスミもタバコもコメもなくなった、まだハムとアメとが残っている！

村のデパートで、サケ一杯とタバコ一袋とを借りた。

国際聯盟決裂の日、日本よ強くなれ、アジアは先ずアジア人のアジアでなければならない。

三八九、三八九、三八九はメシのタネだ、あああ、ああ。

樹明君が夕方再び来庵、豚のお土産を持って、――一杯あげたいとは思えども。――

夜は「三八九」原稿を書く、あいまあいまに読みちらす。

今日は自然の事実を一つ発見した、水仙も向日葵のように太陽に向いて咲くということである、花はたいがいそうだけれど。

ハムばかり食べている、まるで豚の春だ。

舌鼓を食べた(これは山口名物、これも樹明君のお裾分)。

• 暮れきらないほの白いのは水仙の花

• 陽がさせば水仙はほつかりひらき

• とろ〳〵とける『舌鼓』の春ですね

• 水のいろも春めいたいもりいつぴき(再録)

• 水仙こちらむいてみんなひらいた

• あたゝかく虫がきて夜の障子をたゝく

すつかり春らしく家々のけむり

• 地べた日向をころげて落葉

• 焚火あたゝかく風さわぐ

三月十一日

何もかも食べつくしてしまった、朝は干大根をかんでは砂糖湯をすすった。

手答えのある手紙は来ない、行乞にもお天気がきまらないので出たくない。

ようやくにして白米一升だけ工面した、これでもやっぱり世帯の遣繰というべきだろう。

身のまわり、家のまわりをかたづける、おだやかな気分で。

やっと、うちの、ふきのとうを見つけた、二つ、しょんぼりとのぞいていた、それでもうれしかった。

よい月夜、おだやかな月夜だった。

・朝からふりとほして杉の実の雨
・雨の椿の花が花へしづくして
・こゝにふきのとうがふたつ
　　亡母忌日二句追加
・おもひでは菜の花のなつかしさ供へる
・ひさびさ袈裟かけて母の子として

三月十六日

ぬくすぎたが、はたして雨だ、この雨が木の芽草の芽を育てるのである。

サイレンと共に起きた、何となく心楽しい朝だ。

降ったり止んだり、照ったり曇ったり、まことにとりとめのない日和、こういう日和には、しぜんルンペン――旅人をおもう、行乞流転の苦を考える。……
△俳句の本質については一家見を持っているが、俳句と時代との相関についてはアヤフヤである、史的研究が不足しているからだ、勉強しなければならない。
△芸術の極致は自楽ではあるまいか。
△芸術は闘争を超越する(私はこの意味において、明らかに芸術のための芸術、芸術至上主義者である)。
△社会――個性――芸術。
△酒を飲む、から酒を味う、へ、そして、酒に遊ぶ、へ。
△酒と人とが、とうぜんとして融けなければ本当でない。

　　こゝにも春が来て生恥をさらしてゐる

・煮ゑ(ママ)えるもののうまいにほひのたそがれる

・煮ゑる音の、よい日であつたお粥
・たまく人くれば銭のことをいふ春寒
・暗さ、ふくろうはなく
・梅はなごりの、椿さきつゞき
・椿おちてはういてたゞよふ
・おもひつめては南天の実
・春がきたぞよ啼く鳥啼かぬ鳥
彼岸入といふ晴れたり曇つたりして
晴れては曇る鴉のさわがしく
人を待ちつゝあたゝかく爪をきりつゝ

三月十八日　彼岸入。

晴れたり、曇ったり、とりとめもないお天気。
郵便屋さんからバット一本供養して貰った、これも乞食根性のあらわれか!
掃除をする、ほうれんそうのおひたしをこしらえておく。
樹明君を学校に訪ねて、大山さん歓迎の打合をなし、お茶と煙草とを貰う、何から何まで厄介になるのは、まったくすまない（お嬢さんの容態が悪くないと聞いてほっと安心した）。

△病める七面鳥！

不精髯を剃った、学校でIさんから剃刀を借りて。

ちしゃを搾取しすぎたのだろう、従来の元気がない。

五時頃、大山さんが約束を違えずに来庵、一見旧知の如く即時に仲よしとなった、予想した通りの人柄であり、予想以上の親しみを発露する、わざとらしさがないのが何よりもうれしかった、とにかく練れた人である。

お土産沢山、――酒、味淋干、福神漬、饅頭。

間もなく樹明君も来庵、鶏肉と芹とをどっさり持ってきてくれた、ありがたいお接待役である、主人公はいたずらに右往左往している。

まことに楽しい会合だった、酒のうまさ、芹のうまさ、人と人とのなごやかさ。

だいぶ更けてから、三人で街を散歩する、すこし脱線したが、悪くない脱線だった。

三時近くなって帰庵、大山さんを寝床に就かせておいて、樹明君を送って行く、戻ったのが四時過ぎ、後始末をしているうちに、東の空が白んできた、とうとう徹夜した（それでよかったのである、実は私が着る蒲団はなかったのである）。

・おぢいさんも山ゆきすがたの大声でゆく

十八日夜三句

・つきあたつて大きな樹
・酔ひしれた月がある
・月影ながうひいて水のわくところまで
・水底青めば春ちかし（追加）
・椿またぽとりと地べたをいろどつた
・はなれた家で日あたりのよい家で
・蛙も出てきたそこへ水ふく
・眼白（めじろ）あんなに啼きかはし椿から椿
・こゝにふきのとうそこにふきのとう
・もう郵便がくるころの春日影
・ひつそりとしてぺんぺん草の花ざかり

大山さん樹明君に、二句

・話しつかれてほつと千鳥が
・笠もおちつかせて芹のうまさは

・山の水をせきためて洗ふのがおしめ
・いつも空家（あきや）のこぼれ菜の花
・すこし寒い雨がふるお彼岸まゐり
・夜ふけの風がでてきてわたしをめぐる
・触れて夜の花のつめたし
・夜風その奥から迫りくるもの
・こやしあたへるほそいあめとなり

其中日記（二）

三月三十一日

曇后（のち）晴。

敬坊起きるよりヨーヨー、春はのどかである、間もなく出立帰宅。

うれしいたより、とりわけて緑平老からのそれはうれしいものであった。

友人知己へのかえしに、「老来春来共によろしく」とも「春は春風に吹かれて」とも書いた。

いよいよ春のあたたかさとなった、あたたかくなるほどプロは助かる、足袋を穿かないだけでも。

△バスのほこりも春らしい。

△酒が酒を飲む――むしろそれがよいではないか。

ようやくにして亡母の持越法事を営む、案内したのは樹明氏だけ、とてもしめやかな酒だった。

樹明君が今晩ほど悲しい顔をしていたことはない(昨夜の酔興を自省して)、そして今晩ほど嬉しい色になったこともない(今晩の酒によって心機一転して)、友よ、道の友よ、お互にしっかりやりましょう。

快い睡眠をめぐまれた。

　今日がはじまる日ざしを入れて

・一人が一人を見送るバスのほこり

　常套的小唄一つ

声をそろへて　エンヤラヤ

力をあはせて　エンヤラヤ

さてものどかな地つきかな

五月八日

曇、暑くもなく寒くもない、まさに行乞日和。

草花を見まわる、やっぱり秋田蕗がよいな。

九時頃から四時頃まで嘉川行乞、まことに久しぶりの行乞だった、行乞相も悪くなかった。

嘉川は折からお釈迦様の縁日、たいへんな人出、活動写真、節劇、見世物、食堂出張店、露店がずらりと並んでいた、どの家でも御馳走をこしらえてお客がいた、朝から風呂も沸いていた、着飾った娘さん、気取った青年が右往左往していた、その間を私と、そしてオイチニ薬売とが通るのは時代逆行的景観であった、そして空腹へ焼酎一杯は私をほろほろさせるに十分だった、何とまあ自動車の埃、まったく貧乏人はみじめですね。

帰庵して冷飯を詰め込んだところへ、ひょうぜんとして樹明来、そして私もひょうぜんとして、いっしょにまたお釈迦様へ、おかげで人、人、埃、埃、その中をくぐっていって、腰掛で飲む、一杯二杯三杯、十杯二十杯三十杯、――自動車で小郡駅へ、それから窟へ、おばさんのところへ、それでも庵へもどって雑魚寝、少し金を費わせすぎて気の毒でもあり相済まなかった。

今夜は窟で大にうたった、樹明君も私も調子を合せて、隣室の若衆を沈黙さしたほどうたった、身心がすうとした。

・村はおまつり、家から家へ、若葉のくもり（行乞）

・蕗の葉のまんなかまさしく青蛙

・若葉、高圧線がはしる

・水底の月のたたへてゐる

麦の穂、ごた〳〵店をならべて（釈迦市）

やつぱり私は月がある路を私の寝床まで

　本日の行乞所得

白米　二升八合

現金　二十三銭

六月二日

くもり、北九州への旅立を見合せる。

樹明君が朝早く来て、飯をたべさせてくれという、そしてたった一杯だけたべた、頭髪を刈り（ママ）てもらう、さっぱりした、ふたりが縁側で話しているところへ、やってきた人がある、――中井吉之介さんだった、インテリルンペンである君の話は興味ふかく尽くるところがなかった、ムジナの話、フクロウの話、近代女性の話、マムシの話、アダリンの話、ボクチンの話、等、等、等。

私もルンペン生活をやってきたけれど、君のそれは本格的だ。

敬坊が樹明君に托してくれた壱円で、石油を買い、煙草を買い、焼酎を飲み湯に入った。

夜は酒と句とヨタとで賑った、主賓吉之介、客賓樹明、不二生（ママ）、主人公は山頭火、ただし酒も魚も樹明君の贈物、酒もうまかったが話もおもしろかった。


明日は死なう青葉をあるきつゞける（吉之介さんに代って）

•地べたにすわり食べてるわ
•はれ〲酔うて草が青い
•石垣の日向の蛇のつるみつつ
•つきあたれば枯れてゐる木
•さみしいけれども馬齢（ママ）薯咲いて

六月三十日

ほとんど徹夜した、敬治君はよく眠っている。

曇、すこし朝焼、多少の風。

昨夜はやっぱり飲みすぎだった、私は女難を知らないけれど酒難は知りぬいている。

今朝、それこそほろりと歯がぬけた、ぬけそうでぬけなかった歯が。

敬治君が睡眠の足った上機嫌で県庁へ出張する、私はひとりしずかに読書、『唯物弁証本(ママ)読本』。

裏山で自殺者が見つかったという、もう腐って骨になっていたそうだが、情死だという、どこの男か、どんな女か、——それは話題でなくて問題だ。

たまたま人がきた、それは掛取だった！　皮肉といえば皮肉である。

蟷螂(カマキリ)の子は可愛い、油虫の子には好感が持てない。

客車便で小さい荷物が来た、森さんからの贈物、桑名の名物、時雨蛤である、ありがたい、うれしい、敬治君と共に味う、一杯やりたいな、桑名の殿さんでもうたいたいな。

敬治君といっしょに入浴、帰途、米を買うて貰った、焼酎を飲ませて貰った、ほろほろほろほろ、ぐっすりと寝た。

・草苺(くさいちご)ほのかに朝の水がたゝへ(改作)

・青葉のむかういちはやくカフヱーの灯

　咲いてゐる花を見つけてきてゐるてふてふ

・草の葉の晴れててふてふ三つとなつて
・こゝまで機械がうなつてゐる梅雨空
・うらから仔蟹もはうてくる

山の情死者を悼む四句

・青葉につゝまれてふたりで死んでゐる
骨だけとなり梅雨晴るゝ山
夏木立ふたりで死んで腐つてゐた
・夏山ひそかにも死んでいつたか南無阿弥陀仏

必然に、そして自然に、私は私の弟の死態を思いうかべた。……

七月六日

さすがに昨夜はよく眠られて、今朝はすこし寝すごした、でも五時半頃だったろう。
手作りの初茄子一つもいできて味噌汁の実にする、とてもうまかった、珍重珍重。
心さわやかに身こころよし。
冬村君の仕事場を久しぶりに訪ねる、針金を貰い、らっきょうの漬け方を習う。
私は老いてますます健やかである、論より証拠、若い時よりも今頃の方が筋肉が肥えている（無論かたぶとりだ）、それは果して幸か不幸か、喜ぶべきか悲しむべきかを私は知らない、私としては、私は生きられるだけは生きよう、生きているかぎり、その日その日を十分に生きよう、言葉をかえていえば、今日を今日として私の力の全き今日たらしめる外ない。

先日の吐瀉以来、私の胃は小さくなったようだ、食気が薄くなった、とにかくそれだけ私の身心は安らかになったのである。

ひとりで、じだらくにして、粗衣粗食しておれば、周囲がしずかで、すずしくて、のんきでゆったりしてくる。

山頭火第二句集

草木塔

其中一人　第一篇

其中雪ふる一人として火を焚く

行乞途上　第二編

今日の太陽が鉄鉢へ

補遺

後記

其中一人にしてまた万人なり。
酒の酔心地、これこそ冷暖自知の境。
△句は武器でなくて玩具だ、まさに持つべき玩具だ。
活きるとは味うことなり、味うより外に活きることなし。
△夏はうれしや、プロの楽園、ルンペンの浄土、浴衣があれば蚊帳があればゆっくり暮らせる、ハダカで暮らせ、身も心も、君も僕も。

夕方あんまり所在ないから、新町まで出かけて焼酎一杯、ついでに酢も一合求める、それから椹野河原へいって宵待草を一株ひきぬいてきて庵の前に植える、句も二つ拾った、樹明君から「雑草」(注=層雲同人による俳誌)も借りた、いや御苦労御苦労。

夜おそくまで蚊帳の中で読んだり考えたり、なかなか寝つかれなかった。——

△句作道程の段階(感動をうたうこと、それが詩であるとして)
　説く——述べる——写す——描く——表現する。
のべる(叙景の叙であり、抒情の抒である、のべることがえがくこととなる)、境地、
　風格、一家を成す、堂奥に入る。——

今日は近来にない濫作駄作だった、これではまるで俳句製造者だ、警戒警戒、自重自重、駄作千句よりも佳作一句だ。

咲いておもたく白さ赤さのもつれてはゆれ

・朝蟬やよいたよりうけとつて出かける

・朝ぐもりの落ちる葉にてふてふ

・炎天へ枯れさうもない草のむしられても

・かぼちやおほきく咲いてひらいておばあさんの顔

(対句――おぢいさんも山ゆきすがたの高声でゆく)

今日の冬村君に一句

・だまつて考へない金網を織りつづける

・畑いつか田になつた稲のそよいでゐる

・まだかきをきをかきをえてゐない腹のいたみをおさへ

梅雨ぐもり、見たことのある顔がくる

花草にしやがんだ女で銭のやりとり

・青田のまんなかを新国道はまつすぐな旗立てて

・ひえ〳〵とからだをのばし蛇もうごかない

・庭も畑も草のしげりゆく草

其中日記（四）

七月廿七日

まだ降っている、まるで梅雨のようだ、これではもう水は十分すぎるだろう、そして水を呪うだろう、エゴイスト人間！

昨夜から今朝は涼しい、子の夢を見た、それは埒もない夢だったが、そこにはやっぱり親としての私の心があらわれていた、捨てても捨てても捨てきれないもの、忘れようとしても忘れることの出来ないもの、――そこに人間的なものがある、といえないこともあるまい、人間山頭火！

△与えられるものは与えなければならない、与えるよろこびが与えられるよろこびでなければならない。

いぬころ草のさかりがすぎてつゆ草の季節となった。

何しろ藪蚊が多いので昼も蚊帳を吊って読書、坊主の言草じゃないが、内は極楽、外地獄、まことに麻布一重であります。

雨、その雨を利用して中耕施肥。

今日午後、はじめて、つくつく法師の声。

樹明来、お土産は例の如し、鯵はうまいし焼酎もわるくない、酔いつぶれて宵から熟睡。
・なか〳〵暮れないきりぎりすかな
・夕蟬のなくことも逢ひたいばつかり

九月壱日

晴、八朔、二百十日の厄日である、関東大震災十週年、何というおだやかさ。

七時から十時まで岡枝及び田部行乞、それから歩む、小月は行乞しないで、清末のところどころを行乞する、痔瘻がおきてしようがないから酒屋で一杯いただきたいというたらお断り、カリウチは出来ませんという、それでは鉄鉢へ入れて貰いましょう、酒の出したのがありません、といったような問答、いよいよ痔の虫がおさまらない、やっと或る酒屋で一杯ひっかけると、すぐおさまった、まことに酒は痔の妙薬でありまする。

ぶらりだらりと長府町へはいって裏道を歩いていたら、ひょっこり黎々火君に出逢った、偶然にしてはあまりに偶然すぎるが、訪ねてゆく途上で出逢うたのはうれしい、さあ、ようこそと迎えられて、まず入浴、そして、つめたいうまい水を腹いっぱい飲むことは忘れなかった。

こういう家庭の雰囲気にひたると、家庭というものがうらやましくなる。……
心づくしのかずかずの御馳走になる。
明月、涼風、籐椅子、レコード、物みなよろし。

行乞所見

橋の名にもいろいろあるが。——
夜長橋、月見橋、納涼橋などは風雅で、しかも嫌味がない、解り易くて要を得ている、日本の田舎の橋らしい名である。

・山桐のかたまつて実となつてゐる
・この山里にも泊るところはあるかなかな
・制札にとんぼとまつてゐる西日
・こうろぎ、旅のからだをぽり〳〵と掻く
・日ざかりの石ころにとんぼがふたつ
・なんとすずしい松かげに誰もゐない

行程四里。
所得、銭五十三銭と米一升六合。

九月二十日

曇、まだ降るだろう、彼岸入、よい雨の瀬音。

歩いているうちに、はたして降りだした、しょうことなしに八本松は雨中行乞、どうやらこうやら野宿しないですみそうだ。

濡れて歩く、一歩一歩、両側の山が迫る、谷川の音がうれしい。

すすき、はぎ、そしてききょうやあざみや、名も知らぬ秋花。

山家に高くかかげてある出征の日の丸、ぶらりと糸瓜。

「良い犬の子あげ升」という紙札。

萩は捨てがたい趣を持っているが、活ける花でも植える花でもない、生えて伸びてこぼれるべき花であることを知った。

ありがたかったのは、山路で後になり先になっていたおじいさんがあまりゆたかでもなさそうな財布から一銭喜捨して下さったことだった、この一銭は長者の千万金よりもありがたい。

八本松から西条までルンペン君と道連れになった、彼はコックで満洲から東京まで帰るのだという、満洲へいったときは汽車弁当がまずくて食えなかったのに、失敗し失職して帰るときは一椀五銭の朝鮮飯にもありつけなかったという、すこし奔走して来ましょうといって、そこらの民家から握飯を貰って、むしゃむしゃ食べる、――おもしろい、それ以上の何物でもない。

昨夜は海田市町はずれの神社で五人のルンペンと一夜を明かしたそうな、ルンペンが職業化しない限り、いいかえれば、生活の手段としてルンペンをやら（マヽ）限り、人間は一度ルンペンになるがよろしい、ルンペンの味は人間味の一つだから。

二時近くなって西条着。感じのわるくない町だ、金本屋という安宿へ泊る、木賃三十銭、上の下というところ、主人は少し調子はずれと見たは僻目か。

　今日の行程四里、所得は十弐銭と五合。

関西第一の酒造地に泊って、酒が飲めないとは「宝の山に入りながら……」の嘆なきにしもあらずだった（財布には五厘銅貨が六銭あるだけ）。

今夜も風呂がない、初めて蚊帳をつらないで寝た。

雨はまだ二日も降り続けないのにもう雨を嫌ってる声が聞える、あれだけ待ち望んでいた雨だのに！

しずかな宿だ、どこからか三味の音がする、わしが国さを弾いている、虫の声、犬の声もさわがしくないほどに。

同宿同室は鮮人、彼も失職者、よく話すけれど嫌味がない、どこでも働らきたい、金を貯めて家庭を持ちたいという、彼によき妻あれと祈った。

今晩の御馳走(きゅうりなます、にざかな、いも)

昼飯はぬき

・まことお彼岸入の彼岸花

・よべのよい雨のなごりが笹の葉に

・道がわかれて誰かきさうなもので山あざみ

・レールにはさまれて菜畑もあるくらし(踏切小屋)

・山ふかく谺(こだま)するは岩をくだいてゐる音

蛙とびだしてきてルンペンに踏み殺された

・仕事は見つからない眼に蜘蛛のいとなみ

・あれが草雲雀でいつまでもねむれない

・旅のからだをぽり〳〵掻いて音がある

十二月廿七日

何という落ちついた、そしてまた落ちつけない日だろう。

私は存在の世界に還ってきた、Sein の世界にふたたびたどりついた、それはサトリの世界ではない、むしろアキラメの世界でもない、その世界を私の句が暗示するだろう、Sein の世界から Wissen（道徳の世界）の世界へ、そして Müssen（宗教の世界）の世界へ、そしてふたたび Sein（芸術の世界）の世界へ。――
それは実在の世界だ、存在が実在となるとき、その世界は彼の真実の世界だ。

十二月廿七日

死をまへに、やぶれたる足袋をぬぐ
（この句はどうだ、半分の私を打出している）

・晴れてきてやたらに鴉なきさわぐ
ほろにがいお茶をすゝり一人である
・身にせまり人間のやうになきさわぐ鴉ども
冷飯が身にしみる今日で
・草もわたしも日の落ちるまへのしづかさ

追加一句

荷づくりたしかにおいしい餅だつた
・枯れた山に日があたりそれだけ

・死にたくも生きたくもない風が触れてゆく
・こゝにかうして私をおいてゐる冬夜
・独言でもいふほかはない熱が出てくる
・さびしうなりあつい湯にはいる
・こゝろむなしく風呂があふれるよ
・焚くだけの枯木はひろへて山が晴れてゐる
・人をおこらしてしまつて寒うをる（北朗君に）
・北朗作るところの壺に梅もどきあれ

　　庵中有暦日、偶成一句

・これがことしのをはりの一枚を剝ぐ

　　　樹明君に

　冬朝をやつてきて銭をとした話

　　種田山頭火
　　第三句集　山行水行

私は私自身について語りたい、Sein の世界について。
境涯の句、彼の生活が彼の句の詞書だ。
山行水行はサンコウスイコウとも、サンギョウスイギョウとも、どちらにても読んで下さい、私にはコウがギョウだから、——ただ歩く、歩くために歩くのだけれど、それは自然発生的に修するのだから。

十二月廿七日から風邪気味にて臥床、病中吟として

・ふとめざめたらなみだこぼれてゐた
・なみだこぼれてゐる、なんのなみだぞ
・いつのまにやら月は落ちてる闇がしみ〴〵
・うつとりとしてうれてはおちる実の音も
・冬蠅のいつぴきとなつてきてねむらせない
・何を食べてもにがいからだで水仙の花

病中吟がめづらしくもつゞく

・病めばひたゝきがそこらまで
・よびかけられてふりかへつたが落葉林
・ひさしぶりにでゝあるく赤い草の実
・いよ〳〵押しつまりまして梅もどき

自依帰仏　当願衆生　体解大道　発無上心

自依帰法　当願衆生　深入経蔵　智慧如海
自依帰僧　当願衆生　統理大衆　一切無礙
(三帰礼文―華厳経偈文)
(底本注＝この経文は裏表紙に記されている。)

昭和九(一九三四)年

其中日記(五)

二月廿六日

左手が利かない、身体が何だか動かなくなりそうだ、急いで帰庵することにする、八時出立、直方までは歩いた、それから折尾まで汽車、八幡まで歩く、門司まで汽車、下関へ汽船、それから黎々火居まで歩いて一泊、黎々火君の純情にうたれる。

私もいよいよ本格的癡人になりそうだ、本格的俳句が出来るかも知れない。

ヒダリはかなわなくても飲むことは飲める、水はなかなか酒にならない、酒は水になりやすいが。

酒と心中したら本望だ。
・けさはおわかれの太陽がボタ山のむかうから(緑平居)

・よぼ〳〵のからだとなり水をさかのぼる
・驢馬にひかせてゆくよ春風
・枯草ふかく水をわたり、そしてあるく
・また逢へようボタ山の月が晴れてきた

遠賀川風景

枯葦
雲雀の歌
放牧の牛の三々五々
霞うら〳〵
あされば何かあるらしい鶏は鶏どち
焼芋やけます紙芝居がはじまります
旅のつかれのほつかりと夕月
・枯草の日向見つけて昨日の握飯
病めばをかしな夢をみた夜明けの風が吹きだした

三月六日

雪、雪、寒い、寒い。

母の祥月命日、涙なしには母の事は考えられない。

終日独居。

友はありがたいかな、私は親子肉縁のゆかりはうすいが、友のよしみはあつい、うれしいかな。

忘れられた酒、それを台所の片隅から見出した、いつここにしまっていたのか、すっかり忘れていた、老を感じた、その少量の酒をすすりながら。……

陶然として、悠然として酔うた、そして寝た、寝た、宵の七時から朝の七時まで寝つづけた。

・雪あした、すこしおくれて郵便やさん最初の足跡つけて来た
・死ねる薬はふところにある日向ぼっこ
・水のんで寝てをれば鴉なく
・売れない植木の八ツ手の花
・寒い雨がやぶれた心臓の音

其中日記（六）

三月廿六日

歩いて兵庫へ、めいろ居へ。

神戸は国際都市であることに間違はなかった。ビルディングにビルディング、電車に自動車、東洋人に西洋人、ブルジョアにプロレタリヤ。……

めいろ居はめいろ君のように、めいろ君が営んでいた、意外だったのは、ピヤノのあったこと。――わざわざ出迎えて下さったのに、出迎えの甲斐がなくて、めいろ君にも詩外楼にもすまなかった、それもかえって悪くなかったが。

　ぽつかり島が、島も春風
　島はいたゞきまで菜ばたけ麦ばたけ
•ここが船長室で、シクラメンの赤いの白いの（三原丸）

四月三十日

久しぶりにようねむれた、山頭火は其中庵でなければ落ちつけないのだ、ここならば生死去来がおのずからにして生死去来だ、ありがたし、かたじけなし。

降ったり照ったり、雑草、雑草。

起きるより掃除（樹明君が掃除してくれてはいたが）、数十日間の塵を払う。

学校に樹明君を訪ねる、君は私が途中、どこかに下車したと思って、昨日も白船君と交渉したそうな、感謝感謝。

街へ出かけて買物、米、炭、味噌、等々（うれしいことにはそれらを買うだけのゲルトは残っていた）。

御飯を炊き味噌汁を拵らえて、ゆうゆうと食べる、あまり食べられないけれどおいしかった。

つかれた、つかれた、……うれしい、うれしい。

とんぼがとまる、ちょうちょうがとまる、……雲雀がなく蛙がとぶ、……たんぽぽ、たんぽぽ、きんぽうげ、きんぽうげ。……

柿若葉がうつくしい、食べたらおいしかろう！

方々へ無事帰庵のハガキを書く、身心がぼーっとしてまとまらない、気永日永に養生する外ない。

午後、樹明君来庵、酒と肉とを持って、――もう酒が飲めるのだからありがたい。

樹明君を送ってそこらまで、何と赤い月がのぼった。

蛙のコーラス、しずかな一人としてゆうぜんと月を観る。

今夜はすこし寝苦しかった、歩きすぎたからだろう、飲みすぎたからでもあろうよ。

・いかにぺんぺん草のひよろながく実をむすんだ
・藪かげ藪蘭のひらいてはしぼみ
　みんな去んでしまへば赤い月

改作二句

乞ひあるく道がつゞいて春めいてきた
藪かげほつと藪蘭の咲いてゐた
木の実ころころつながれてゐる犬へ
まんぢゆう、ふるさとから子が持ってきてくれた
雑草やはつらつとして踏みわける

六月四日

朝早く一杯浴びて一杯ひっかける、湯町の朝酒はまことにまことによろし。

淡々君の財布が軽くなったらしい(私は財布を持っていないし、持っていても重い日のあったことなし)、十時のバスで小郡駅まで、そこで私は眠り、君は去った。

耕三さんは昨夜よく庵で寝てくれたらしい、酒と米とが置いてあった、ありがたすぎて、あまりにすまなくて。……

さっそく飲む、食べる、そして寝る、ああ、庵中極楽。

寝た、寝た、ぐっすりねむれた、労れて、ぐったりして。

酒と女、人間と性慾——こんな問題が考えられてならなかった。

女よりも酒、酒よりも本、——それが本音だ、私の、今の。

・風をおきあがる草の蛇いちご
・鳴きつつ呑まれつつ蛙が蛇に
・雨をたたへてあふるるにういて柿の花
・霽れててふてふ二つとなり三つとなり
・いつでも植ゑられる水田蛙なく

・夏めいた空がはっきりとあふれる水

『性慾というもの』


性慾というものは怪物である。

人間が生きているかぎり、それはどこかにひそんでいる。

若いときにはあまりに顕在的に、老いてはあまりに潜在的に。

生存力、それは性慾の力といってもいいかも知れない。

食慾は充たされなければならない、これと同じ意味で、性慾も充たされなければならない、それが要求する場合においては。

（個体維持
（種族保存

性は生なり、といっても過言だとは必ずしもいえないだろう。

生活と交接とは不可離不可別である。

性慾は常に変装して舞踏する、それが変形変態すれば性慾でないかのようでさえあるが、性慾の力はそのうちに動いている。

六月八日

晴、けさはゆっくりと五時すぎるまで寝床の中。
△自殺是非について考える。――
詩外楼君から、桂子さんから来信、桂子さんからのそれはなかなか興ふかいものだった。

大事に育てる茄子の一本が枯れた、根切病、詮方なし。

額が出来た、井師筆の其中一人、ありがたい。

焼酎一杯、むろんカケで、その元気で学校へ寄る。

T子さん来庵、酒とサイダーと肴とを持って、やがて樹明君も来庵。

それから歩く、私一人で、そしてヘトヘトになって帰る、途中無事で、ヤレヤレ。
・風ひかる、あわたゞしくつるんでは虫
　めくらのばあさんが鶏に話しかけてゐる日向
・たつた一人の女事務員として鉢つつじ
たま〱たづねてくれて、なんにもないけどちしやなます（友に）
もう春風の蛙がとんできた（再録）
　自殺是非

（などというなかれ）

自殺の可否は自殺者にあっては問題じゃない。

死にたくて自殺するのでなくて、生きていたくないからの自殺だ。

生の孤独や寂寥や窮迫やは自殺の直接源因（ママ）ではない。

自殺は最後の我儘だ。

酒と句とが辛うじて私の生を支えていた。

其中日記（七）

九月七日

曇った空から雨が落ちる、まったく秋だ。

恥知らずの手紙を二つ書く、恥はむしろ晒した方がホントウだろう。

○暗中在明、明中在暗、明暗双々底。

樹明君を学校に往訪する、数日ぶりに話した。

四日ぶりに、人間に会うて話し、酒を一杯飲んだのである。

沈黙は私をいらいらさせ、そしてじめじめさせる。

○不幸な鰐！　古い「文藝春秋」でこの一文を読んで、たいへん動かされた。
○門外不出、いや不能出。
○とても心臓が悪い、それはむしろ私のよろこびである、私は不健康をよろこぶほど不健康になっているのである、そして私の不健康を救うものはただ不健康そのものである。
○四十にして惑わず、五十にして惑う、老来ますます惑うて、悩みいよいよふかし。

・誰にあげよう糸瓜の水をとります

改作

・猿と人間と金網と炎天と（湯田）
　誰か来さうな糸瓜（へちま）がぶらりと曇天
・夕焼ふかく何かを待つてゐる
・しぐれて遠くラヂオがうたひだした

九月二十日

雨、うんざりする雨だ、終日読書。
朝酒があった、ややよろしい。
○昨日の出来事が遠い昔の夢のような！

街のポストまでちょっと出掛ける、エスがついてくる。

降る降る、どしゃぶりだ。

いそぎの手紙を四本書いた、行乞から行商へかわるについての問合だ、それを持ってまた郵便局へ、むろんエスはついてきた、そして途中その姿を見失ってしまった、仕方がないからそのまま戻る、多分ひとりでかえってくると信じて、——果して彼女は帰ってきた、彼女もうれしがっている、私もうれしかった。

エスはほんとうにおとなしい犬だ。

夕暮から暴風雨となった、風は何よりも淋しい。

九月廿九日

曇、晴れて秋空のよろしさ。

過去一切を清算して、新一歩を踏み出さなければならない、私はもう行乞する意力も体力もなくしてしまったから、行乞を行商にふりかえて、改めて歩くより外ない。

Sは昨夜はとうとう戻って来なかった、多分、樹明君に跟いて行ったのだろうとは思うけれど気にかかる、午後になったら、学校へ出かけようと心配しているところへ、給仕さんが、樹明君からの手紙を持って、Sを連れて来てくれた、よかったよかった。

大田へ来てくれという電話だそうなが、行きたいけれど、いつもの金欠で行けそうもない、残念残念。

近在散歩、お伴はS、秋の雑草を貰って帰る、刈萱、コスモス、河原蓼、等々、やっぱり刈萱がいちばん好きだ。

今夜はまた不眠で困った、夜が長かった。

油虫ものろのろとなった、それを打ち殺す残忍さ。

・昼も虫なく咲きこぼれたる萩なれば

・風がふく障子をしめて犬とふたり

・ここへも恋猫のきてさわぐか闇夜

・ゆれては萩の、ふしては萩のこぼるゝ花

・みごもつてこほろぎはよろめく

・どうでもかうでも旅へ出る茶の花の咲く

・朝は早い糸瓜のしづくするなどは

十一月十三日

曇、小雪でもちらつきそうな、――冷たい雨がふりだした。

○安分知足、楽清閑、楽在其中、まことに、その中にある楽しみが、ほんとうの楽である。

○句作生活二十年、そしてつくづく思う、この道や門に入りやすくして堂にのぼりがたし、仏道のように。

○うたうもののよろこびは力いっぱいに自分の真実をうたうことである、あらねばならない。

私のうちには人の知らない矛盾があり、その苦悩がある、それだから私は生き残っているのかも知れない、そして句が出来るのだろう。

また不眠で徹夜乱読。

◎俳句の将来についての一家言——

俳句は畢竟階級的なものではありえない、階級意識を高唱するには川柳的なものが出来るであろう、そして大衆的娯楽文芸として俳句は堕落すると共に、詩としても高上(ママ)し純化するであろう、それが真の俳句であり、芸術家の芸術であり、純日本的なユニイクなものである。……

学生軍事教練

・ずうつと晴れてならんで旗の信号

・蓼のあかさも秋ふかいひなたの仕事
・木の葉のちればまたハガキかく
・考へつつ歩きつつふつと赤いのはからすうり

十二月九日　日本晴、よい日曜日を祝福する。

樹明君から来書、難問題について照会、この問題を解決する能力を私は持っていない、さるにても金のほしさよ。

午後、公民学校へ行く、お天気がよいので、なかなかの人出である、農産物展覧会、観てまわるうちに、おのずから頭がさがる、粒々辛苦にうたれるのである、それから小学校へ行く、児童製作展覧会、ここではおのずからほほえまれる、一年生の字はまことにありがたい、三年四年となるともうよろしくない、うまくなるだけいけなくなるのだ、私は何よりも稚拙を愛する。

上手ぶるのも嫌だが、下手めかすのは一層嫌だ。

ぽかぽかとあたたかい、空には一きれの雲かげもない、私にも一句の屑もなかった。

めずらしく安眠熟睡。

「のらくら手記」素材

□一杯の濁酒、それがどんなに彼を慰めるか。
□「腹が立つ」と「腹を立てる」と。
□人生は所詮割れないものであるが、結局は一に一を加えてゆくものである。
□当為 sollen と必然 müssen――私の生き方。
□生存 existence と生活 living――私のくらし。
□日本人には何よりも米がありがたい！
□働らいても食えない世の中で、ぼんやりして生きてゆける私は喜ぶべきか悲しむべきか、呪うべきか、祝福すべきか、――私にも誰にも解るまい。

十二月十九日　晴、冬らしくなって曇る。

悠々として酒を味う――こういう境涯でありたい。

終日、第三句集山行水行の草稿をまとめる。

夕方から、樹明君に招かれて学校の宿直室へ出かける、八日ぶりの会話であり（途上挨拶をのぞいて）八日ぶりの酒であった（濁酒二、三杯はひっかけたが）。

食べすぎて飲みすぎて、やっと帰庵して、そのままぐっすりと寝た、連夜の睡眠不足をとりかえした。

不眠の苦痛は不眠症にかかったものでないと、ほんとうには解らないだろう。

□このみちをゆく――このみちをゆくより外ないから、このみちを行かずにはいられないから――これが私の句作道だ。

「ぐうたら手記」

□芸術家の胸には悪魔がいる、その悪魔が出現して、あばれた時に芸術家は飛躍する、悪魔がころんで神の姿となるのである、芸術的飛躍は悲劇である、それは人生で最も深刻な、最も悲痛な行動の一つである。……

□捨てて捨てて、捨てても捨てても捨てきらないものが、それが物の本質であろう（そういう核心はほんとうには存在していないのだろうが）。

□雲丹を味わいつつ物のエッセンスについて考えた。

□大蘇鉄の話（旦浦時代の父の追憶）古鉄、考えよう一つ、吉凶禍福は物のうらおもて。

□農夫のうちかえす一鍬一鍬は私の書く一字一字でなければならない、彼にありては粒々辛苦、私にありては句々血肉である。

十二月卅一日　雨。

昭和九年、一九三四年、私の五十三才の歳もいよいよ今日限りである。……

まことにおだやかな年の暮なるかな。

六時のサイレンと共に起きて、あれやこれやと一人の節季。

食慾がだんだん出てくるようだ、うれしい。

Slowly and Steadily. 何事もこれでなければならない。

午前、樹明君来庵、餅と輪飾とを持ってきてくれる、一本つける、私は飲めないから、彼の飲みっぷりを観ているだけ、すまないと思う。……

病めば嗜好もかわってくる、好きなものが嫌になったり、嫌なものが好きになったり。

樹明君から古いゴムの長靴を貰って、それを穿いて、ぼとりぼとりと街へ出かける、端書と石油と、そして年越そばを買うて戻る。

午後、敬治君来庵、餅を貰う、餅ほどうまいものはないとも思う、日本人と餅！

二人で一杯やって、炬燵でしめやかに話す、かわればかわる二人であった。

後からまた来ます、帰って子供の世話をして来ましょう、ゆっくりここで年を送り年を迎えましょうといって敬治君は帰っていったが、それきり来なかった、私はひとりしずかに読書しつつ除夜の鐘の鳴るのを待った。……

私は期待しない、明日よりも今日である、昨日よりも今日である、今の今、これのこれが一切だ。

□今日、或る店でハガキ二十枚買ったら、息子が間違って二十一枚くれた、当然その一枚は返した、そして私は愉快だった、それは――
小さな善を行ったというよろこびでもある、受取ってはならないものを返したという快さでもある、しかし――

私は偶然を願望しない（幸も不幸も）、人生には偶然らしいものがありがちだけれど、私は偶然を受取らない、人間の生活は当然に向って進展しつつある、あらねばならない、必然を受納する、しなければならない。

除夜の鐘が鳴りだした、私は焼香念誦した、あああありがたい年越ではある。
・昭和九年もこれぎりのカレンダー一枚

×

「最後の晩餐」

一家没落時代の父を想い祖母を想う。

昭和十(一九三五)年

其中日記(八)

二月十六日　時雨、春が来ている。……
めずらしくも、乞食がきた。……
夕方、樹明君来庵。……
「春琴抄」を読む。……

・春めいた朝はやうから乞食

三月三十一日　曇、やがて晴。
身心整理。――
転身一路、しっかりした足取でゆっくり歩め。

一転語――

春風秋雨　五十四年

一起一伏　総山頭火　喝

とうとう徹夜してしまった。年をとるほど、生きていることのむつかしさを感じる、本来の面目に徹しえないからである。

親しい友に――

……私はとかく物事にこだわりすぎて困ります、そしてクヨクヨしたり、ケチケチしたりしています、私のようなものは生きているかぎり、この苦悩から脱しきれないでしょうが、とにかく全心全身を句作にぶちこまなければなりません。……

・なんとけさの鶯のへたくそうた

・あるだけの酒をたべ風を聴き

・悔いることばかりひよどりはないてくれても

――(このみち)――

このみちをゆく――このみちをゆくよりほかない私である。

それは苦しい、そして楽しい道である、はるかな、そしてたしかな、細い険しい道である。

白道である、それは凄い道である、冷たい道ではない。

私はうたう、私をうたう、自然をうたう、人間をうたう。

俳句は悲鳴ではない、むろん怒号ではない、溜息でもない、欠伸であってはならない、むしろ深呼吸である。

詩はいきづき、しらべである、さけびであってもうめきであってはいけない、時として涙がでても汗がながれても。

噛みしめて味う、こだわりなく遊ぶ。

ゆたかに、のびやかに、すなおに。

さびしけれどもあたたかに。——(序に代えて)

四月四日　雨、花が散って葉が繁る雨だ。

身辺整理、しずかに読書。

雨の音は私の神経をやわらげやすめてくれる、雨を聴いていると、何かしんみりしたものが身ぬちをめぐってひろがる。……

死をおもう日だ、疲労と休息とを求める日だ。

夕方、どてらでゴム靴をはいて、まるで山賊のようないでたちで駅のポストまで出かけた。

酒三合、飯三杯、おいしくいただいて寝る。

ぐうたら手記

□現代の俳句は生活感情、社会感情を表現しなければならないことは勿論だが、それは意識的に作為的に成し遂げらるべきものではない、俳句が単に生活の断片的記録になったり、煩瑣な事件の報告に過ぎなかったりする源因はそこにある、思想を思想のままに、観念を観念として現わすならば、それは説明であり叙述である、俳句は現象——自然現象でも人事現象でも——を通して思想なり観念なりを描き写さなければならないのである、自然人事の現象を刹那的に摂取した感動が俳句的律動として表現されなければならないのである、この境地を説いて、私は自然を通して私をうたう、というのである。

□感覚なくして芸術——少くとも俳句は生れない。

□俳人が道学的になった時が月並的になった時である。

七月一日　曇、また降りだした。

身心一新、さらに新らしい第一歩から。

すなおな、とらわれない行持。

午前ちょっとしょうことなしに街のポストまで、出水の跡がいたましい。

いつもの癖で、今日もなまけた、原稿も書かなかったし、書債も償わなかった、書くべき手紙も書かなかった。……

二つの出来事があった、それは私の不注意を示す好例だった、質屋で誤算のままに利子を払いすごしたこと、そしてうっかりしていて百足に螫(さ)されたこと。

注文しておいた酒をとうとう持ってきてくれなかった、失念したためか、信用がないためか、……どちらでもよろしい、……酒に囚われるな。

私がここに落ちついてから、そして行乞しなくなってから、いつとなく私は横着になったようだ、事物に対して謙虚な心がまえをなくしてしまったようである、あさましい事実だ、私は反省しつつ、ひとり冷汗をかいた。

何となく寝苦しかった、ペーターの『ルネッサンス』に読みふけった。

七月三日　雨。

悪日、悪日の悪日。

愚劣な山頭火を通り越して醜悪な山頭火だった。
恥を知れ、恥を知れ、恥を知れ、恥知らずめ、恥知らずめ、恥知らずめ。

七月十四日　晴れたか、曇ったか。——

ぼんやりしているところへ、黎々火君だしぬけに来庵、万事許して貰って、そして、酒と肴とを奢って貰う。
別れてからまた飲んだ、今夜の酒はほんとうに恥ずかしい酒、命がけの酒だった。

ぐうたら手記

□現実——回光返照——境地的。
□芸術的野心、作家的情熱。
□物そのものを味わい楽しむ心境。
□事実と真実 actuality reality.
□実体——物質。
作用——機能。
□人間性、社会性。
思想性、芸術性

□俳句する、そのことが私の場合では生活するのである。
俳句のための俳句(芸術至上主義である)、仏教のための仏教と同様に。

八月十日　第二誕生日、回光返照。

生死一如、自然と自我との融合。

……私はとうとう卒倒した、幸か不幸か、雨がふっていたので雨にうたれて、自然的に意識を回復したが、縁から転がり落ちて雑草の中へうつ伏せになっていた、顔も手も足も擦り剝いだ、さすが不死身に近い私も数日間動けなかった、水ばかり飲んで、自業自得を痛感しつつ生死の境を彷徨した。……

これは知友に与えた報告書の一節である。

正しくいえば、卒倒でなくして自殺未遂であった。

私はSへの手紙、Kへの手紙の中にウソを書いた、許してくれ、なんぼ私でも自殺する前に、不義理な借金の一部分だけなりとも私自身で清算したいから、よろしく送金を頼む、とは書きえなかったのである。

とにかく生も死もなくなった、多量過ぎたカルモチンに酔っぱらって、私は無意識裡にあばれつつ、それを吐きだしたのである。

断崖に衝きあたった私だった、そして手を撤（ママ）して絶後に蘇った私だった。

死に直面して

「死をうたふ」と題して前書を附し、「第二日曜」へ寄稿。

・死んでしまへば、雑草雨ふる
・死ねる薬を掌（てのひら）に、かゞやく青葉
・死がせまつてくる炎天
・死をまへにして涼しい風
・風鈴の鳴るさへ死はしのびよる
・ふと死の誘惑が星がまたたく
・死のすがたのまざまざ見えて天の川
・傷（キズ）が癒えゆく秋めいた風となつて吹く
・おもひおくことはないゆふべ芋の葉ひらひら
・草によこたはる胸ふかく何か巣くうて鳴くやうな
・雨にうたれてよみがへつたか人も草も

九月十七日　雨、一日降り通した。

雨漏りはわびしいものである、秋雨はまたよく漏るものだと思う。
夜が長くなって日が短かくなった、朝晩のサイレンを聞く時そう感じる。
雨はほんとうに私を落ちつかせる、明日の米はないけれど、しずかに読書。
終夜ほとんど不眠、夜明け前にとろとろとした。
二十日月が明るかった。
露命をつなぐ——それで私はけっこうだ。

　其中漫筆

芸術は熟してくると、
さびが出てくる、冴えが出てくる、
凄さも出てくる、
そこまでゆかなければウソだ、
日本の芸術では、殊に私たちの文芸では。

十一月廿三日　晴——曇。

落葉しつくした柿の木、紅葉している櫨(はぜ)の木。
父、母、祖母、姉、弟、……みんな消えてしまった、血族はいとわしいけれど忘れがたい、肉縁はつかしいがはなれなければならない。……

十二月六日

旅に出た、どこへ、ゆきたい方へ、ゆけるところまで。

旅人山頭火、死場所をさがしつつ私は行く！　逃避行の外の何物でもない。

昭和十一(一九三六)年

旅日記

年頭所感——

芭蕉は芭蕉、良寛は良寛である、芭蕉になろうとしても芭蕉にはなりきれないし、良寛の真似をしたところで初まらない。

私は私である、山頭火は山頭火である、芭蕉になろうとも思わないし、また、なれるものでもない、良寛でないものが良寛らしく装うことは良寛を汚し、同時に自分を害う。

私は山頭火になりきればよろしいのである、自分を自分の自分として活かせば、それが私の道である。

×　×　×

歩く、飲む、作る、——これが山頭火の三つ物である。

山の中を歩く、——そこから私は身心の平静を与えられる。酒を飲むよりも水を飲む、酒を飲まずにはいられない私の現在ではあるが、酒を飲むように水を飲む、いや、水を飲むように酒を飲む、——こういう境地でありたい。作るとは無論、俳句を作るのである、そして随筆も書きたいのである。

五月八日(続)

高原、山国らしく、かるさん姿のよろしさ。

とうとう行き暮れてしまった、泊めてくれるところがない、ままよ今までの贅沢を償う意味でも野宿しよう、という覚悟で、とぼとぼ峠を登って行くと、ルンペン君に出逢った、彼も宿がなくて困っているという、よく見ると、伊豆で同宿したことのある顔だ、それではいっしょに泊ろうというので、峠の中腹で百姓家——そこには三軒しかない家の一軒——に無理矢理に頼んで泊めて貰った。

二人の有金持物を合して米一升金五十銭、それだけ全部をあげる。

旅烏はのんきであるがみじめでもある。

そしてこの家の乱雑はどうだ、きたない子供、無智なおかみさん、みじめな食物、自分の生活がもったいない、恥ずかしいとつくづく思ったことである。

夜ふけて雨、どうやら雪もまじっているらしい、何しろ八ケ岳の麓だから。

いつまでも睡れなかった。

五月廿三日　雨、霽(は)れて曇。

滞在、昨夜の今朝で身心がおだやかでない。

一切万事落々漠々。

私は何故時々泥酔するのか、泥酔しないではいられないのか。——

私はほんとうにおちついていない、いつも内面では動揺している、——それもその源因ではあるが、私は自己忘却を敢てしなければ堪えられないのである、かなしいかな。

私はまだ自己脱却に達していないのである、泥酔は自己を忘れさせてはくれるが、自己を超越させてはくれない。


　生死を生死すれば生死なし。

　煩悩を煩悩せずば煩悩なし。

其中日記（九）

八月一日　雨、後曇。

早朝帰庵。

物みなよろし、悲観は禁物、在るものを観照せよ。

雀、猫、犬、爺さん、蟬、蝶々、蜻蛉、いろいろの生きものが今日の私をおとずれた。

しずかな雨、しずかな私だった。

昨夜は騒々しく今晩は悠々、そのどちらもほんとうだ。

老境の眼ざめ（青春の眼ざめがあるように）。

　懺悔と告白

私にはまだ懺悔が出来ない、告白は出来るけれど、――反省が足りないのである。

このみちをゆく。――

私一人の道だ。

けわしい道だ。

細い道だ。

the road leads no where かも知れない。

躓いても転んでも行かなければならない。

私の道は一つしかない。

私は私の道を行くより外ない。

……………………………………

八月十六日　晴、……曇、……雨。……

秋を感じる、昨日はつくつくぼうしが最初の声を聞かせた、萩もこまごまと蕾をつけた。

朝のこころよさ、しずかに考え、書き、読む。

『正法眼蔵随聞記』拝読。

また雨、ほんとうにやりきれない。

盥に雨を聴く(そこら雨漏る音がたえない)。

心境廓然(先夜の放下着このかた)。

午後、今日も日課のように駅のポストまで。

涼しい夕だ、涼しすぎる、秋が来た、秋が来たのだ、あけはなって浴衣では肌寒いほどだった。

今夜も踊大鼓が聞える、踊れ踊れ、踊りたいだけ踊れ、踊れるだけ踊れ、踊れ踊れ。

夜は散歩（散歩でもしなければ堪えられなくて）、そして一杯飲んで一杯食べて、おとなしく帰庵、すぐ床に入ってぐっすり睡った、めでたしめでたし。

□歯のない生活。

□老いては老を楽しむ。

歯がなくなると、歯齦（ハグキ）が役立つ、手が加勢する、人生はまことに面白い。

□昨日の私、今日の私、そして明日の私、この三つの私が矛盾して私を苦悩せしめる。

その私とは誰だ。——

九月二十一日　晴。

自責の念にたえなかった、何という弱さだろう、自分が自分を制御することが出来ないとは！

終日憂鬱、堪えがたいものがあった。

九月廿二日　秋晴。

朝、眼が覚めるといつも私は思う、——まだ生きていた、——今朝もそう思ったことである。

山の鴉がやって来て啼く、私は泣けない。

身心重苦しく、沈鬱、堪えがたし。

虚心坦懐であれ、洒々落々たれ、淡々たれ、悠々たれ。

午後はあんまり気がふさぐので近郊を散歩した、米と油とを買うて戻る。

樹明君は来ていない、来てくれそうにもない、九、一九の脱線でまた戒厳令をしかれたのかもわからない。

今後は誓って、よい酒、うまい酒、恥ずかしくない酒、悔いない酒、――澄んでおちついた酒を飲もう、飲まなければならない。

肉体――顔は正直だ、昨日今日の私の顔は私の心そのままだ、何という険悪、自分ながら見るに忍びなかった。

酒屋の小僧さんが、私の生活を心配してくれる、心配しなくったってよいよ、どうにかこうにか食ってはゆけます！

『寒山詩』を読む、我心似秋月。……

散歩して少し労れたところで晩酌をやったので、だいぶ身心くつろいでいるところへ、Kさん来訪、つづいてNさん来訪、四方山話でのんびりした。

別れてから、Nさんがしんせつにも持ってきて貸して下さった「婦人公論」を読み散らして夜を更かした。

九月廿九日　秋晴。

早朝帰庵。

その日が来た、と思う。

NさんがFさんと同道して来庵、私のことが記事として載っている福日紙を持って（先日のMさんが書いたのだ）、同道して散歩、たいへん労れて戻る。

魚眠洞君の手紙はうれしかった。

Kから新婚写真を送ってきた、それはもとより私を喜ばしたが、同時に私を憂鬱にした（一昨日の結婚挨拶状と同様に）、親として父として人間として、私は屑の屑、下々の下だ！

昨日も今日も酒があり肴がある。

月のよろしさ。

いつまでも睡れなかった。

　芭蕉……感傷

富士川の渡。
市振の宿。
蕪村……貧乏
悪妻。
一茶……執着
大福帳。

十一月二日　晴、時雨。

おちついて身のまわりをかたづける。

櫨紅葉を活ける、めざましいうつくしさ。

無理をするな、あせるな、いらいらするな、なるようになれ、ばたばたするな、流れるままに流れてゆけ。

昨日の酒が少々残っている、ちびりちびり飲む、ほんのり酔う、その元気でポストへ、ついでに湯屋へ。

秋ふかい顔を剃った、野の花を摘んで御仏に供えた。

途上、Tさんの親切な挨拶を受けて、私は私を叱ったことである、――恥を知れ、自分を知れ、老を知れ、自然を知れ。――

雲も私もしずかに暮れる、誰も来なかった、郵便やさんも来なかった。

今夜も寝苦しいとは、……徹夜推敲、……月がおもてからうらへまわった。

咳が出て困る、夜ふけて独り呟き入っているときは、ひしひしと老境をさまようている自分を見出すのである。

洟水も出る、これも老を告げるものだ。

自己即自然。

自然発見即自己発見。

自己の生命、自然の生命。

いのち、いのち、いのちのしらべ。

自然律。


十一月十五日　曇。

附近で演習がある、それを観るべく出かけられたらしいKさんNさん来訪。

何もかもなくなった、水まで涸れてしまった！

悪夢がはてしなくつづく。

十一月廿四日　冬晴。

うまいかな朝酒、ぬくいかな火燵。
今晩も鮒を料理して独酌。
近来めっきり老衰したことを感じる、みんな身から出た錆だ、詮方なし。
老衰しきってしまえば、また、そこにはそこだけのものがあるだろう。
彼を思う、彼とは誰だ、彼女を思う、彼女とは誰だ、故郷を思う、故郷は何処だ！
老いて夢多し、老いて惑多し。
慾がなくなるほど濁が見える、澄んでくる。
澄んだり濁ったり、濁ったり澄んだり、そして。——

十一月廿七日　雨——曇——晴。

見れば見るほど枯草のうつくしさ、櫨紅葉のよろしさ、ほんとうに秋は好きだ。
火燵でうたた寝、どうやら睡眠不足も足りた。
貰い水、いよいよ水が有難く、ますます水を大切にする。
夕方、約束通りに樹明君と敬君と同道して来庵、酒、魚、豆腐など持参、久振りに三人対座して飲み且つ食べたが、どうしたのか、いつものように快く酔わない、何だか妙な気持で、三人同道してF屋へ押しかけ、さらに飲んだが、どうしても興が熟しない、別れ別れになって、私と樹明君とはS亭でまた飲み、半熟の卵みたいになってタクシーで送られて帰って来た、ほどなく敬君も帰来、残肴で残酒を平げて、いっしょに寝た。ぐうぐう、ぐうぐう(これは私の鼾声!)。

或俳友に答えて——

……結局、めいめい信ずる道を精進するより外ないと思います、彼が真摯であるかぎりは、彼は彼の体験の中に真実を探しあてる外ないでしょう。……

私は幸福ではないかも知れないが、不幸ではない(私自身は時々幸福と思うたり不幸と考えたりするが)。

近眼、老眼、どちらも事実だ、そして近眼と老眼とがこんがらかって、老近眼とでも呼びたい事実だ。

十二月三日　時雨。

今日は私の第五十四回の誕生日である。——

一年は短かいと思うが、一生はなかなか長いものである。

柚子味噌で麦飯をぼそぼそ食べる。

寒い寒い、火燵火燵、極楽極楽、ありがたいありがたい。

終日終夜、時雨を聴いた。
□リズムについて
　素材を表現するのは言葉であるが、その言葉を生かすのはリズムである(詩においては、リズムは必然のものである)。

或る詩人の或る時の或る場所における情調(におい、いろあい、ひびき)を伝えるのはリズム、——その詩のリズム、彼のリズムのみが能くするところである。

日本の詩におけるリズムについて考うべし。
□芸術は由来貴族的なものである、それが純真であればあるほど深くなり高くなる、そこでは大衆よりも人間をまず観る、社会性よりも人間性を重く考える(といって、勿論、社会から孤立した人間が存在するというのではない、人間は社会的環境によって規定せられるものではあるが——)。

十二月廿五日　曇。

霜、氷、そして雪もよい、今年の冬の最初の日といったような冷たさだった。

今日はなつかしい祖母の日。

彼女は不幸な女性であった、私の祖母であり、そしてまた母でもあった、母以上の母であった、私は涙なしに彼女を想うことは出来ないのである。

母の自殺(祖母の善良、父の軽薄、私の優柔)、——ここから私一家の不幸は初まったのである。

　我昔所造諸悪業
　皆由無始貪瞋痴
　従身口意之所生
　一切我今皆懺悔

ああ、一切我今皆懺悔、私はお位牌に額ずいて涙するばかりである。……

寒い、寒い(あとで聞けば零度以下だったそうな!)、何かあたたかいものでも食べよう。そば粉でもかこうか。

昨日今日はクリスマスだ、なるほどな!

正午のサイレンが鳴ってから、火燵にもぐりこんでいると、靴音、Kさんだ、クリスマスだから寒いから今晩一杯やろうという相談である(何の彼のと酒飲は酒を飲みたがる)、こういう相談ならいつでもO　K! 用意する材料もないが、それでも菜葉を切ったり、大根をおろしたり、——約を履んで、まずSさん来庵、つづいてKさん来庵、酒はあるし下物はあるし、——いっしょに歩いてMへ、女、女、酒、酒、よかったな、よかったな！

ちゃんと戻って、御飯を食べて、ちゃんと寝ていた。

□第三出発——

　第一、破産出郷
　　東京熊本時代へ
　第二、出家得度
　　放浪流転時代へ
　第三、老衰沈静
　　小郡安住時代

（これからが、日本的、俳句的、山頭火的時代といえるだろう）

□一つの存在——

昭和十二(一九三七)年

其中日記(十)

一月廿八日　雨。

きのうきょう冬もいよいよ本格的になったようだ。

老の鼻水！

午後、街へ、油買いに麦買いに、そして一杯やった、幸福幸福。

新聞を見ると、政局不安は何う結着するか誰にも解らないらしい。

日本は何うなるか——何うすればよいか——誰もが考えて、そして誰もが苦しんでいる
問題である。

よく食べてよく寝た。

□現実逃避ではない、現実超越である。

□詩人は現実よりも現実的である。
□現実にもぐりこんで、そして現実を通り抜けるとき詩がある。
　現実を咀嚼し消化し摂取して現実の詩が生れるのである。
□現実そのものは詩ではない。
　詩は現実の現実でなければならない。

二月三日　晴。

節分――春立つ日。

『ルナアル日記』を読む、そしてまず感じたことは、――真実は言ってよいもの、言うべきものというよりも、言わずにはおれないものである――ということであった。

足が痛い、左の足が腫れている、かしこまることができなくなった、よろしい、歩くことがむつかしくなったってよろしい、それは日頃から私の望んでいたところだ!

郵便は来なかった、それは私をよっぽどさびしうする。

今日になってもまだ賀状を書きつづけている、それほどのんきでずぼらな私だ。……

午後、ポストまで出かけたついでに樹明君を訪ねる、今夜の八幡宮節分祭で出逢うことを約束した。

寒鮒と馬肉とを貰うて戻る、有難かった。

寒い、寒い、寒(カン)らしい寒気。

暮れて節分の鐘が鳴り出した、いろいろ考えさせる声だ、宮市の天満宮は賑うだろう、思い出は甘酸っぱい哀愁だ。

八時頃から出かける、参詣人がつづいている、境内を探したが樹明君を見つけることが出来ない、約束の場所に約束の時間に一時間近くも待ちうけたが、とうとう逢えなかった、逢えなかったことは残念だが、逢わなかった方がよいようにも思う、とにかくこれからは夜の外出はやめることにしよう、寒くて、そして淋しくてやりきれないので、駅へまわって(そこまで行かないとマイナスが利かない)、熱いのを数杯ひっかけて帰庵した。

身心共に寝苦しかった。

（生活的事実
（芸術的真実
（芸道
　芸のための芸
　芸そのものを磨く

君は都会人で都会にいる
都会の風物をうたいたまえ
都会人としての君をうたいたまえ
私は田舎にいる田舎者だ
天然自然の田園をうたうて
自分を出すより外ないではないか
君のビルディングは私の草屋だ
私の雑草は君のアドバルーンだろう

□藪椿はまことに好きな花木だ、
それに昔風の田舎娘を感じる、
彼女は樸実だが野卑ではない。

□事実を掘り下げて、その底から真実を摑み取ることだ。

□雲悠々と観る彼はいらいらしているのである、この気持が解らなければ、彼の作品はほんとうに味えない。

□食べる物は何でもおいしくありがたく食べる私、私は私を祝福する！
□意志の代用としての肉体的欠陥。
（私の病は私を救う）

二月十八日　晴——曇。

春寒、めっきり春めいて来た。

身心やや落ちついて、めずらしくも朝寝。

碧梧桐氏逝去を今日知った（新聞を見ないから）、哀悼にたえない、氏は俳人中もっとも芸術家肌であったように思う、一事を続けてやれなかったのも、弟子とはなれがちだったのもそのためだ、未完成——惜しいけれど詮方のない、——永久の未完成といったような性格だった。

七日ぶり外出、そして四日ぶりに灯火を与えられた。

いつもケチケチして、或はクヨクヨして、そして時々クラクラして、——何というみすぼらしい生活だろう、ひとり省みては自から罵るばかりだ。

ゆうぜんとして、山を観よ、雲を観よ、水を観よ、草を観よ、石を観よ。……

三月三日　雨。

春雨だ、間もなく花も咲くだろう。

亡母祥月命日。

沈痛な気分が私の身心を支配した。

……私たち一族の不幸は母の自殺から始まる、……と、私は自叙伝を書き始めるだろう。

……母に罪はない、誰にも罪はない、悪いといえばみんなが悪いのだ、人間がいけないのだ。……身辺整理。

矛盾は矛盾として。——

何事も天真爛漫に、隠さず飾らず、ムキダシで生きてゆけ。
□物そのものになりきれ。
　虚無ならば虚無そのものに。
□自然そのものをそのまま味わい詠う。
□表現は現象を越えてはいけない。
　表現は現象に留っていてはいけない。

　この矛盾が作家の真実で解消する。

□感覚を離れないで感覚以上のものを表現する。
　それが作家の天分と努力とによって可能となる。

六月七日　雨、雨、雨。

五時起床、熟睡の朝の軽快。

——とかく功利的に動きたがる——省みて恥ずかしい。

落ちついて読書、生きているよろこびを感じる、飛躍前の興奮を感じる、うつぼつとして句作衝動が沸き立つ。

句が作れなくなったとき、酒が飲めなくなったとき、その時こそ私の命が終る時である。

甘えるな、甘えるな——媚びるな、媚びるな——自分を甘やかすな、他人に媚びるなと自から戒める言葉である。

日々の二つの幸福。——

何でもおいしく食べられる、何を食べてもうまい。

感情を偽らないこと、すなおに、ひたむきに感情を表白することが出来る（勿論、比較的に）。

第二日曜六月号到来、はつらつたるものがある、さっそく牧句人へ手紙を書く。

夕方、ポストへ、それから豆腐屋へ寄って二丁借りてくる(酒屋へは寄れなかった)。

豆腐の味、——淡如水如飯。

夜、心臓がしめつけられるように苦しくなったので、いそいで句帖と日記とを書きつけたが何事もなかった。

いつも覚悟は持っているけれど、こういう場合の、孤独な老人はみじめなものだろう！

昨夜は宵からあんなによく睡れたのに、今夜はいつまでも睡れない、うつらうつらしているうちに、いつとなくみじか夜は明けてしまった。……

俳句は——自由律俳句はやさしくてそしてむつかしい。

門を入るは易く、堂に上るは難く、そして室に入るはいよいよますます難し。

句はむつかしい、特に旅の句はむつかしい、と句稿を整理しながら、今更のように考えたことである。

時代は移る、人間は動きつづけている、句に時代の匂い、色、響があらば(ママ)、それはその時代の句ではない。

貫き流るるもの、——それは何か、問題はここによこたわる。
○その花が何という名であるかは作者には問題ではない、作者は花そのものを感じるのである、しかし、その感動を俳句として表現するときには、それが何の花であるかをいわなければならない（特殊な場合をのぞいて）、ここに季感の意義があると思う。
○都会人にビルディングがあるように田園人には藁塚がある、しかし、煎茶よりもコーヒーに心をひかれるのが、近代的人情であろう。
○俳句ほど作者を離れない文芸はあるまい（短歌も同様に）、一句一句に作者の顔が刻みこまれてある、その顔が解らなければその句はほんとう解(ママ)らないのである。
○把握即表現である、把握が正しく確かであれば表現はおのずからにして成る、そういう句がホントウの句である。

其中日記（十一）

八月一日　晴。

早起して散歩した、夏山の朝のよろしさ。
省みて恥多く悔多し。
借金ほど嫌なものはない、その嫌なものから、私はいつまでも離れることが出来ない。
午後また散歩、W店でまた一杯。
暑い暑い、うまいうまい、ありがたいありがたい。

モウパッサンを読む、彼の不幸を思う。

八月卅日　曇。

あまり品行方正だったからか、とうとうからだをいためたらしい！

朝、お暇乞する。

埠頭で青島避難民を満載した泰山丸を迎える、どこへ行っても戦時風景だが、関門はとりわけてその色彩が濃く眼にしみ入る。

役所に黎君往訪。

正午、下関に渡り、映画見物はやめにして、唐戸から電車で長府の楽園地へ、一浴して一睡。

夕を待って黎々火居を敲く、泊めて貰う。

今日も暑苦しかった。

さぞや戦地は辛かろう。――

十月廿二日　晴れきって雲のかけらもない、午後は少し曇ったが。

――戦争は、私のようなものにも、心理的にまた経済的にこたえる、私は所詮、無能無力で、積極的に生産的に働くことは出来ないから、せめて消極的にでも、自己を正しうし、愚を守ろう、酒も出来るだけ慎んで、精一杯詩作しよう、――それが私の奉公である。

じっとしてはおれないほどの好天気である、そこらをぶらぶら歩いて、学校に寄り新聞を読んで戻った。

戦争の記事はいたましくもいさましい、私は読んで興奮するよりも、読んでいるうちに涙ぐましくなり遣りきれなくなる。……

O主人が頼んで置いた松茸を持って来て下さった、早速、二包に荷造りして発送する、一つは緑平老へ、一つは澄太君へ（両君も喜んでくれるだろうが私も嬉しい）。

裏山逍遥、秋いよいよ深し。

松茸を焼いて食べ煮て食べる、うまいな、うまいな。

夜、久しぶりに暮羊君来庵、餅を焼き渋茶を沸かして暫らく話す、近々一杯やろうという相談がまとまる。

今夜もよい月夜だった、しずかに読みしずかに寝る。

十一月十一日　曇。

身心きわめて沈静。

悲しい手紙を書きつづける。

非国民、非人間のそしりは甘んじて受ける。

胸が痛い、心が痛い。

かえりみてやましい生活ではあったが、かえりみてやましい句は作らなかった、それがせめてものよろこびである。

最後の場面、山頭火五十五年の生涯はただ悪夢の連続に過ぎなかった。

緑平老よ、澄太君よ、赦して下さい、健よ、悲しまないでくれ。

十一月廿日　晴。

空も私もしぐれる。——

茶の実を採る、アメリカの友に贈るべく。

——私は躓いた、傷いた、そして、しかも、新らしい歩みを踏み出したのである(その歩みが潑剌颯爽たるものでないことはあたりまえだ)。——

読書、私には読書が何よりもうれしくよろしい、趣味としても、また教養としても、私は読書におちつこう。

信濃の松郎君から頂戴した蕎麦粉を掻いて味う、信濃の風物がほうふつとしてうかんでくる。

午後、ポストまで散歩、このごろの散歩は楽しい。

寝苦しかった。

自問自答(一)

――自殺について――

死ねるか。

死ねる。

いつでも死ねるか。

いつでも。――

死にたいか。

死にたいというよりも生きていたくないと思う。

どうして?

性格破産の苦悩に堪えきれないのだ。

古くさいな!

古い新らしいは問題じゃない、ウソかホントウか、それが問題だ。

それもよかろう。

……ウソがホントウになり、ホントウがウソになる。

私の生活はメチャクチャだ。

それで。――

生活難じゃない、生存難だ、いや、存在難だ！　生きる死ぬるの問題以前の問題だ。

十二月十四日　晴、曇、時雨。

午前中は申分のない小春凪だった。

朝酒一本(昨夜の残りもの)、うまいな、ありがたいな、いや、もったいないな、ほんに朝湯朝酒朝……。

昭和十二年十二月十三日夕刻、敵の首都南京城を攻略せり、――堂々たる公報だ。

なつかしい友へたより二通、澄太君へ、無坪君へ。

午後は買物がてら散歩。

今晩から麦飯にした、それは経済的というよりも生理的な理由による(といっても、新聞代位は倹約になるが)、私はだいたい食べすぎる(飲みすぎることはいうまでもなかろう！)、とかく貧乏人の胃袋は大きい、ルンペンは殆んど例外なしに胃拡張的だ、私は自分でも驚くほど大食だ、白飯をぞんぶんに詰め込むと年寄にはもたれ気味になるが、大麦飯（米麦半々）ならば腹いっぱい食べてもあまり徹えないのである、ああ食べることはあまりに痛切だ。

晩は久しぶりの豆腐で、おいしい麦御飯を頂戴した、張り切った腹を撫でては結構結構！

夜、上厠後の痔出血で閉口した、焼酎と唐辛とのせいだろう、老人は強い刺戟を慎むべし。

――わが南京攻囲軍は十三日夕刻南京城を完全に占領せり。

江南の空澄み渡り日章旗城頭高く夕陽に映え皇軍の威容紫金山を圧せり。――

（上海日本海軍部公報）

大空澄みわたる

日の丸あかるい涙あふるる　（山生）

十二月十九日　曇――雪。

寒い雲がかさなりひろがって年の瀬らしくなる、粉雪がちらちらする、寒い、寒い。

火鉢に火、机に本、おちついてしずかな心。

あるだけの米と麦とを炊く、二食分には足るまい、また絶食か！　つらいね。

しょうことなしに、暮羊君から墨を借りて、半切四枚書きなぐる、いつものように悪筆の乱筆、仕方がないといえばそれまでだけれど、あまりよい気持ではない、そしてそれを急いで送るべく——早く物に代えて貰い(ママ)ために、ポストまで出かける、ついでにうどん玉を買いたかったが、かなしいかな、銭がなかった。

風がきびしくなった、まさしく凩だ。

かねて見つけておいて蔓梅一枝を活ける、よいなあと眺める。

夕方、Y君がだしぬけに来庵、ほとんど一年ぶりだ、持参の酒と魚とを食べて、いっしょに寝る。……

（縦の関係——祖先——父母——遺伝、伝統

（横の関係——兄弟——夫婦、友人——社会性

（短歌——外延的——迸出——詠嘆

（俳句——内包的——沈潜——

十二月廿二日　曇。

冬至、ああまた朝酒！　身にしみる冬至だ！

主観の客観化。
創作は一種の脱皮ともいえる。
宛名のない遺言状ともいえよう。

昭和十三(一九三八)年

其中日記(十二)

二月五日　曇、小雨。

昨夜の飲みすぎ食べすぎで、胃のぐあいがよくない、何となく身心の重苦しさを覚える。

身辺整理。——

呂竹さん来庵、香奠返しとして砂糖を頂戴する、落ちついてしんみりと亡き妻を語り句を語る呂竹さん、呂竹さんはいかにも呂竹さんらしい、私はいつものように、山頭火らしく、私自身を語り、そして句を語った。

樹明君から借りた『井月全集』を読む。

今日も有耶無耶で暮れてしまった、それはちょうど私の一生が有耶無耶で過ぎるように。

——

物を広く探るよりも、心を深く究める。
単純にして深遠。
東洋精神、日本精神、俳句精神。
直観。
自我帰投。

三月四日　曇。

沈鬱。——
ファブルの『昆虫記』を読む。
初蛙が枯草の中で二声鳴いた。
昨日も今日も絶食、そして明日！
とうとう不眠、長い長い夜であった。
　春風の吹くまま咲いて散つて行く（旅出）
わざとこういう月並一句を作ってここに録して置く。
　其中雑感

戦争、貧乏、孤独。

散歩、酒、業(ゴウ)。

俳諧乞食業。

定型と伝統。

歴史的必然。

旅で拾うた句。

三月六日　曇、おりおり雨。

地久節。

亡母四十七年忌、かなしい、さびしい供養、彼女は定めて、(月並の文句でいえば)草葉の蔭で、私のために泣いているだろう!

今日は仏前に供えたうどんを頂戴したけれど、絶食四日で、さすがの私も少々ひょろひょろする、独坐にたえかね横臥して読書思索。

『万葉集』を味い、『井月句集』を読む、おお井月よ。

家のまわりで空気銃の音が絶えない、若者たちよ、無益の殺生をしなさるなよ。

どうしたのか、今朝は新聞が来ない、今日そのものが来ないような気がする。

ほんとうに好い季節、障子を開け放って眺める。
蜘蛛が這う、蚊が飛ぶ、あまり温かいので。
裏山で最初の笹鳴を聴いた。
夜は雨風になった、さびしかった、寝苦しかった。
いよいよアブラが切れてしまった！
いつとなく、ぐっすり睡った。

（序詩）

天、我を殺さずして詩を作らしむ
我生きて詩を作らむ
まことの詩、我みづからの詩
天そのものの詩を作らむ——作らざるべからず

（逍遥遊）

ほんたうの人間は行きつまる
行きつまつたところに
新らしい世界がひらける
なげくな、さわぐな、おぼるるな

（旅で拾ふ）
のんびり生きたい
ゆつくり歩かう
おいしさうな草の実
一ついただくよ、ありがたう

四月十二日　曇。

待っているのに屑屋さんが来てくれない、違約ということは、いかなる場合にも不快だ。

身辺整理をつづける。――

いよいよ覚悟をきめた、私は其中庵を解消して遠い旅に出かけよう、背水の陣をしくのだ、捨身の構えだ、行乞山頭火でないとほんとうの句が出来ない、俳人山頭火になりきれない。

春寒うつくしい月夜であった。

其中庵解消の記

行方も知らぬ旅の路かな
濁れるもの、滞れるもの

四月十三日　晴。

なかなか寒いことである。

旅日記整理。

戦争は必然の事象とは考えるけれど、何といっても戦争は嫌だと思う。

めずらしく畑仕事。

四月十四日　曇。

うつくしい朝焼、あまり生甲斐もない生活。

Kからうれしい返事が来た、この親にしてこの子があるとは！

街へ出かける、NにWにKに払う。

何日ぶりかで理髪入浴、それからゆっくり飲みだしたが、一本が二本になり二本が三本になって、四本五本六本、そしてとうとう脱線してしまった、今年最初の脱線だ、すまなかった、すまなかった、慚愧々々(私としては脱線だけれど、世間人としてはさしたことではない)。

人間臭

四月廿九日　晴。

天長節、日本晴だ、めでたし。
とにかく落ちついた、めでたし、めでたし。
アメリカからありがたいたより、Kさんありがとう。
眼白がすばらしくうまいうたをうとうてくれる。
つつましく、ひたすらつつましく。
麦飯をいただく、ありがたし、ありがたし。
散歩、棕梠の花房が私を少年時代にひきもどした。
ふくろうが近寄って来て、すぐそこの木で啼く、私はしんみり読み書きする。

其中日記(十三)

五月六日――十九日

――まるで地獄だった。
酔うては彷徨し、醒めては慟哭した、自己冒瀆と自己呵責との連続であった。

私は人非人だ、Hがいうように穀つぶしだ。

Kに対して、Wさんに対して、何という背信忘恩であろう。

酒！　ああ酒のためだ、酒が悪いのではない、私が善くないのだ、酒に飲まれるほど弱い私よ、呪われてあれ！

肉体的にはとうとう吐血した、精神的には自殺に面して悩み苦しんだ。

死、そうだ、死が最も簡単な解決、いや終局だ、狂、狂しうるほどの力もないのだ。

死、死、死、そして遂に死ななかった、死ねなかった、辛うじて自分を取り戻した、そして……夜が――私の夜が明けたのである、幸にして（不幸にして、かも解らない）、私は私の私となった。――

旅日記

六月四日　晴、M居。

起きるより酒屋へ駈けつけて一杯また一杯。

岩国の町へはまわらないで愛宕村を歩いた、山のみどりがめざましい、おお、あの山がそれか、あの山林で弟は自殺したのか、弟よ、お前はあまりに弱く、そしてあまりに不幸だったね！

藤生から汽車で柳井へ、バスで伊保庄へ、Mさんに面接する、白船君を通して知ってはいたけれど、旧知の友達のような気がした、話すほどに飲むほどに酔うてしもうてすすめれ（マヽ）るままに泊めてもらった。

近来にない楽しい対酌であった。

六月廿四日　雨、雨、雨。

食べるものがない、何もかもなくなった、じっとして雨を観ていた。……

今日も郵便は来ないのか、今日も待ちぼけか！

どしゃ降りの中をポストまで出かけたついでに樹明君を学校に訪ねる、先日の手伝賃を貰う、ありがとう、助かった、さっそく一杯ひっかける、買物をする、そのまま戻った。

緑平老から句集を頂戴する、ほんによい句集、いかにも緑平らしい句集だ、雀の句にはとても好きなのがある。

寝苦しかった、すなおになれ、無理をするな！

　今日の買物

弐十弐銭　酒

十弐銭　煙草
七十銭　米
十七銭　麦
十八銭　石油
五銭　胡瓜

七月五日　雨。

寝床の中へまで雨が漏ってきたので、びっくりして、詮方なしに起きたが、まだ夜が明けない、裏の棚田で水鶏がせつなげに啼いていた。……

落ちついて紫蘇茶一杯すすって読書。

うれしいたよりが二つ、一つはKから、そして一つは樹明君から。――

山口へ行く、三月ぶりだ、折よく来てくれたバスに乗って、まず一杯、また一杯、また一杯。

買えるだけ買う、――といっても僅かだが、――持ちきれないほどの品物を持って、雨の中を戻った、大出来、大出来!

また街へ、また買物。

ゆっくり晩酌をやっているところへ、暮羊君来庵、いささかの酒を酌みかわしながら俳談する。

それからまた街へ、払えるだけ払う、そして飲めるだけ飲む。……

○象徴詩としての俳句

　俳句の象徴性

○俳句は気合のようなものだ、禅坊主の喝のようなものだと思う。

○自己に徹することが自然に徹することだ。

　自然に徹するとは空の世界を体解(ママ)することである。

七月十九日　晴。

暑かった、――まったく真夏の天地になった。

茫々たり、漠々たり、混沌として何物もなし、しかも堪えがたく憂愁ただよう。……

夜、中原君来訪、同君のよさが事毎にあらわれて、ますます好きになる、私を心配してくれる心持がたまらなくうれしい、酔態の見苦しかったことを聞かされたが、大した醜態は演じなかったらしい、日頃の狂態までには到らなかったことを知って、ほっとした。

蚊帳の中でランプも点けないで、十一時まで話し合った。

かねて読みたいと思っていた『雪国』と『浅草紅団』とを持って来て下さった、ありがたしありがたし。

労れて安心して安眠した、めでたしめでたし。

今日はまたアメリカの大月さんからコーヒーを頂戴した、ありがとうありがとうありがとう。

七月廿八日　晴。

ようねむれた朝のこころたのしく。

『浅草紅団』、なかなかおもしろい。

何となくいらいらして落ちつけない、どうしたのだろう、気まぐれ山頭火！

今日もずいぶん暑かった、我がまま気ままに暮らした、感謝感謝。

・断食か、行乞か。

・閑愁

・うれしがりや

其中日記（十三の続）

旅日記

八月廿日　曇。

不快。──

Tという未見の人からうれしい手紙を貰った(これも澄太君の友情のおかげである)、ありがとう。

一度犯した過失は二度犯すという、私はいつもおなじ過失を犯しつづけている。

酒はやめられない、酒を飲むと脱線する(いつもそうではないが、そして脱線といっても大したことではないけれど)、ほんとうにうまい酒、最初から最後までうまい酒が飲みたい。

悔のない生活、かえりみてやましくない生活がしたい。

私は矛盾だらけだ、それはアルコールがもたらすものである。

或る日はおとなしすぎるほどおとなしく、或る夜はあきれるほどあばれる。

ああ、こうして私は一生を終えるのか。

ほろほろ酔うたとき、私は天国を逍遥する。

しんじつ句作するとき、私は無何有境の法悦を味う。

ああ、この矛盾！　それを克服することが私にあっては生死の問題だ！

八月廿二日　曇――晴。

鬱々として。――

戦争の夢を見た、覚めてからも暫らくは身心が重苦しかった。

八月三十日　曇、時々雨。

暁起、虫声、読書。

樹明君から来書、読んでいるうちに涙ぐましくなった、ああありがたい。

『蝶夢和尚文集』を読みつづける。

ようやく花茗荷が咲きだした、私の好きな花である、白い花だ、匂いのよい花だ(水仙のように、くちなしのように、泰山木のように)。

しずかで、おちつけばますますしずかで。

蚊はともかく、油虫はやりきれない、Nさんから借りた本をなめられて申訳がない、困るじゃないか、油虫め。

健へ手紙を書く、満洲進出についての卑見を申し送った。

暮れきらないうちに、農学校の宿直室に樹明君を訪ねる、酒とビフテキをよばれた、御馳走御馳走、極楽極楽。

ほどよく帰って寝た、ちんちろりんちんちろりん、いつしか睡ってしまった。

私はK君との交渉において、人間の交際は深入するものでないことを教えられた（親友の場合は特別だ、深入するほど親密なのだ）、浅く交れ――こう事実が教える、また、こういう事も知った、不用意な言行が、時として、どんなに葛藤をひきおこすものであるかを、――つつましくあれ。


（学んで、そして考えて。

（考えて、そして学んで。

（生活的事実
（芸術的真実

九月一日　晴、二百十日。

関東大震災記念日。

あれからもう十五年になる、あの頃の私を考えると、まことに感慨無量である。

今年ももう九月になった！

暮羊居から新聞を借りて来て読む。

柿の葉がまじめに落ちはじめた。

畑仕事をすこしする。

どこかで万歳の声がする。

夕方、暮羊君がやってきて雑談しばらく。

九月廿五日　晴、朝寒、時々曇る。

何とほがらかな、何かよいことでもありそうな。

井師から朱鱗洞遺稿『礼讃』改訂本到着、私からも井師に謝意と敬意とを表する。

あのころの事を追想するとまことに感慨にたえない。

朱君を考えると、何とはなしに、啄木を考える、或る意味で、朱君は俳壇の啄木らしかったといえないでもなかろう。

煙管掃除、ノンキだね。

昨日も今日も待つとなく待っていたが、誰も訪ねて来てくれなかった（暮羊君がちょっと来ただけ）、軽い失望を感じて何だか寂しかった。

それにしても敬君はどうしたのだろう、少し腹が立つ！

歳事記を読みつづけて、気がついたことは、月の例句は多すぎるほど多いが、さても気（ママ）に入った作は殆んど見つからない、一茶の句に多少ある、芭蕉はあまり多く作っていないようである。

門外不出、文字通りの無言行だった。

今日は十句出来た、どうせ瓦礫みたいな句だけれど、磨いたならば、瓦は瓦だけの光を発するだろう、磨け、磨け、光るまで磨きあげることだ。

・象徴の世界

　　形象から心象へ
　　心象から形象へ
　　形象即心象の境地

十月二日　曇――雨。

自分のおろかさをあわれみいたわりつつ。――

いらいらするなかれ。

柿の落葉のうつくしさ、そのうつくしさを観るだけのためにも生きていたいと思う！

可愛い花盗人来襲、彼等は物の私有ということを知らないほど純でうぶなのだ。

――とうてい、酒はやめられないとすれば、せめて日本酒だけにしよう、焼酎のような火酒を飲んで、ろくな事のあったためしがない、昨夜の場合だってそうである。

夕方、雷鳴、そして驟雨、夜に入って本降りになった。

警戒サイレンがしきりに鳴った。

昨夜の失敗が今夜の私を睡らせなかった、苦しかった。
・感動は詩の母胎であるが、
亢奮からほんとうの詩は生れない。

戦線の詩なるものがそれを実証している。

・酔境

自己忘失
自己脱却
自己超越
相対を止揚したる絶対境

十月六日　晴。

暗鬱、死がのぞいて来る。……

あまりに暗いしずけさだ。

私は完全に世間学校の落第生だ、人間学校から遂に放逐された。……

酔えば悲しく、酔わないでも悲しく、私も人も。

身のまわりを見わたして、私は堪えきれなくなる。

ちょっとポストまで。――

昨日はアルコールに敗けたが、今日はアルコールに勝った、勝った、勝ったがやっぱり苦しい。

・二つの宿願

　生きている間は感情をいつわらないこと。

　わがままといえばそれまでだが、私は願う。

　いやな人から遠ざかって、好きなことだけしたいのである。

　死ぬるときはころりと死にたい、それには脳溢血がいちばんよろしい。

・酔中の思考や行動がいつものそれらと相違するということは、自分の平常の生活に嘘偽——不自然があるからではないか。

・年寄の物忘れはむしろ恩恵だ、忘れたいのに忘れられないことがどんなに多いことか！

十月廿四日　晴——曇。

未明、眼覚めてそのまま起床。

午前は快晴だったが、午後は曇り勝だった。

支那事変俳句（「俳句研究」十一月号所載）を読む、無慮三千句、そのうち私の身心を動かしたものが何句かあるか、戦線句は拙くとも抜きがたい実感味がある、銃後句は造花のつまらなさだ！

そこら散歩、学校に寄ってIさんから米三升借りる、M老人の家を尋ねて、借家を見せて貰う、その家を借りたいと思う。

今日も自分ながら大食に呆れた、何という大きい胃袋だろう、私の胃袋は！

夜はロウソクで読書、寝苦しかった、しぐれの音がわびしかった。

昭和十四(一九三九)年

其中日記(十四)

一月十六日　晴。

うららかである、ほのかなよろこびを覚える。

『土と兵隊』を読んで感激した、『麦と兵隊』もよかった。

『花と兵隊』もよい、火野葦平万々歳である。

昼食すましてから、運動がてら山口まで散歩する。

とある小路を歩いていたら、思いがけなくY君に呼び入れられて、酒をよばれた、読物も貸して貰った、ほんとうに予期しない幸福だった。

ハガキのあるだけたよりを書いて出した。

まったく雲のない晴天だった。

夜はのんびり読書。

久しぶりで(いつでもだが)、餅がうまかった。

恋猫が切ない声で鳴いてうろつく。

- 黙って死んで行く
- 生死の中から
- 自分を空しくする
- 真実一路

酔境——

ほろ〳〵、ぼろ〳〵、

とろ〳〵、どろ〳〵。

其中日記(十五)

七月廿一日　晴、一雨ほしや。

朝湯のよろしさ、朝蟬のよろしさ。

まったく猛暑だ、油蟬熊蟬が鳴きだした。

身分しらべで巡査来訪、いろいろ話す、若いおとなしい巡査だった。

何でも売れば売れる(窮すれば通ずる)、運よく今日は一杯代捻りだした、曰く、空炭俵六枚十八銭、古新聞十六銭、空壜七銭、合して四十一銭也！

あんまり暑いので呉郎さんを訪う、十郎ともいっしょに馬鹿話して馬鹿笑いする、愉快だった。

夕立来、まだまだ雨は足らないけれど万象いきいきとして来た。

ううさんやあさん来訪、呉郎さんもやって来て、酒、酒、酒、それから、それから、それから、——酒はうまいが、酔うとやっぱり嫌なことがある。……

酒をつつしむべし、つつしまざるべからず、ひとりの酒を味うべし、おちついてしずかに味うべし。

自分にかえれ、自分の愚を守れ、すなおであれ、つつましかれ、しゃべるな、うろつくな。

人と人とは親しむべし、狎るるべからず、このごろことにこの感が深い。

・句作は飛行機の操作に似たり。

・熱時熱殺。

八月七日　晴。

四時半起床、入浴、清掃。——

今日は詩園同人が大挙して阿知須へ押しかけるという、私もHさんやYさんやSさんから誘われたけれど、気分がすすまないし、銭もないので断った（まったく無一文である！）。

——ひとりしずかにしていた。

靖国神社へ詣でる遺児部隊、涙の記事である。

何よりもうまいのは水であると思う、けっきょく味のない味がほんとうの味ではないかと思う。

永日、そして長夜、情けないけれど私の現実だ。

午後、近在散策。

タバコがなくなった、諦めて禁煙。

夕飯はいささかのお粥ですます。

夕方、呉郎さん来訪、酒と下物とを奢ってくれる、煙草も貰った、面白い話もした、近頃めずらしい快々的！

山口へ出かけて行った呉郎さんが更けてから戻って来た、泊めてあげる。……

夜はいつしか秋を感じるようになった、今夜は殊にそんな気がした、秋立つ日も近いな。

　八月廿六日　晴。

いよいよ長旅に出かけるべく身辺整理。

散歩がてら図書館へ、途上で一句拾う。

世界の情勢はまさに発火点に達したらしい、その前夜といった緊迫ぶりである、いつの時代でも戦争は絶えない。

胡瓜五銭、おいしく昼飯をいただいた。

貧しいけれどつつましい日であった。

つくづく思う、人間の死所を得ることは難いかな、私は希う、獣のように、鳥のように、せめて虫のようにでも死にたい、私が旅するのは死場所を探すのだ！

いやな夢を見た、小人夢多とでもいおう。

　八月廿八日　曇、風模様、秋冷、雨すこし。

沈静。――

風よ吹くな、雨よ降れ、金の雨、銀の雨、降ってこい、降ることは降ったが、ばらばら雨にすぎなかった、雨は今まさに一滴千両であるが。

人を憎むよりも己を責めろ、おのれを正せ、自己批判は飽くまで峻厳でなければならない。

ようやく本格的に句作するようになった、喜ぶべき哉。

何となく切ないものがこみあげてくるので、酒を借りて飲んだ、酒は一時のなぐさめにしかならないけれど、ほろほろ酔うと、とにかく愉快になる。……

内閣総辞職とは驚いた、日本もいよいよ更始一新だ。

白紙に返れ、人生は時々ブランクがあってもかまわない。

身のまわりをかたづけてさっぱりした、無一文はちとさびしい。

アルコールのききめで、宵からこんこんうつうつ寝こんでしまった、いろいろの錯覚におそわれた、……旅人の夢だ。……

• 動くものは美しい、水を観よ、雲を観よ。

• 他国に依存する国家がいたましいように、他人依存の個人はみじめだ。

• 求めない生活態度、拒まない生活態度、生活態度は空寂でありたい、私に関するかぎりは。

・自分を踏み超えて行け。

九月一日　おだやかに明けて晴。

興亜奉公日、関東震災記念日、二百十日、——等には極めて意義ふかい日であった。

朝浴、身心清浄、遥拝黙禱、自粛自戒。

割木一把弐十弐銭とは！　何もかも高くなる、そして貧乏人はいよいよ貧乏する。

ちょいと散歩、白い草花を見つけて活けた。

孤独を味わい清閑を楽しむ、これが私の性、天の命である。

午後、矢島さん来訪、君の復活精勤をよろこぶ。

夕方から山口へ、下井田君を訪ねて新聞を読む、思いがけなく長谷さんに会し、招かれて下井田君と共に推参し、新婚の奥さんに紹介される、偶然また村田君も来訪、四人でしずかに話した(少しばかり酒をよばれたことはナイショナイショ！)、話しているうちに、蘇満国境戦の機微に触れ、我々国民はもっともっと緊張しなければならないことを痛感して憮然たるものがあった。……ひとりぼんやりいろいろさまざまの事に思いを走らせる、蘇満国境をおのずから思う、子のこと、友のこと。……

矢島さん午後も来訪。

そこら散歩。
秋暑く、私は身も心も労れた、老いたのだ。

（単独体
（配合体（元禄時代――）
　叙述式（事象）　俳句的リズム
　描写式（景象）　（内容律）

四国遍路日記

十一月六日　曇、時雨、晴、行程六里、室戸町、原屋。

朝すこしばかりしぐれた、七時出立、行乞二時間、銭四銭米四合あまり功徳を戴いた、行乞相は悪くなかったと思う。海そいに室戸岬へいそぐ、途上、奇岩怪石がしばしば足をとどめさせる、椎名隧道は額画のようであった、そこで飯行李を開く、私もまた額画の一部分となった訳である。

室戸岬の突端に立ったのは三時頃であったろう、室戸岬は真に大観である、限りなき大空、果しなき大洋、雑木山、大小の岩石、なんぼ眺めても飽かない、眺めれば眺めるほどその大きさが解ってくる、……ここにも大師の行水池、苦行窟などがある、草刈婆さんがわざわざ亀の池まで連れていってくれたが亀はあらわれなかった、婆さん御苦労さま有難う。

山の上に第二十四番の札所東寺がある、堂塔はさほどでないが景勝第一を占めている、そこで、私は思いがけなく小犬に咬みつかれた、何でもないことだが寺の人々は心配したらしい、私はさっさと山を下った、私としてこれを機縁として、更に強く更に深く自己を反省しなければならない。

麓の津呂で泊るつもりだったけれど泊れなかった(断られたり、留守だったりして)、とうとう室戸の本町まで歩いて、やっと最後の宿のおかみさんに無理に泊めて貰った、もうとっぷり暮れていたのである。

片隅で無灯、一杯機嫌で早寝した(風呂があってよかった)。

（十一月六日）〝室戸岬〟へ

波音しぐれて晴れた

あらうみとどろ稲は枯れてゐる

かくれたりあらはれたり岩と波と岩とのあそび

海鳴そぞろ別れて遠い人をおもふ

ゆふべは寒い猫の子鳴いて戻つた
あら海せまる蘭竹のみだれやう
東　寺
うちぬけて秋ふかい山の波音
土佐海岸
松の木松の木としぐれてくる

十一月十六日　晴—曇、行程八里、越智町、野宿。

暗いうちに起きたが出発は七時ちかくなった、思いあきらめて松山へいそぐ、——高知では甲斐なくも滞在しすぎた。

さよなら、若い易者さんよ、老同行よ、さよなら高知よ。

途中処々行乞、伊野町へ十一時着いて一時まで行乞（道中いそいだので老同行を追いぬいたのは恥ずかしかった、すまなかったと思う）、銭三十四銭米六合戴いた。

仁淀川橋、土佐紙などが印象された。

とっぷり暮れて越智町に入ったが、どの宿屋でも断られ、一杯元気で製材所の倉庫にもぐりこんで寝る、犬に嗅ぎ出されて困った、ろくろく睡れなかった、鼠に米袋をかじられた、――絶食野宿はつらいものである。

十一月廿一日

早起、すぐ上の四十四番(底本注＝菅生山大宝寺)に拝登する、老杉しんしんとして霧がふかい、よいお寺である。

同宿の同行から餅を御馳走になったので、お賽銭を少々あげたら、また餅を頂戴した、田舎餅はうまい、近来にないおせったいであった。

宿のおばあさんからも月々の慣例として一銭いただいた。

八時から九時まで久万町行乞、銭十三銭米二合、霧の中を二里ちかく歩いてゆくと三坂峠、手足の不自由な同行と道連れになり、ゆっくり歩く(鶏を拾った話はおかしかった)、遍路みちはあまり人通りがないと見えて落葉がふかい、桜の老木が枯れて立っている、椋の大樹がそそり立っている、峠が下りになったところでならんでお弁当を食べてから別れる、御機嫌よう。

山が山に樹が樹に紅葉をひろげてうつくしさったらない、いそいで四十六番(底本注＝医王山浄瑠璃寺)参拝、長い橋を渡って、森松駅から汽車で松山へ、立花駅から藤岡さんの宅へとびこんだのは六時頃だったろう、ほっと安心する。

人のなさけにほごれて旅のつかれが一時に出た。

ほろ酔きげんで道後温泉にひたる、理髪したので一層のうのうする。

緑平老のおせったいで、坊ちゃんというおでんやで高等学校の学生さんを相手に酔いつぶれた！

それでも帰ることは帰って来た！

奥さん、たいへんお手数をかけました、……のんべいのあさましさを味う、……友情のありがたさを味う。

大宝寺

朝まゐりはわたくし一人の銀杏ちりしく
お山は霧のしんしん大杉そそり立つ

へんろ宿

お客もあつたりなかつたりコスモス枯れ〴〵
霧の中から霧の中へ人かげ
雑木紅葉のかゞやくところでおべんたう
秋風あるいてもあるいても

蓮月尼　宿かさぬ人のつらさをなさけにて朧月夜の花の下臥

十二月九日　晴。

――山頭火はなまけもの也、わがままもの也、きまぐれもの也、虫に似たり、草の如し。

午後、近在散歩。

十二月十五日　晴。(重複するけれど改めて記述する)

とうとうその日――今日が来た、私はまさに転一歩するのである、そして新一歩しなければならないのである。

一洵君に連れられて新居へ移って来た、御幸山麓御幸寺境内の隠宅である、高台で閑静で、家屋も土地も清らかである、山の景観も市街や山野の遠望も佳い。

京間の六畳一室四畳半一室、厨房も便所もほどよくしてある、水は前の方十間ばかりのところに汲揚ポンプがある、水質は悪くない、焚物は裏山から勝手に採るがよろしい、東々北向きだから、まともに太陽が昇る(この頃は右に偏っているが)、月見には申分なかろう。

東隣は新築の護国神社、西隣は古刹龍泰寺、松山銀座へ七丁位、道後温泉へは数町。

知友としては真摯と温和とで心からいたわって下さる一洵君、物事を苦にしないで何かと庇護して下さる藤君、等々、そして君らの夫人。

すべての点において、私の分には過ぎたる栖家である、私は感泣して、すなおにつつましく私の寝床をここにこしらえた。

夕飯は一洵君の宅で頂戴し、それから同道して隣接の月村（ママ）（底本注＝月邨の誤記）画伯を訪ね、おそくまで話し興じた。

新居第一夜のねむりはやすらかだった。

新〝風来居〟の記

〝無事心頭情自寂
無心事上境都如〟　（自警偈）

昭和十五(一九四〇)年

松山日記

二月十一日　曇——雨。

紀元節、新らしい世紀を意識し把握し体得せよ、殆んど徹夜だった、句稿整理。

午前、道後温泉入浴、護国神社参拝、午後、一洵兄と同道して月村君を訪ね、三人打連れて漫歩漫談、降りだしたので急いで帰った。

今日も飲みすぎだった、酒を慎しむべし、己を省みるべし、ショウチュウよ、さよなら!(消極的に日本酒だけを味うべし)落ちついて雨ふる、雨ふりて落ちつく。……

徹夜執筆。——

けさもずいぶん早かった、早すぎた、何もかもかたづいてもまだ夜が明けなかった。

亡母第四十九回忌、御幸山大権現祭日、地久節、母の日週間。

出校の途次、一洵さん立ち寄る、母へお経をよんでくれる、ありがとう、望まれて近詠少々かいてあげる、いずれ何かの埋草になるのだろう。

道後で一浴、爪をきり顔を剃る、さっぱりした。

仏前にかしこまって、焼香諷経、母よ、不孝者を赦して下さい。

道後から帰ってくると、驚いたことには、お寺への参道に――庵ちかく――露店が数々出ていた、駄菓子店、おでん店！　餡焼店、果物店、……おでんやには私も苦笑した。

近所の男女が庫裡で御馳走をこしらえている、おまつりは、いわば親睦会である。

ちらりほらり参詣人が登ってくる、午後、墓地の広場で護摩が焚かれた、もったいぶった坊さん数人、俄ごしらえの山伏数人、それらを囲んで参拝者が数十人、……野天の護摩の焔、――よいものがある。

練兵場から機関銃の音、突喊の叫声がしきりに聞える。

今日はまったく春の気候だった、ぬくたらしいほどだった、綿入をぬぎ火燵をとりのけ、そして火鉢もうるさい位に。

のんびりと寝た、仏前からおさがりをいただいて。——

　〝三月六日の記〟(底本注＝表題のみ記してある)

三月三十一日　曇。

身心すこしく不調、終日不快。

新支那中央政府の成立、そして南京遷都の記事が厳粛なものを与える、いろいろのことを考えささないではおかない、国民精神総動員といい、東亜新秩序の建設といい、そして闇取引のたえない事実といい、国民的訓練の不足といい、犠牲の不公平といい……私のようなものでも、自他に対して憤慨にたえないおもいがする。

六月廿九日　雨——曇。

道後で一杯ひっかけて温泉浴。

時々アル中の発作に襲われる、身辺を幻影しきりに去来する。

夜、さびしいので汀火骨居を訪う、不在、ひきかえす、途中うどんを食べる、うまかった。

七月廿八日　晴。

起きてから四時が鳴った、身心平安。

午後、道後へ、途中、とても暑かったが、土用の照込はうれしい、見よ、いちめんの青田がゆたかにそよいでいる、まことにこれやこの豊葦原の瑞穂の国のありがたき風景。

今は（マヽ）一草庵異変ともいうべき出来事があった、湯を沸かしているとき、土瓶の底が抜け、おまけに火床がくずれたのである、縁起のよい事ではない、食えなくなる！という前兆かも知れない！

謹慎謹慎、自重自重。

夕方、散歩がてら貸本屋まで出かけて、「婦人公論」を借りて帰った。

国民生活がだんだん緊張して来たことは何よりもうれしい、新体制が漸次結成されつつある、東亜新秩序の確立は厳粛な事実でなくて何であるか、現実を正視せよ、日本人としての自覚を実現しなければならないのである。――

一草庵日記

八月六日　晴。

東が白むのを待ちかねて起きる、まもなく護国神社の太鼓が、とうとうとうとうと鳴り出した、だいぶ日が短くなって、もう五時も近かろう。

身心沈鬱、それをひきたてるべく、ちょうど映画「宮本武蔵」の招待券を貰ったので出かける、しんみり観賞して、いろいろ考えさせられた、剣は人なり――剣心一路の道はまた私自身の道ではないか、恥じる恥じる、私には意力がない、ああ意力がない。

――文は人なり、句は魂なり、魂を磨かないで、どうして句が光ろう、句のかがやき、それは魂のかがやき、人の光である。

考えれば考えるほど、私は生存に値しないことを痛感する、殊に内外に亘る急迫しつつある現情勢においては、非生産的な私にはかく感じないではいられないのである。

何が私をそう考えさせるか、――現代には余裕がない、そして私には自信がない！　私は私のような乞食者ではあっても俳諧報国に一念しつつあるものにだけは許されるでもあろう消極的価値さえも失いつつあるのだ。

私は生きていたくないと思う、しばしば死にたいと思う、それは生活意力を欠いでいるからだといってしまえばそれまでであるが、私の弱性がアルコールの魅力によって自他をごまかしているせいでもある、何という弱さ、何というはかなさ、何というくだらなさだ！

——転身一路、ここにのみ、今の私の活路がある、しっかりしろ、山頭火！

八月十八日　晴、午後小夕立。

盆の十五日、私は快く食べ快く睡った。

けさも待つものは来なかった、沈静な気持である。

警官殺しの犯人も遂に悪運尽いて、事件発生後十一日の昨朝逮捕された、この地方では珍しい出来事であった、誰もほっと安堵と快心の吐息を洩らしたことである。

私は昼も夜もしょっちゅう俳句を考えている、夢中句作することもある、俳人という以上は行住坐臥一切が俳句であるほど徹底した方がよいと思う。

——ともすれば死を思い易い、——死を待つ心はあまりに弱い、私は卑怯者！　と自ら罵った。

即今如是如是、自己を求めて不可得、因縁無我、空寂。

私の一日——今日の記録。

無門関、第十二則、巌喚主人。——

第七句集発送の用意をする、用意だけだ、切手代もないから。

お寺のK(ママ)さんから胡瓜や茄子や南瓜を頂戴した、ありがたい、手作りのよさがかがやいている。

夕方散歩、ほんにうつくしい満月が昇った、十分の秋だった、私はあてもなく歩いたが、何となくさびしかった、流浪人の寂寥であり、孤独者の悲哀である、どうにもならない事実である。

「閑草談」
俳句性について、——
　単純に徹すること。
自己純化——執着——些末に対する——放下　なりきる
生命律——自然律——自由律　(自然のながれ
自他融合——主客渾一——身心一如　(生命のゆらぎ　リズム

全と個(私の一考察)
　あらわれ　個を通しての全の表現。

八月廿六日　曇—晴。

日が短かくなった、蚊もめっきり少なくなった。

今日から防空訓練。

——秋、秋、新秋来だ。

番僧さんから聞くと、まだ米は切符制にならないそうな。（私はすべて和尚さんまかせ。）

麦を買う、米は買えない。

今日の代用食——うどん料理——は失敗した。

ああああ大食大食、無芸なるが故に大食なのだろう。

さすがに厄日ちかい風物、雲のたたずまい、風のうごきかたが何となくおだやかでない。

墓場の垣から白い花を採って来て活けた、何という蔓草か、よい香がする。

早寝、電灯も暗くて読書し難いので。

時々砲声がとどろく、虫がしきりに鳴く、私はぐっすり睡った。

俳句性管見、——必ずしも形式は内容を規定しないと思う、内容が形式を作るともいえる。

純化――純化しきる――一如境
　(なりきる)　　(純情と熱意と)

　九月一日　曇　微雨。

二百十日、興亜奉公日一周年記念日、関東震災記念日。
いろいろの意味で、今日は私にとって意味ふかい日である。
跣足になって近郊を散歩する、転々一歩一歩の心がまえである。
　独行不愧己、独寝不愧衾、
慎独の境地である、私の生きるべき世界である。
省みて疚しい私である、俯仰天地に恥じない私でなければならないのである。
終日終夜謹慎、身心安定して熟睡することが出来た。

私の覚悟――
　節酒断行、借金厳禁、二食実践。
約言すれば、節慾である、生活に即して具体的にいえば、
酒は一日一合、一度に三合以上、一日に五合以上は飲まないこと、酒は啜るべく味う

べく、呷らないこと、微酔以上を求めないこと。借金は決してしないこと、その借金が当面逼迫の融通でないかぎりは、食べ過ぎないこと、代用食を実行すること。煙草も刻ですますように努めること。

ただただ実践である、省察が行持となって発現しなければならない、これを誓う、私は私に誓う、汝自身を守れ、愚を貫け。

九月十八日　曇。

満洲事変十周年記念日、故北白河宮(ママ)永久王殿下の御喪儀。

いつとなく火鉢をしたしく感ずる気分になって来た、秋の心ともいうべきものの一つのあらわれである。

まずしいというよりもさびしい私の食卓であると思う。

護国神社から号令拍手の声がたえない、じっとそれに耳を傾けていると、故殿下哀悼と東亜新秩序建設の熱意にうたれる。……

一洵老ひさしぶりに来庵――先日来不在中に来庵されたそうだ。――

――近衛首相の念願に和して、私も「一億一心」の念願を堅うする、私はたよりない男であるけれど。――

腹のへること、なんぼでも食べられること、奇々妙々也。
今日からお彼岸の、暑いも寒いも彼岸まで、まことに然り。
快食快眠、うらむらくは快便ならず、(痔がやぶれているから!)
——夢を見た、いやらしい夢だった、かえりみて恥ずかしい夢だった、聖人夢なしとい
う、せめてこういう夢を見ないようにありたい。

十月二日　曇、百舌鳥啼きしきり、どうやら晴れそうな。

早起したれど、頭おもく胸くるしく食慾すすまず、ぼんやりしている。
むしろ私としては病痾礼讃、物みな我れによからざるなしである。
ちょっとポストまで、途中慣習的にいつもの酒屋で一杯ひっかけたが、ついつい二杯と
なり三杯となり、とうとう一洵老の奥さんから汽車賃を借りだして、今治へとんだ、
……電話したら清水さんがしんせつにも仕事を遣り繰って来てくれた、御馳走になった、
ずいぶん飲んだ、(F館の料理には好感が持てた、)何しろ防空訓練で、みんな忙しくて、
誰も落ちついていないから、またの日を約して十時の汽車で上り下り別れて帰った、帰
途の暗かったこと、闇を踏んで辿るほかなかった、そしてアル中のみじめさをいやとい
うほど感じさせられたのである、……Sさんありがとう、ほんにありがとう、小遣を貰

ったばかりでなく、お土産まで頂戴した。

帰庵したのは二時に近かった、あれこれかたづけて寝床にはいったのは三時ごろだったろう。

犬から貰う――この夜どこからともなくついて来た犬、その犬が大きい餅をくわえて居った、犬から餅の御馳走になった。

ワン公よ有難う、白いワン公よ、あまりは、これもどこからともなく出てきた白い猫に供養した。最初の、そして最後の功徳！　犬から頂戴するとは！

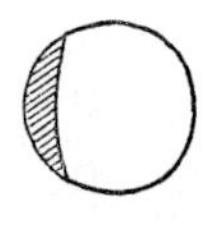

（餅屋の餅
直径五寸位
色やや黒く

十月八日　――晴。

早朝護国神社参拝、十日、十一日はその祭礼である、――暁の宮は殊にすがすがしく神々しい、なんとなく感謝、慎しみの心が湧く、感謝、感謝！　感謝は誠であり信である、誠であり、信であるが故に力強い、力強いが故に忍苦の精進が出来るのであり、尽きせぬ喜びが生れるのである。

皇室――国への感謝、国に尽くした人、尽くしつつある人、尽くすであろう因縁を持って生れ出る人への感謝、母への感謝、我子への感謝、知友への感謝、宇宙霊―仏―への感謝。――

一洵老が師匠の空覚聖尼からしみじみ教えてもらったという懺悔、感謝、精進の生活道は平凡ではあるがそれは慥かに人の本道である――と思う、この三道は所詮一つだ、懺悔があれば必ずそこに感謝があり、精進があれば必ずそこに感謝があるべき筈である、感謝は懺悔と精進との娘である、私はこの娘を大切に心の中に育くんでゆかなければならぬ。

芸術は誠であり信である、誠であり信であるものの最高峰である感謝の心から生れた芸術であり句でなければ本当に人を動かすことは出来ないであろう、澄太や一洵にゆったりとした落ちつきと、うっとりとした、うるおいが見えていて何かなしに人を動かす力があるのはこの心があるからだと思う、感謝があればいつも気分がよい、気分がよければ私にはいつでもお祭りである、拝む心で生き拝む心で死のう、そこに無量の光明と生命の世界が私を待っていてくれるであろう、巡礼の心は私のふるさとであった筈であるから。――

夜、一洵居へ行く、しんみりと話してかえった、更けて書こうとするに今日は殊に手がふるえる。

随筆

ツルゲーネフ墓前におけるルナンの演説

　ツルゲーネフは偉大なる作家であり且つ偉大なる人物であった。私はツルゲーネフが仏蘭西(フランス)に来て光輝ある友愛により、安楽な退隠生活を送っていた時分、親しく私の眼に映じた彼の精神(ソール)について少しばかり語ろうと思う。

　ツルゲーネフは人間の職分を作り定める不可思議力によってあらゆるもののうちで最も気高い天分を受けていた。彼は**心底から没我的であった**。彼の**意識は多少にまれ自然によって賦与せられた個性的なものなくして**、殆ど**民衆の意識であった**。彼は生れるに先って既に数千年間生きていた。無数の映像が彼の胸深く集っていた。未だかつてかほどまでに民衆全体の権化(インカーネーション)となった人はなかった。彼のうちには一つの世界があった。そして彼の唇によって語った。久しい間、声なくして眠りこんでいた幾先代の人々は彼によって初めて生命(ライフ)と言語とを得たのである。**民衆の黙せる力はあらゆる偉大なる事物の源泉である**。**しかも民衆には声(ヴォイス)がない**。

彼等はただ感じ、ただ吶るのみである。彼等は彼等に代って語るべき説明者を要し、予言者を要する。誰がかくの如き予言者となるであろうか。自己の利害を打算して彼等に背を向ける人々によって排斥せられながらも、何人が彼等の苦悶を語るであろうか。満足者流の偽れる楽天観を打破する彼等の胸裡に秘める渇仰心を語るものは誰であろうか。それ偉人はやがて天才の人であり、感情の人である。これ偉人があらゆる人のうちで最も自由に乏しい所以である。彼は自己の欲するところを行わない。また語らない。神、彼のうちにありて語り、苦悩と希望との数千年は彼を把持し彼を支配する。時として彼は聖書の昔物語に現われる予言者のように、呪咀すべくして祝福し、その舌は聖霊に従うて彼に従わないことがある。

スラブ民族が世界の檜舞台へ出現したのは現世紀において最も意外な現象であるが、その民族が先ず最初にツルゲーネフのような完備した巨匠（マスター）によって表現せられたのはスラブ民族の名誉である。愛昧（ママ）摸糊として且つ矛盾撞着せる意識の秘密がかくも驚嘆すべき内観洞察（インサイト）を以て暴露せられたことは未だかつてなかった。何となればツルゲーネフは直地に感受し、その感受したことを覚知していた故である。彼は民衆であり撰民であったからである。彼は女性の如く感覚が鋭敏で、外科医の如く冷静で、哲学者の如く幻影を絶し、小児の如く柔和であった。スラブ民族が反省生活を初めた時に、こういう真率な同時に博識な、写実的且つ神秘的な作品によって描写せられることが出来たのは実に幸福である。

この驚嘆すべきスラブ民族が今後もし真価を発揮して、その熱烈な信仰、深刻な直覚、生死の独特な観念、犠牲の精神、理想に対する渇望を以て吾々を愕然たらしめたならば、ツルゲーネフの作品は恰も天才者の幼年時代における肖像のように(もしそういう物があり得るとしたならば)無限の価値ある文章となるであろう。ツルゲーネフは人類という大家族中の一家族の説明者として、彼の責任が極めて神聖なることをよく知っていた。彼は多くの霊魂が彼に任されてあることを感じていた。彼は名誉の人であったから、その言葉を重んじて一言一語も忽諸にせなかった。彼は自己の口にしたことに対しても、また口に出さなかったことに対しても、小心翼々であった。

かくして彼の天職は和解者となることであった。彼は約百記の「高きにありて平和を作り給う」神のようであった。他のところでは不調和を惹き起したものも彼と共にあれば調和の原則となった。彼の偉大なる胸の中では矛盾せるものも融け合った。呪咀も憎悪もかれが技巧の魔術によってその毒を失ってしまった。

これツルゲーネフが多くの点において一致せざる諸学派を通じての光栄となった理由である。偉大なるが故に分離せる人種も彼のうちに一致を見出し、理想解釈の方法を異にせるがために反目し離散せる同胞も相率いてかれの墓に詣でる。吾々には誰にも彼を愛慕する権利がある。何となれば彼は吾々一切の人の物であるからである。吾々はすべて彼の胸に抱かれている故である。ああ嘆美すべき天才の特権なるかな。彼には事物の相反する方面は存していない。彼にあってはあらゆる物がすべて和解する。枘□相納れざる団体も和合して彼を讃美し嘆称する。彼あるところ、俗衆を腹立たせる言葉もその力を失ってしまう。天才は数百年を要する事業をただ一日のうちに成し遂げる。天才は更に高尚なる平和の大気を創造する。かくて今まで敵であった人々をして実際は共働者であったことを覚らしめる。天才は大赦の紀元を開き、進歩の壇場において鎬を削って戦える人々をして肩をならべ手を携えて眠らしめるのである。

　げにや民族(レース)以上に人類(ヒューマニチー)がある(或は理性というても差支ない)。ツルゲーネフはその心情と描写の形式とによれば一民族に属しているが、その平静なる眼光を以て人生を観察し、些の僻見なくして実在を討究せる崇高な哲学より観れば全人類に属している。彼はこの哲学によって温藉と人生の歓楽とを得、人間、殊に犠牲となれる人々に同情を注いだ。全く盲目的であって、屢々(しばしば)指導者に欺かれた憫むべき人類を熱烈に愛した。彼は善良なる生活と真理とに対する自発的努力を賞讃した。彼は幻影を批難しなかった。彼は人が愚痴をこぼしたからといって腹を立てなかった。彼は悩める者を嘲笑うような冷酷な政策を弄しなかった。彼はいかなる頓挫に遇っても意気沮喪しなかった。彼はさながら万有のように幾千度となく頽廢せる事業に着手した。正義は急がず、最後は必ず成功であることを知っていた。彼は実に永遠なる生命の言葉、平和の言葉、正義博愛、自由の言葉を有していたのである。

（「青年」明治四十四年八月号）

夜長ノート

小春日和のうららかさ。のんびりとした気持になって山の色彩を眺める。赤い葉、黄色い葉、青い葉、薄黒い葉——紅黄青褐とりどりのうつくしさ。自然が秋に与えた傑作をしみじみ味わうたのしさ。いつしか、うっとりとして夢みごころになる。自然の無関心な心、秋の透徹した気、午後三時頃の温かい光線が衰弱した神経の端々まで沁みわたって、最う社会もない、家庭もない——自分自身さえもなくなろうとする。

けたたましい百舌鳥(もず)の声にふっと四方の平静が破れる。うつくしい夢幻境が消えて、いかめしい現実境が来る、見ると、傍に老祖母がうとうとと睡っている。青黒い顔色、白茶けた頭髪、窪んだ眼、少し開いた口、細堅い手足——枯木のような骨を石塊のような肉で包んだ、古びた、自然の断片——ああ、それは私を最も愛してくれる、そして私の最も愛する老祖母ではないか。

老祖母の膝にもたれて「白」と呼び慣れている純白な猫が睡っている。よほどよく睡っていると見えて、手も足も投げ出して長くなれるだけ長くなっている。かすかな鼾の声さえ聞える。

その猫の尻尾に所謂「秋蠅」が一匹とまっている。じっとして動かない。翅の色も脚の色もどす黒く陰気くさい。衰残の気色がありありと見える。

秋の田園を背景として、蠅と猫と老祖母と、そして私とより成るこの活ける一幅の絵画。進化論の最も適切なる、この一場の実物教授。境遇と自覚。本能と苦痛。生存と滅亡。

自覚は求めざるをえない賜である。探さざるをえない至宝である。同時に避くべからざる苦痛である。

殊に私のような弱者において。

○

新刊書を買うて帰るときの感じ、恋人の足音を聞きながら、その姿を待つときの感じ、新鮮な果実に鋭利なナイフをあてたときの感じ。……

その日の新聞を開いたときの匂い、初めて見る若い女性に遇うたときの匂い、吸物椀の蓋をとったときの匂い、埃及（エジプト）煙草の口を切ったときの匂い、親友から来た手紙の封を破ったときの匂い。……

穏かな興奮と軽い好奇心と浅い慾望と。……

○

一度行った土地へは二度と行きたくない。一度泊った宿屋へは二度と泊りたくない。一度読んだ本は二度と読みたくない。一度遇った人には二度と遇いたくない。一度見た女は二度と見たくない。一度着た衣服は二度と着たくない——一度人間に生れたから、一度男に生れたから、一度この地に生れたから、一度この肉体この精神と生れたから。……

一度でなくして二度となったとき、それは私にとって千万度繰り返すものである。終生□れ難い、離れ得ないものである。

○

いつまでもシムプルでありたい、ナイーブでありたい、少くとも、シムプルにナイーブに事物を味わいうるだけの心持を失いたくない。

酒を飲むときはただ酒のみを味わいたい、女を恋するときはただ女のみを愛したい。アルコールとか恋愛とかいうことを考えたくない。飲酒の社会に及ぼす害毒とか、色情の人生における意義とかいうことを考えたくない。何事も忘れ、何物をも捨てて——酒というもの、女性というものをも考えずして、ただ味わいたい、ただ愛したい。

○

片田舎の或る読者から観て――その読者の受ける気分とか感じとか心持とかいうものによって、日末(ママ)現代の文学雑誌及び文学者を二つのサークルに分つことが出来る。

スバル、白樺、三田文学、劇と詩、朱欒(ざんぼあ)。永井荷風氏、吉井勇氏、北原白秋氏、秋田雨雀氏、上田敏氏、小山内薫氏、鈴木三重吉氏。……

早稲田文学、文章世界、帝国文学、新小説。島村抱月氏、田山花袋氏、相馬御風氏、正宗白鳥氏、馬場孤蝶氏、森田草平氏。……

○

現代の日本文明を呪咀して、江戸文明に憧憬し仏蘭西文明を駆歌(ママ)する荷風氏。現実の醜悪を厭うて夢幻に遁れむとする未明氏。温雅淡白よりも豊艶爛熟を喜ぶ白秋氏。

或る意味において、すべての人間はアイデアリストである。ドリーマーである。ロマンチケルである。アナクロニズムといい、エキゾーチシズムという語は色々な、複雑な意味を持っていると思う。

○

俳壇の現状は薄明りである。それが果して曙光であるか、或は夕暮であるかは未だ判明しない。

俳句の理想は俳句の滅亡である。物の目的は物そのものの絶滅にあるということを、この場合において、殊に痛切に感ずる。

(「青年」明治四十四年十二月号)

生の断片

彼は彼自からのために書くというよりも、彼の作品は彼自身である、といいたい。

○

絶望の余裕、自棄の安心ということがある。

○

苦痛に衝突(ぶつか)ったならば、面を反けてはならない。直視しなくてはならない。

○

生の浪費者は極めて真面目な人か、若くは極めて不真面目な人である。そしてどちらも生の破産――死を宣告される！

○

政岡を観て泣いた人がノラを観て泣いた。紙治に動かされた看客がザロメ(ママ)に動かされた。

○

酔うべき酒、酔いたいと思う酒、それをいくら飲んでも酔わない。それでいて飲まずにいられない。

○

自己に徹することは彼に徹することである。彼に徹することは自己に徹することである。

○

何物をも容れ、何物にも滲み得るような、温かな、謙遜な心を持ちたい。

○

酌むべき酒は余れるに
はや酒盃は砕けたり——

何処かで、何人かが、こう歌っているような気がする。

○

死の恐怖は死その物にあらずして、死の予期にあることは知っていた。今、死に面して初めて死は無意味無力(少なくとも現在の私にとっては)であることを知った。

○

死は生の終局であるが、生の解決ではない。生を解決するものは生それ自身である。

○

走れ。走られるだけ、走られるところまで走れ。そして絶壁に衝き当ったならば、お前の脚下を掘れ。全心全力を以て、掘れ。新しい泉が湧くか、湧かぬかは寧ろ問題じゃない。お前はただ掘ってさえいれば可い。じっとしているならば、お前には滅亡があるばかりじゃないか。

○

病院の窓は人生の窓である。肉体の窓であり、霊魂の窓である。

○

落日が与える感じは無論、歓びではない。悲しみでもなく、苦しみでもない。遣瀬ない淋しさである。漠とした空しさである。人性そのものに根ざす寂寥感である。

○

苦痛のどん底に落ちた人は叫ぶ。――俺を救い得るものはただ苦痛のみである。苦痛の盃を最後の一滴まで飲み干すことである。

○

デカタンの意義は、それが根底において真摯だという一点に存する。そしてその悲哀も苦痛もすべて、そこから生じてくる。

〇

人間というものは結局、孤独であるかも解らない。しかし、それは理解し、且つ理解された孤独でなければならない。

〇

不幸を幸福に転ずる唯一の方法はその不幸を味わい尽すにある。

〇

恐ろしいものが懐かしくなり、嫌なものが好きになるという事実は何という辛辣な自然の皮肉だろう！

〇

主観の燃焼があって、そして後に客観の透徹があり得る。

〇

過去に対する悔恨と将来に対する危惧とによって、現在の充実を没却するほど、真面目な、そして無意味な事はない。

〇

死のうと思うて死に得ない苦しさと死ぬまいと思うて死なねばならぬ苦しさと、そのいずれを択ぼうか！

○

彼が――或る文学者が――エゴイストであった如く、彼は遂にヒューマニストとならざるをえなかった。

○

「血で書け」と絶叫したニイチェは彼自から血で書いた。我等は汗で書く。ただ汗で！

○

現実は無論、楽しいものではなかった。苦しいものでもなかった。恐ろしいものであった。ただただ恐ろしいものであった！

（「層雲」大正三年二月号）

底から

生死の底からホントウの「あきらめ」が湧いてくる。その「あきらめ」の中から、広い温かいそして強い力が生れてくる。

〇

人生の矛盾を矛盾として慈(いつく)しみ育てよ。

〇

真摯と狂気とは隣り合っている。

矛盾と嘘偽とは別物である。彼が矛盾しているということは、屢々(しばしば)彼が真摯であるということを証拠立てる。

〇

新は必ずしも真ではあるまい。しかし真には常に新がある。

〇

天国には愛があろう。地獄には力がある。

○

遊蕩の悲哀ということがある。一歩進んで、遊蕩の真摯ということがありうる。

○

歓楽には空隙がある。苦痛は緊張し充実している。

○

一日の生活は永遠の疑問に対するその一日だけの解決である。

○

生きたくもなくまた死にたくもないという心と、生きたくもありまた死にたくもあるという心と、どちらが真実の心であろうか。

○

自己を傷けることは苦痛であるが、傷いた自己を観ることには感興がある。その苦痛が強ければ強いほど、それだけその感興も深い。——これが近代芸術家の痛ましい心境の一面である。

○

暴風の中心は無風である。生死の底は空虚である。

○

彼に欠陥があったがために、彼は益々偉大になった。

○

自分は悪人である、と自覚するほどの善人でありたい。

○

性的飽満は男性にあっては嫌悪を来し、女性にあっては執着を招く。

○

人生は nonsense だと感じた時こそ、人生が nonsens（ママ）でなくなった時である。

○

男はいう「手を握るまで」
女は思う「手を握られてから」

○

植物に鑑賞用の植物がある。女に鑑賞用の女はないか！

○

乞食は往々、美善（ママ）を受けることが自分の権利であり義務であると信じている。

○

美貌の人は、美貌であるということだけで、存在の価値を持っている。

◯

生の ennui は近代病——殊に悪性の近代病の一種である。

◯

酔いましたという人が酔うていないように酔うてはいないぞという人は酔うている。

◯

飲んだくれが最もよく飲酒の害毒を知っている。

◯

米を食っては酔わないが、米の汁を飲めば酔う。

◯

人生を表象すれば、最初に涙、次に拳、そして冷笑、最後に欠伸である。

（「層雲」大正三年四月号）

十字架上より

彼の病床は彼の十字架である。

〇

長所で結んだ人は離れるが、欠点で結んだ人は離れない、善事においても悪事においても。

〇

批判の尺度は自己である。自己を正しく知らない人に正しい批判のありえよう筈がない。

〇

酒は不平のある時、飲むべきものではあるまい。不平のない時に飲んで、その真味を解することが出来る。

〇

酒は人を狂わしめることは出来るが、人を救うことは出来ない。

○

仮面を脱げ、お前にはお前の素顔が最もふさわしい。そして最も美しい。

○

復讐せよ、復讐は弱者が強者となる第一歩である。

○

自惚は一種の自己催眠である。

○

酒が我を酔わすというよりも、我自から先ず酔うのであろう。

○

人生は自己征服に始まって自己征服に終る。

○

独りで黙って働け。

○

知って行わないのは真に知っていないからである。

○

苦しめ、苦しめ、苦しまれるだけ苦しめ、苦しんで死ねば幸福である。

○

涙に融けないものも汗には融ける。

○

千万人が彼を愛し慈しんだ。しかも彼は彼自身を憎み厭わざるをえなかった。

○

冷笑は悲哀を父とし寂寥を母として生れる。

○

生きたくもなく又死にたくもないものは、病むか或は狂うかより外はない。

○

何といわれても、新らしいものが好きだから仕方がない。死んだ鯛よりも生きた鰯が好きなように。

○

私には事物の善いか悪いかは解らない。好き嫌いはあるけれどそしてそれが人一倍劇しいけれど。

○

真面目は或は何物をも生まないことがある。不真面目は常に罪悪を生み悔恨を生む。

○

「忘却」ということが非常に情ない場合と、非常に有難い場合とがある。

○

悪魔を真に理解すれば、悪魔でなく神となる。

○

真に然かなるべき事は必ず然かなる事である。——然からざるを得ない、然かせずにはいられない事である。この意味において、全力的に生きる人にありては「当然」は常に「必然」である。

○

苦痛は誰れにも苦痛である。均しく苦痛である。ただその苦痛によって、強者は益々強くなり、弱者は益々弱くなる。

○

自己の中に他人を見出した時ほど悲しいことはない。他人の中に自己を見出した時ほど喜ばしいことはない。

○

彼が神を疑い人間を疑いそして自己をすら疑うた時でさえ、彼は彼が苦しんでいるという事実だけは疑うことが出来なかった。それほど苦痛は彼の生の底深くそして力強く根ざしている。

○

彼の思想と行為との判断者が、彼の内にあるか或は外にあるかによって、彼の価値が定まる。

○

純なる真実なるそして眼醒めたる自我は、それ自身において全き価値を持っている。

○

餓えた鮹は自分の足を食っても餓を凌ぐという。近代芸術家はこの鮹の悲痛を繰返しつつある。

○

自から酔いえない人は自から壊たざるをえない。

○

どうすることも出来ないと知っていて、どうかしようとせずにはいられない心が、人間の弱味でもあり、又強味でもある。

○

我が子に向って「俺に似るな」と思う父親の心には、自分の雛だと信じている家鴨の子が、水に飛び込むのを見て心配する母鶏の心よりも、更に悲しい切ないものがある。

○

欠陥はいくらあっても構わないであろう。ただ自から知らないそして自から正そうとしない欠陥があってはならない。

○

事実と真理とは常に悲しいものである。

○

物の究竟目的は物その物の絶滅である。

○

人力を尽して、そして祈ることを知らない人が醒めたる英雄である。

○

充実した人は前途を念わない。充実した心には未来という余裕がないからである。

○

自棄は泥沼(スワムプ)のようなものである。陥った人は音もなく、底へ底へと沈んでゆく！

〇

人間は多くの場合において、他からの圧迫よりも自からの重さのために斃れる。

〇

「我れ勝てり」と誇りかに叫んだ基督ですら、躓いて泣いたではないか。

〇

自己の内に自分ではどうすることも出来ない自己が隠れていたと知った時、彼は彼の鞭を擲(なげう)たざるを得なかった。

〇

生存の悲哀から生存の恐怖へ、生存の恐怖から生存の倦怠へ、——ここでカーテンが下ってくる。

（「層雲」大正三年七月号）

俳句における象徴的表現

井泉水氏は印象詩乃至象徴詩としての俳句について屢々語られた。しかし俳句における象徴の本質に就ては説かれない。筆端が時々この問題に触れたとも言うべき程である。私はこの根本的説明に接するを待つよりも、こういう問題はお互に協力して研究すべきものではないかと思う。

病雁の夜寒に落ちて旅寝かな　　芭蕉
僅かの花が散りければ梅は総身に芽ぐみぬ　　井泉水
わが足跡人生ひてわれにつゞく朧　　地橙孫
陽の前に鳥ないて安らかな一日　　鳳車

これらの句を読んだ時、私は或る物を摑んだように思うた。私の心がぱっと光輝したように感じた。かかる傾向は「層雲」を中心とする人々ばかりの間に起ったのではない。他の二、三氏によっても試みられつつある。

象徴（symbol）が符号（sign）と同じ意味であった時代は既に過ぎて了った。象徴は生命の刹那的燃焼の表現を外にして自己を全力的に表現し得ないのである。かるが故に象徴的表現しか自己を表現し得ない場合において、換言すれば或る刹那における自己表現の方式として唯一の象徴的表現が存在する場合において象徴的表現は最大の効果を発輝するのである。そして文芸においては詩、殊に俳句は性質上又形式上かくの如き境地をかくの如き方式によって表現せざるを得ないのである。

広い意味新しい意味においての象徴主義は霊肉合致であり神人渾融である。そして古典主義と浪漫主義（自然主義以後のそれらで「新」字を附せられている）との合一である（中村星湖氏片上伸氏等の最近論文参照）。私にはよく解らないが当来の新文芸は象徴主義によって生れるのではないかとも思う。

象徴的表現ということに関聯して忘れてならないのは言葉というものの真意義である。言語を生かさなければ——言葉が生命とならなければ——言葉が生命となった詩でなければ、まことの象徴詩ではない。そして我々の心が物心一如の境地に到達しなければ言葉は我々の生命となり得ないのである。

（「樹」大正三年十二月号）

象徴詩論

□我等は既に新らしき第一歩を踏み出して、我等自からの道を歩みつつある、我等は飽くまでもしっかりした足並で、新らしき且つ正しき道を進まなければならない。

□我等の進みつつある、そして進むべき道は一つ、ただ一つある、その道は我等を象徴の世界へ導く、そこに我等の生命、我等の本質がある「掬めども尽きぬ泉」がある。

□印象詩として出発した我等の新らしき俳句は象徴詩として完成せられなければならない、最近俳壇の内面的主観的傾向が、漸次神秘的色調を加えつつある事実は、当然にして且つ必然な現象である。

□印象を単に印象として……表現上いわゆる印象のままにとか、或は印象さながらにとかいう意味でなくして……それのみを詠ずるということは、最初には許されても、最後において拒まるべきものである、我等は既に印象のために印象のみを詠ずることに慊(あきた)らなくなって来た、あるがままの自然現象をただ、あるがままに観照し表白することは、もはや我等内面の要求を満たし得ないのである。絵画において、印象派が転じて後期印象派となった径路は、最も力強く我等の推移しつつある内部過程を語って居る。

□我等の詩は、印象をただ印象そのものとして詠ずることでなくして、印象を通しての、或る物の表現でなければならない、その或物とは何であるか……そさ(ママ)は現実の底に潜める神秘である、現象の奥に隠れたる本質である。

□我等は我等の詩をして、そこに或る気分を浮き上らせたり、或は情調を漂わせたりしようと努める、しかしながら、我等が求むるところのものは、単なる気分ではない、単なる情調ではない、我等はその気分なり情調なりによって、それを通して、自然の本質を暗示し、生の神秘を髣髴たらしめたいのである。

□我等はまことの詩を求める、我等が求めるまことの詩は象徴詩に外ならない、果して然らばその象徴詩とはいかなるものであるか、それはいかなるところに見出されるか、何物がそれを生むか。

□我等の象徴詩は燃ゆる心から生れる、我等自身の燃ゆる心から生れる、我等をして更に進んで、この燃ゆ心に就いて設（ママ）かしめよ。

（「樹」大正四年三月号）

燃ゆる心

燃ゆる心である。音も香もなくしんしんとして燃ゆる心である。——かかる心が、かかる心のみが詩を生むことが出来る。まことの詩は「生のほのお」である。

×

一切を抛擲した冷たさでなくして、一切を抱擁した温かさでなければならぬ。

×

理解することが所有することである。

×

憎むこころの寂しさは、憎みつつ憎み足りないところにある。

×

私が求むる花は地獄のまん中に咲いている。

×

地獄の花は実を結ばないかも知れない。——少くとも、薄っぺらな実は結ばない。

×

天国のことは神に任しておけ。私は地獄の火が燃えさかることを願う。

×

天国に昇ろうとは思わない。地獄に堕ちても、地獄に落ちついていることが出来るように祈る。

×

地獄に堕ちた男——地獄に堕ちたほどの男は地獄の火にも焼かれないであろう。そして地獄の火の力を奪い取るであろう。

×

あやまって地獄に堕ちた人の苦しさは或は祝福されるでもあろう。あやまって天国に昇った人のみじめさといったらない。

×

私が詩を生む心は生みのよろこびでもなく、生みの苦しみでもない。苦しみが生むよろこびである。

×

味方を得たよろこびよりも敵を持たぬさびしさを思え。

×

酒精中毒にまでならなければ、酒の真味が解せられないとすれば、酒を飲むということでさえも容易ではない。

×

悪魔を奴隷とするために、神の奴隷となるなかれ。

×

求めて与えられざるを嘆くよりも、求め足らざるを嘆け。

×

歌をうたい尽した人に歌のまことが現われる。

×

孤独の寂しさに堪えなければならない。自我の冷たさを抑えなければならない。そこを掘り下げて、その底から滲み出る醍醐味を嘗めなければならない。

×

苦痛を味うことは尊いが、苦痛に慣れるのは恐ろしいことである。

×

個人に対する憎悪をして人類に対する憐愍とならしめよ。

×

自から壊ち得る人は自から救い得る人である。

（「層雲」大正五年五月号）

最近の感想

現時の俳壇に対して望ましい事は多々あるが、最も望ましい事の一つは理解ある俳論の出現である。かつて島村抱月氏は情理をつくした批評ということを説かれた。それとおなじ意味において、私は「情理をつくした俳論」を要望する。

合しても離れても、また讃するにしても貶するにしても、すべてが理解の上に立っていなければならない。個々の心は或は傾向を異にし道程を異にするであろう。しかしながら、それらはすべて真実から出発していなければならない。

評者の心は作者の心にまで分け入らなければならない。広い正しい心は毒舌や先入見や一時の感情を超絶する。つつましやかにしてしかも力強く、あたたかにしてしかも権威ある批判は、魂と魂、真実と真実とが接触するところから生まれる。私は人間本来の声――その声に根ざした俳論を熱求して居る。

季題論が繰り返される毎に、私は一味の寂しさを感じないでは居られない。ただ季題という概念肯定のために――むしろ季題という言葉の存在のために、多くの論議が浪費されつつあるではないか。もしも季題というものが俳句の根本要素であるならば、季題研究は全然因襲的雰囲気から脱離して、更に更に根本的に取扱われなければならない。

私は季題論を読むとき、季題という言葉よりも自然という言葉を使用する方がより多く妥当であり適切であると思う。

俳句を止めるとか止めないとかいう人が時々ある。何という薄っぺらな心境であろう。止めようと思って止められるような俳句であるならば、止めまいと思うても止んでしまうような俳句であるならば、それはまことの詩ではない。止めるとか止めないとか、好きとか嫌いとかいうようなことを超越したところに、まことの詩としての俳句存在の理由がある。自我発現乃至価値創造の要求を離れて句作の意義はない。

直接的表現を云々する態度は間接的態度である。現実味と真実味とを区分したり、人生味と自然味と優劣を争うたりする境地を脱していない。考うべき問題はもっと奥にある。

第一義の問題をそのままにして置いて第二義第三義の問題に没頭するとき、俳壇は堕落するばかりである。

一切の事象は内部化されなければならない。内部化されて初めて価値を持つ。生命ある作品とは必然性を有する作品である。必然性は人間性のどん底にある。詩人は自発的でなければならない。価値の創造者でなければならない。新らしい俳人はまず人間として苦しまなければならない。苦しみ、苦しみ、苦しみぬいた人間のみが詩人である。――(九、二六、夜)――

(「樹」大正五年十一月号)

白い路

熟した果実がおのずから落ちるように、ほっかりと眼が覚めた。働けるだけ働いて、寝たいだけ寝た後の気分は、安らかさのうちに一味の空しさを含んでいる。……

妻はもう起きて台所をカタコト響かせている。その響が何となく寂しい。……寂しさを感じるようではいけないと思って、ガバと起きあがる。どんより曇って今にも降り出しそうだ。何だか嫌な、陰鬱な日である。凶事が落ちかかって来そうな気がして仕方がない。

急いで店の掃除をする。手と足とを出来るだけ動かす。とやかくするうちに飯の仕度が出来たので、親子三人が膳の前に並ぶ。暖かい飯の匂い、味噌汁の匂いが腹の底まで沁み込んで、不平も心配もいつとなく忘れてしまう。朝飯の前後は、私のようなものでも、いくらか善良な夫となり、慈愛ある父となる。そして世間で所謂 sweet home の雰囲気を少しばかり嗅ぐことが出来る！

今日は朝早くからお客さんが多い。店番をしながら、店頭装飾を改める。貧弱な商品を並べたり拡げたり、額椽を出したり入れたりする。自分の欠点が嫌というほど眼について腹立たしい気分になるので、気を取り直しては子と二人で、栗を焼いたり話したりする。久し振りに栗を食べた。なかなか甘い。故郷から贈ってくれたのだと思うと、そのなかに故郷の好きな味いと嫌な匂いとが潜んでいるようだ。

午後、妻子を玩具展覧会へ行かせる。久々で母子打連れて外出するので、いそいそとして嬉しそうに出て行く。その後姿を見送っているうちに、覚えずほろりとした。

下らない空想をはらいはらい、仕入の事や、店頭装飾の事を考える。――絵葉書とか額椽とか文学書とかいうものは、陳列の巧拙によって売れたり売れなかったりする場合が多い。同業者の一人が「我々の商品は売れるものでなくて売るものである」といったそうであるが、実に経験が生んだ至言である。米屋や日用品店なぞと違って、いつも積極的に自動的に活動していなければならない。始終中、清新の気分を保っていなければならない。苦しい事も多い代りには、面白い事も多い。

二時間ばかり経って、妻子が帰って来た。子供が、陳列してある玩具を片端から買ってくれといって困ったという。まだ困った顔をしている。――滑稽な悲劇である。

夕方、駅から着荷の通知があった。在金一切掻き集めて、受取に行こうとしているところへ、折悪く納税貯金組合から集金に来た。詮方なしに駅行を止める。今日もまた、貧乏の切なさを味わせられた。――もうだいぶ慣れて、さほど痛切ではないけれど。

――

厳密に論ずれば、貧乏は或る一つの罪悪であるかも知れない。しかし現在の社会制度においては――少くとも現在の私の境遇にあっては、それは恥ずべきことでもなければ誇るべきことでもない、不幸でもなければ幸福でもない、否、寧ろ幸福であるといえよう。私は「貧乏」によって、肉体的にさえも二つの幸福を与えられた。一つは禁酒であり、他の一つは飯を甘く食べることである。そして私は貧乏であることによって益々人間的になり得るらしく信じている。もし貧乏に哲学が在るとすれば、それは「微笑の哲学」でなければならない！

夜は早く妻に店番を譲って寝床へ這い込む。いつもの癖で、いろいろの幻影がちらつく。私の前には一筋の白い路がある、果てしなく続く一筋の白い路が、……（大正五年十一月廿七日の生活記録より）

（「層雲」大正六年一月号）

手記より

花が咲き実が結ぶのはどうすることも出来ない事実である。花は咲くまいとしても咲く時が来ればきっと咲く。実は結びたいと思っても結ぶべき時が来なければ決して結ばない。

我らの俳句もまたかくありたい。かくあらねばならないと思う。

象徴とは刹那のうちに永遠を見出すことである。個が全のあらわれとなることである。象徴詩としての俳句の本質は、或る刹那の印象が自我を貫いて迸るところにある。

重荷を負える者が最も深く大地のかがやきを味う。

光は闇に照り、闇は光を包んだ。光、闇の中より生れ、闇を照した——光を育てたものは闇である。

冷やかに運命の前に額ずく――それだけにとどまっていてはならない。微笑んで与えられた十字架を背負うようにならなければならない。

必然的なものはすべて許される。

真実を求むる人は躓かざるを得ない。行き詰らざるを得ない。どうすることも出来なくなって、そして初めてどうとかすることが出来るのである。

生活は芸術でなくて宗教だ。

貧乏は人を真面目にする。同時に卑劣にもすることを忘れてはならない。

苦痛は人を深刻にする、同時に冷酷にもすることを忘れてはならない。

真実を求むることが問題ではない。彼の真実とは如何なるものであるか、真実の内容如何が問題である。

一歩進んだ人は、まだ一歩も踏み出し得ない人に比べては内部的であるといえる。しかしその人を既に三歩進んだ人から観れば、まだまだ外部的である。我らの道はただ一すじであるが、しかし縹渺として果てしもなく続いている。

友よ、さびしけれどもあたたかいこころを失わないで進もう！

観念としての象徴の意義は学者に任しておけ。直感によって把握せられた象徴の心が詩の母胎である。

自分自身の言葉を持て。自分自身の言葉で自分自身を現わせ。

（「樹」大正七年八月号）

私を語る

――（消息に代えて）――

私もいつのまにやら五十歳になった。五十歳は孔子の所謂、知命の年齢である。私にはまだ天の命は解らないけれど、人の性は多少解ったような気がする。少くとも自分の性だけは。――

私は労れた。歩くことにも労れたが、それよりも行乞の矛盾を繰り返すことに労れた。袈裟のかげに隠れる、嘘の経文を読む、貰いの技巧を弄する、――応供の資格なくして供養を受ける苦脳には堪えきれなくなったのである。

或る時は死ねない人生、そして或る時は死なない人生。生死去来真実人であることに間違わない。しかしその生死去来は仏の御命でなければならない。

征服の世界であり、闘争の時代である。人間が自然を征服しようとする。人と人とが血みどろになって摑み合うている。

敵か味方か、勝つか敗けるか、殺すか殺されるか、――白雲は峯頭に起るも、或は庵中閑打坐は許されないであろう。しかも私は、無能無力の私は、時代錯誤的性情の持主である私は、巷に立ってラッパを吹くほどの意力も持っていない。私は私に籠る、時代錯誤的生活に沈潜する。「空」の世界、「遊化」の寂光土に精進するより外ないのである。

本来の愚に帰れ、そしてその愚を守れ。

私は、我がままな二つの念願を抱いている。生きている間は出来るだけ感情を偽らずに生きたい。これが第一の念願である。言いかえれば、好きなものを好きといい、嫌いなものを嫌いといいいたい。やりたい事をやって、したくない事をしないようになりたいのである。そして第二の念願は、死ぬる時は端的に死にたい。俗にいう「コロリ往生」を遂げることである。

私は私自身が幸福であるか不幸であるかを知らないけれど、私の我がままな二つの念願がだんだん実現に近づきつつあることを感ぜずにはいられない。放てば手に満つ、私は私の手をほどこう。

ここに幸福な不幸人の一句がある。——

このみちや
いくたりゆきし
われはけふゆく

（「三八九」第壱集　昭和六年二月二日発行）

水（扉の言葉）

禅門――洞家には「永平半杓の水」という遺訓がある。それは道元禅師が、使い残しの半杓の水を桶にかえして、水の尊いこと、物を粗末にしてはならないことを戒められたのである。そういう話は現代にもある、建長寺の龍淵和尚(?)は、手水をそのまま捨ててこまった(ママ)侍者を叱りつけられたということである。使った水を捨てるにしても、それをなおざりに捨てないで、そこらあたりの草木にかけてやる、――水を使えるだけ使う、いいかえれば、水を活かせるだけ活かすというのが禅門の心づかいである。

物に不自由してから初めてその物の尊さを知る、ということは情ないけれど、凡夫としては詮方もない事実である。海上生活をしたことのある人は水を粗末にしないようになる。水のうまさ、ありがたさはなかなか解り難いものである。

　へうへうとして水を味ふ

こんな時代は身心共に過ぎてしまった。その時代にはまだ水を観念的に取扱うていたから、そして水を味うよりも自分に溺れていたから。
　腹いっぱい水を飲んで来てから寝る
放浪のさびしいあきらめである。それは水のような流転であった。
　岩かげまさしく水が湧いてゐる
そこにはまさしく水が湧いていた、その水のうまさありがたさは何物にも代えがたい
ものであった。私は水の如く湧き、水の如く流れ、水の如く詠いたい。

（「三八九」第三集　昭和六年三月三十日発行）

故　郷（扉の言葉）

家郷忘じ難しという。まことにそのとおりである。故郷はとうてい捨てきれないものである。それを愛する人は愛する意味において、それを憎む人は憎む意味において。

さらにまた、予言者は故郷に容れられずという諺もある。えらい人はえらいが故に理解されない、変った者は変っているために爪弾きされる。しかし、拒まれても嘲られても、それを捨て得ないところに、人間性のいたましい発露がある。錦衣還郷が人情ならば、襤褸をさげて故園の山河をさまようのもまた人情である。

近代人は故郷を失いつつある。故郷を持たない人間がふえてゆく。彼等の故郷は機械の間かも知れない。或はテーブルの上かも知れない。或はまた、闘争そのもの、享楽そのものかも知れない。しかしながら、身の故郷はいかにともあれ、私たちは心の故郷を離れてはならないと思う。

自性を徹見して本地の風光に帰入する、この境地を禅門では「帰家穏座」と形容する。

ない。

ここまで到達しなければ、ほんとうの故郷、ほんとうの人間、ほんとうの自分は見出せない。

自分自身にたちかえる、ここから新らしい第一歩を踏み出さなければならない。そして歩み続けなければならない。

私は今、ふるさとのほとりに庵居している。とうとうかえってきましたね――と慰められたり憐まれたりしながら、ひとりしずかに自然を観じ人事を観じている。余生いつまで保つかは解らないけれど、枯木死灰と化さないかぎり、ほんとうの故郷を欣求することは忘れていない。

（「三八九」復活第四集　昭和七年十二月十五日発行）

鉄鉢の句について

鉄鉢の句がまた問題になったから、作者として、句作の動機、表現の苦心について少しばかり書く。

まず、句作当時の、私の環境乃至心境を述べたい。

たしか去年の一月十三日だったと思う(日記があると、それをそのまま引用すればよいのだけれど、いま手許にない)。私は俊和尚に別れて、寒い一人で油山観音への道を辿った。雪もよいの、何となく険悪な日であった。私自身も陰鬱な気分になっていた。数日来、俊和尚に連れられて、そのお相伴で、方々で御馳走になった。私はあまり安易であった、上調子になりすぎていた。その事が寒い一人となった私を責めた。こういう日には歩けるだけ歩けばよいのだが、財布の底には二十銭あまりしかなかった。私は嫌(ママ)とも行乞しなければならなかった。私は鉄鉢をかかえて、路傍の軒から軒へ立った。財法二施功徳無量檀波羅密具足円満——その時、しょうぜんとして、それではいい足らない、かつぜんとして、霰(あられ)が落ちて来た。その霰は私の全身全心を打った。いいかえれば、私は満心に霰を浴びたのである。

笠が音を立てた。法衣も音を立てた。鉄鉢は、むろん、金属性の音を立てた。

　　けふは霰にたたかれて

　　鉄鉢の中へも霰

前の句はセンチが基調になっているから問題にならない。後の句は表現しようと意図するものが、どうも表現されていない。ずいぶん苦心したけれど駄目だった。

この句は未成品であるが、鉄鉢は動かない。最初から最後まで鉄鉢である。そして私はその霰をありがたい筈としてかぶったのであるが、その意味でまた、いただいたのである。

（「三八九」第五集　昭和八年一月二十日発行）

再び鉄鉢の句について

前集に、句作の動機、句作当時の心境について書いたから、本集では、句そのもの、表現そのものについて述べる。出来るだけ率直に自己検討をやってみよう。

鉄鉢の中へも霰

この句がしっくりしないのは、――未成品として響くのは、句それ自身が矛盾を蔵しているからであると思う。詳しく説くならば、二つの句因、二つの句材をごっちゃにしたところに破綻がある。いいかえれば、二つの句とすべきものを一つの句に纏めあげようとした無理がある。

耳で聴く霰、音としての霰、身体に浴びた霰、笞として受けた霰――ここから最初の一句が生るべきであった。うつ、たたく、ぶっつかる、というような言葉が現わす意味をうたった句でなければならない。

鉄鉢へ音たてて霰

テッパツという語音感が句の中心として働かなければならない。鉄鉢(鉢の子、飯盂、或は応量器、そのいずれも禅宗僧侶の食器の同物異名であるが、鉄鉢は行乞生活の象徴であり、応量器はより広く禅的生活を象徴する)そういう鉄鉢はその場合においては、生けるものとして霰の洗礼を受けたのである(この点において、伊勢伝一氏の説は作者の心に触れている)。

そして、その観想から一転して、というよりも解放されて、鉄鉢の中にある、鉄鉢の中へまでもふりたまっている霰をひしと感じたとき、第二の句が生るべきである。

霰、鉢の子の中へも

この霰は眼を通して胸ふかくおさめられたものである。ハチノコに盛られた糧でなければならない(この意味で、井師の説は句の生命を握っている)。

しかし、私はその句のいずれにも不満を覚える。私が表現しようと意図するものが、外面的にしか出ていない気がする。そしてここまでくれば、それは私にとって、単に推敲とか技巧とかいうものではなくて、因縁の熟する時節を待つ外あるまい。

(「三八九」第六集　昭和八年二月二十八日発行)

無　題

情に溺るるなかれ。情に流れては真実の句は打出されない。

句作の場合——
　添えるよりも捨つべし。
　言いすぎは言い足らないよりもよくない。おしゃべりは何よりも禁物なり。言葉多きは品少なしとはまことに至言なり。

道として、行として、句作せよ。

無芸無能の私に出来る事は二つ。二つしかない。
　歩くこと——自分の足で。

作ること――自分の句を。

私は流浪する外ないのである――詩人として。……

――私は俳句を人生で割り切った――と自信している。――そして人生を俳句で割り切ろうとしている。果してそれが私の可能か不可能かは解らないが私は全心全身で精進している。――

ぐっと掴んでぱっと投げる　｝
印　象　的――象　徴　的　｝俳句の力

貧乏は物そのもののねうちを解らせてくれる。そして物そのものの味いもだ。……

自己抑制でなく自己解脱でなければならない。

私たちは時勢や環境の影響を受けないではいられないけれど、私たちは肚の底にがっちりしたものを持っていなければならない。時代や周囲に順応しつつ、そして自分自からの道を進まなければならない。

動いて動かない心である。

貧乏は自慢にはならないが、さほど卑下するには及ばない――金持が威張ってならないように。――ただ私たちとしては貧乏によって卑しくなり醜くなることは飽くまでも恥じなければならない。

貧乏によってみがかれ光るようでなければならない。
貧すりゃ鈍するは小人の癖だ。
鈍は鈍でも心豊かな大鈍はいい。

春夢うららかにして一草庵に三どん句会を催した。

ドンコ和尚――どんぐり落ちて坐つてきよろん　澄太
ドングリ先生――むねにとんぽがとまつたりとんだり　一洵
トンボ翁――水もぬるんだやうなどんこも居りさうな　山頭火

綽名は本名よりも本人の本質を表現する。綽名のないことを以って必ずしも癖のないえらい人であるとは言えぬ。

隙(す)きのない人よりも隙きのある人をなつかしむ。現代はあまりにも自分を擁護するに才走った人が多くて、人のために労務を惜しまない様な、そして人生巡礼者が少いのはさみしい。

難がなくて衝きどころの無い論よりも、少しは抜けていて隙きのあるものの方がうれしい。

おいしい物は倦く——皮肉な自然だ。

旧作二首

一杯の茶のあたたかさ身にしみてこゝろすなほに子を抱いて寝る

噫(ああ)　亡き弟よ

今はただ死ぬるばかりと手を合せ山のみどりに見入りたりけむ

動くものは美しい。水を見よ。雲を見よ。

他国に依存する国家がいたましいように、他人依存の個人はみじめだ。

湯田秋葉小路をうたふ

うらのこどもはよう泣く子
となりのこどももよう泣く子
となりが泣けばうらも泣く
泣いて泣かれて明け暮れる

求めない生活態度。拒まない生活態度。生活態度は空寂でありたい――私に関するかぎりは。――

自分を踏みこえて行け。

（『愚を守る』初版本　昭和十六年八月発行）

履歴書

原　籍　山口県佐波郡防府町字西佐波令
第千五十七番地　平民竹治郎長男
現住所　東京市本郷区湯島六ノ二五
吉沢勝五郎方

種田正一
明治十五年十二月三日生

学歴

一、明治二十二年四月山口県佐波郡佐波村立松崎尋常高等小学校尋常科第一学年へ入学

シ同二十九年三月高等科第三学年ノ課程ヲ修了ス

一、明治二十九年四月山口県佐波郡三田尻私立周陽学舎第一年級へ入学シ同三十二年三月第三年級ノ課程ヲ修了ス

一、明治三十二年四月山口県立山口中学校第四年級へ入学シ同三十四年三月同校ヲ卒業ス

一、明治三十四年七月東京私立東京専門学校高等予科へ入学シ同三十五年七月同科ヲ卒業ス　明治三十五年九月東京私立早稲田大学文学部文学科へ入学シ同三十七年二月疾病ノ為メ退学ス

職　歴

一、明治三十七年七月ヨリ大正五年三月マデ山口県吉敷郡大道村ニ於テ　大正五年五月ヨリ大正八年九月マデ熊本市ニ於テ実業ニ従事ス

一、大正九年十一月十八日東京市役所臨時雇ヲ拝命シ一橋図書館勤務ヲ命ゼラレ日給壱円三十五銭ヲ給セラル　大正十年六月三十日雇ヲ拝命シ月給四十二円ヲ給セラル

右ノ通ニ有之尚本書ハ自書セシモノニ相違無之候也

大正十年十二月二十三日

右　種田正一㊞

右保薦人
東京市事務員　竹内善作㊞

解説――水になりたかった前衛詩人

夏石番矢

種田山頭火という俳人はいったいどういう男なのだろうか。自由律俳人、放浪の俳人、酒乱の俳人、自堕落な俳人などと言われている。はたしてそうなのだろうか。

この一見単純で、ほんとうは難しい問いへの答えを考えながら、ここに山頭火二十九歳の明治四十四(一九一一)年から没年の昭和十五(一九四〇)年にいたるちょうど三十年にわたる山頭火の俳句一〇〇〇句を選んでみた。この三十年間、山頭火はいったい何をしたのだろうか。

山頭火は大量の日記を残している。山頭火自身による焼却をのがれた日記は、山頭火が友人たちに預けて後の世に残そうとして残ったのであり、日記には数多くの未発表俳句も記されている。実はここに選ばれた俳句一〇〇〇句の大半は、句集や雑誌に発表されたものではなく、日記に眠っていた作品。『山頭火全集』(全十一巻、春陽堂書店、昭和六十一(一九八六)年—昭和六十三(一九八八)年)ではまだ不十分だった資料収集をより豊かに進め、句集、雑誌、新聞、日記、書簡などに残された山頭火の俳句を、初めて一冊にまとめたのが、『山頭火全句集』(春陽堂書店、平成十四(二〇〇二)年)。山頭火俳句の全貌は、二十一世紀になってようやくこの本によって姿を現した。

『山頭火全句集』に年代順に収録されたすべての俳句から、山頭火俳句一〇〇〇句は選び出され、この文庫本でも年ごとに区分けして収録されている。各年ごとの山頭火の俳句は、『山頭火全句集』が句集、雑誌、新聞、日記、書簡などという記録媒体の種類ごとに並べられているのと違って、山頭火による句作の順序を私が推理して配列した。

この一〇〇〇句を読むと、山頭火が実際に生きた時間の流れが伝わり、彼の実際の人生体験をベースにしながらもそこに制約されない、彼の思いの流れも味わうことができるだろう。そこで初めて種田山頭火という俳人の実体をつかめるのではないか。

山頭火の初期の俳句のなかでも、私が最も注目したのが次の季語のない自由律俳句。

野良猫が影のごと眠りえぬ我に　　大正三(一九一四)年

野良猫が/影のごと/眠りえぬ我に(五・五・八音)

山頭火生涯にわたる俳句の師となる自由律俳句リーダー荻原井泉水（おぎわらせいせんすい）が、新傾向俳句リーダー河東碧梧桐（かわひがしへきごとう）から主導権を奪った直後の俳誌「層雲」同年九月号に掲載された秀句。そういう俳壇史はともかく、これは山頭火が他界する少し前まで苦しむ不眠を詠んだ俳句でもある。

今夜のカルモチンが動く　昭和五（一九三〇）年

どうしてもねむれない夜の爪をきる　昭和七（一九三二）年

寝られない夜は狐なく　同右

いつまでもねむれない月がうしろへまはつた　昭和八（一九三三）年

とてもねむれない月かげをいれる　同右

ふくらうはふくらうでわたしはわたしでねむれない　昭和九（一九三四）年

夜蟬よここにもねむれないものがある　同右

どうにもならない生きものが夜の底に　昭和十一（一九三六）年

水音しだいにねむれない夜となり　昭和十四（一九三九）年

大地へおのれをたたきつけたる夜のふかさぞ　昭和十五（一九四〇）年

ねむれない夜のふかさまた百足を殺し　同右

これらの俳句も、山頭火の不眠の苦しみが長い年月続いていることを示す。「カルモチン」は山頭火が常用した睡眠薬。この薬の効きはじめを冷静に俳句にした。ほんとうに眠れたのだろうか。長い時間眠れないので、通常ではない夜の世界に山頭火はのみ込まれる。「狐」「夜蟬」の声、そして「ふくらう」の声が、山頭火に迫ってくる。「水音」も不眠へ誘う。自分の背後に「月」が移動するという時間と空間の異様な感覚も味わう。夜がふけると、あたりは底なしの恐怖の時空に変化する。タブーを破って夜に「爪をきる」のも、「百足を殺」すのも、恐怖に対抗するため。それでも眠れないのである。

不眠地獄から逃げ出すために、山頭火はしばしば、あるいはときには酒を飲む。

酔へば物皆なつかし街の落花踏む　大正三(一九一四)年
酔うてこほろぎと寝てゐたよ　昭和五(一九三〇)年
旅もをはりの、酒もにがくなつた　昭和七(一九三二)年
酔へばやたらに人のこひしい星がまたゝいてゐる　同右
何もかも捨てゝしまはう酒杯の酒がこぼれる　昭和八(一九三三)年
なんと朝酒はうまい糸瓜の花　昭和九(一九三四)年

飲めるだけ飲んでふるさと　　昭和十（一九三五）年
酒がこれだけ、お正月にする　　昭和十四（一九三九）年

深い酒の酔いは、不眠を恐れる心をひととき忘れさせる。「何もかも捨てゝしまい」いたいほどの幸福感が、酒を飲む人に湧き起こる。「物皆なつかし」くなり、「やたらに人」恋しくなり、地べたでぐっすり「こほろぎと寝」ることもできる。「ふるさと」なら、誰かのおごりで、これ以上飲めないぐらい飲めて熟睡できる。少ない酒でも、「お正月」気分を与えてくれる。「朝酒」はとびきりの贅沢で、最高に「うまい」。しかし、酔いは、毎晩続くと酒の味を「にがく」する。やはり酒も、不眠の特効薬ではない。
こういう「不眠」と「酔い」の間で振り子のように揺れる、逃げ場のない心の状態は、「憂鬱」というキーワードを含む山頭火の俳句がよく表現している。

憂鬱を湯にとかさう　　昭和五（一九三〇）年
水のんでこの憂鬱のやりどころなし　　同右
デパートのてつぺんの憂鬱から下りる　　昭和六（一九三一）年
ことしもをはりの憂鬱のひげを剃る　　昭和九（一九三四）年

アルコールがユウウツがわたしがさまよふ　昭和十(一九三五)年

梅雨空の荒海の憂鬱　昭和十一(一九三六)年

風呂に入って心身をほぐせば「憂鬱」は氷解するが、ほとんどの時間にわたって山頭火につきまとう。近代都市のビルの屋上にも「憂鬱」は君臨し、山頭火の「ひげ」にも一年の最終まで居座る。酒びたりの「わたし」と同等の人格を持ち、放浪する山頭火に「梅雨空」や「荒海」となってのしかかる。

こういう「憂鬱」と同種の単語が出てくる小説に、久米正雄『学生時代』(大正七(一九一八)年)がある。この本に収録された短編「嫌疑」の主人公小林は、「毎も晩春の頃から襲うて来る憂鬱症」や郷里の実家の父からの送金停止などで絶望的になっていた。小林は小説の末尾で鉄道自殺を決行する。山頭火の実人生を連想させる一篇だ。また、高村光太郎詩集『道程』(大正三(一九一四)年)の「冬の詩」四には、「めそめそした青年の憂鬱病にとりつかれるな」という一行があり、久米の小説と考えあわせて、憂鬱病や憂鬱症が当時の若者にありがちな精神病だったことがわかるが、山頭火は「病」や「症」なしの「憂鬱」というキーワードを核にした自由律俳句を作った。

ところで、山頭火はかなりの読書家だった。残された昭和五(一九三〇)年以降の日記をめくってみると、雑誌や新聞を除く単行本で記されているのは日付け順で、『放哉書簡集』(昭和二(一九二七)年)、『俳句講座』(全十巻、昭和七(一九三二)年—昭和八(一九三三)年)、『大蔵経講座』(全二十四巻、昭和七(一九三二)年—昭和十一(一九三六)年)、『漂泊俳人 井月全集』(昭和五(一九三〇)年)、『夢窓国師夢中問答集』(昭和十一(一九三六)年)、大森義太郎『唯物弁証法読本』(昭和八(一九三三)年)、ジュール・ルナール『ルナアル日記1—6』(昭和十(一九三五)年—昭和十二(一九三七)年)、モーパッサン(和訳本が多すぎてどの本か確定できない)、木村緑平句集『雀と松の木』(昭和十三(一九三八)年)、川端康成『浅草紅団』(昭和五(一九三〇)年)、『蝶夢和尚文集』(寛政十一(一七九九)年)、野村朱鱗洞『遺稿句集 礼讃』(改刷本、昭和十三(一九三八)年)、火野葦平『土と兵隊』(昭和十三(一九三八)年)、『麦と兵隊』(昭和十三(一九三八)年)などである。俳句、仏教、共産主義、フランス文学、最先端日本小説と、読書範囲が広い。かなりの教養人である。

残っている日記以前の昭和三(一九二八)年、フランス十九世紀なかごろの詩人シャルル・ボードレールの散文詩『巴里の憂鬱』の和訳本が出版され、翻訳者の高橋広江は、数多く「憂鬱」という二字漢字を使っている。

ある朝私は憂鬱な陰惨な気持で目を覚ました。　「9　詰らない硝子売」

山頭火の「憂鬱」は、当時の最先端日本文学、最先端海外翻訳文学から取り入れられ、彼の不安定で繊細な精神を表わすのにふさわしい単語として、昭和五(一九三〇年)から、日記の文章と俳句で使われ始めた。これは飛び抜けて斬新でモダンな表現である。

大正十四(一九二五)年に熊本で出家得度したのだから、あの法衣を着て網代笠をかぶった山頭火のイメージは彼にはふさわしかったが、これとは対極的な、かなりモダンな俳句を山頭火は作り続けていた。

それではモダンとは何だろう。モダニズムの詩とは何だろう。これは世界的な視野から、詩を見ないとわからない。

フランスのポール・エリュアールの無題の三行短詩は、第一次世界大戦の戦場を歌う。

すべてたがやせ、
穴を掘れ
何の値打もない骸骨のために。

詩集『義務』、一九一六年

イタリアのジュゼッペ・ウンガレッティの三行詩「夕方」は、北アフリカ光景を描く。

空の肉色
愛の遊牧民に
オアシスを目覚めさせる

一九一六年作、詩集『大喜び』、一九三一年

米国のエズラ・パウンドの二行詩「メトロの駅の中で」は、パリの地下鉄の暗いプラットホームの映像をとらえた。

人群れのなかのそれらの顔顔の出現、
濡れた、黒い大枝に花びら。

詩集『大祓』、一九一七年

スペインのアントニオ・マチャードの「歌」2は、地中海沿岸都市の印象をスケッチした。

黒い水のそば。
海とジャスミンのかおり。
マラガの夜。

詩集『新しい歌』、一九二四年

ギリシャのイオルゴス・セフェリスの「十六の俳句」16は、詩を書くことを象徴的に映像化する。

君は書く、
インクは減る、
海が増える。

詩集『練習の本』、一九四〇年

どの詩人もそれぞれの国を代表する前衛詩人で、俳句に影響された二行詩か三行詩を、最先端の表現として、二十世紀前半に残した。むろん、日本語の五・七・五音や季語は彼らにはどうでもよかった。

これらの短詩と山頭火の自由律俳句を区別する必要はない。つまり、世界的視野からは二十世紀前半に、自由詩としての俳句あるいは短詩が、世界のあちこちで輝かしく生み出され、山頭火は担い手の一人。日本国内の自由律俳句の書き手にとどまらず、世界的自由俳句の推進者だった。

尾崎放哉は、俳句のいっそうの短縮化をなしとげていた。

咳き入る日輪くらむ　大正十五(一九二六)年
咳をしても一人　同右
墓のうらに廻る　同右

これらはいずれも、「咳き入る／日輪くらむ」(四・七音)、「咳をしても／一人」(六・三音)、「墓のうらに／廻る」(六・三音)と、五・七・五音の三句節より短い二句節だけとなっており、放哉はさらに新しい自由俳句を誕生させた。
先輩俳人、放哉を敬愛する山頭火の二句節の自由俳句の成果を並べておく。

まっすぐな道でさみしい(八・四音)　昭和二・三(一九二七／二八)年
星があつて男と女(六・七音)　昭和六(一九三一)年
うしろ姿のしぐれてゆくか(七・七音)　同右
雪、雪、雪の一人(七・三音)　昭和八(一九三三)年
闇が空腹(三・四音)　同右
ながい毛がしらが(五・三音)　同右

このなかでも、「闇が空腹」は短い山頭火俳句の最高傑作。食べ物がなくなった夜を詠んだ一句。「闇」そのものが「空腹」との表現は、短いからこそ衝撃的で、奥深い。

振り返れば山頭火の初期俳句は、山口県周防地方の俳句回覧誌「五句集第四号　夏の蝶」(弥生吟社)に毛筆書きで記された次の一句。

夏の蝶勤行の瞼やや重き　　明治四十四(一九一一)年

この「蝶」は、山頭火の魂の象徴であり、とくに山頭火の心に大きな葛藤があった時期に蝶は詠まれる。「光と影」のもつれた「蝶々」は、山口県大道村(当時)での酒造業失敗により、熊本へ移住するころに詠まれ、山頭火の大きな転機をうかがわせる。

蝶々もつれつゝ青葉の奥へしづめり　　大正四(一九一五)年
光と影ともつれて蝶々死んでをり　　大正五(一九一六)年
大きな蝶を殺したり真夜中　　大正七(一九一八)年
蝶ひとつ飛べども飛べども石原なり　　大正九(一九二〇)年

山頭火の放浪は、これらの蝶の俳句が作られたのちの大正十五(一九二六)年、妻子とともに移住した熊本を、一人去るときから本格的に始まる。山頭火本人が「行乞」と呼ぶ、托鉢と句作旅行を兼ねた一人旅である。その記念碑であり山頭火の代表句とされるのが、この俳句。

分け入つても分け入つても青い山　　大正十五(一九二六)年

六・六・五音の三句節からなり、無季。「青い山」は、漢語の「青山」を口語的にやわらかくした表現。抽象的な感じもする。草や木が青々と茂った山は眺めるのには心地いいが、旅するのは一苦労。「分け入つても」の繰り返しは、無限の繰り返し。目的地が定まらず、見えない、山道伝いの旅を示す。

どうしようもないわたしが歩いてゐる　　昭和四(一九二九)年
ぼろきてすずしい一人があるく　　昭和八(一九三三)年
遠山の雪のひかるや旅立つとする　　昭和九(一九三四)年
炎天、はてもなくさまよふ　　同右
木かげは風がある旅人どうし　　昭和十(一九三五)年

あるけばかつこういそげばかつこう　昭和十一(一九三六)年
風の中おのれを責めつつ歩く　昭和十二(一九三七)年
やつと一人となり私が旅人らしく　昭和十四(一九三九)年
ぶらぶらぬけさうな歯をつけて旅をつゞける　同右
大根二葉わがまま気ままの旅をおもふ　昭和十五(一九四〇)年

徒歩だけの旅の苦労は、私たち二十一世紀人には想像できないが、山頭火は旅が「一人」となれるほとんど唯一の方法だから、最晩年まで続けている。随筆「夜長ノート」(「青年」明治四十四(一九一一)年十二月号)で、山頭火は「一度行った土地へは二度と行きたくない」と述べ、「一度でなくして二度となったとき、(中略)千万度繰り返すものである」と理由を付け加えた。山頭火にとって、同じ場所にとどまり、同じ人々とつきあうことは、耐え難い繰り返しと停滞でしかなかった。

郷里に近い小郡の庵、其中庵を捨てる決意を書いた『其中日記』(十二)、昭和十三(一九三八)年四月十二日のくだりには、「濁れるもの、滞れるもの」から解き放たれたいとの意向を表明していた。

濁らず、滞らず、流れるものは、水や風など。山頭火の放浪の具体的な象徴が、水なのも当然だった。山頭火が水を詠んだ俳句には秀句が多い。

子連れては草も摘むそこら水の音　大正三(一九一四)年
水はみな音たつる山のふかさかな　大正七(一九一八)年
月夜の水を猫が来て飲む私も飲まう　大正十(一九二一)年
へうへうとして水を味ふ　昭和二・三(一九二七／二八)年
こんなにうまい水があふれてゐる　昭和五(一九三〇)年
水音、なやましい女がをります　昭和七(一九三二)年
水のいろのわいてくる　昭和八(一九三三)年
ふるさとの水をのみ水をあび　同右
冬夜の水をのむ肉体が音たてて　昭和九(一九三四)年
春の水をさかのぼる　同右
水へ水のながれいる音あたゝかし　昭和十(一九三五)年
水音のたえずして御仏とあり　昭和十一(一九三六)年
水音のとけてゆく水音　同右
水じゆうわうに柳は芽ぶく　昭和十三(一九三八)年

伐つては流す木を水に水に木を　昭和十四(一九三九)年

水は、流れたり落ちたりするさいに立てる音を耳で楽しむことができ、飲んで渇きをいやしてくれ、味わいさえ、口やのどに残す。からだの汚れも清めてくれる。わき水からは「いろ」もわく。川は旅人の道しるべにもなる。水は重い物体も運ぶ。水のエネルギーに満ち満ちた、みずみずしい色気、あるいはみずみずしい清浄さもこの世にあって、孤独で暗い心をいきいきとさせる。

水には、聴覚、視覚、味覚などの五感に訴えかける総合性と、たえずかたちを変え、つねに移動する自在な運動性もある。山頭火が旅するのは、このような「水」になるためである。

ここで、とりあえずの結論を述べよう。不眠と憂鬱という近代人の苦しみをつねに抱き、酒や睡眠薬によっては根本的には救済されず、最も斬新で最も短い短詩＝俳句を作りながら、旅をして水になりたいと願ったのが、種田山頭火という男であった。

またこうも言える。視野を海外にも広げれば、種田山頭火は、二十世紀前半の世界の前衛詩人の主峰をなす一人だと。

本文庫の編纂にあたり、富永鳩山氏、山頭火ふるさと館（山口県防府市）の協力を得た。記して謝意を表します。

略年譜

明治十五（一八八二）年

12月3日　山口県佐波郡西佐波令村（現・防府市八王子）に、父種田竹治郎、母フサの長男として生まれる。本名・正一。

明治二十五（一八九二）年　10歳

3月6日　母フサが自宅の井戸に投身自殺をする。

明治三十四（一九〇一）年　19歳

3月　山口中学卒業。7月　東京専門学校高等予科（早稲田大学）入学。

明治三十七（一九〇四）年　22歳

2月　早稲田大学を神経衰弱で退学。帰郷する。父と酒造業を営む。

明治四十二（一九〇九）年　27歳

8月　佐藤サキノと結婚。

明治四十三（一九一〇）年　28歳

8月　長男健生まれる。

明治四十四(一九一一)年　29歳

5月　山頭火の筆名で郷土の文芸雑誌「青年」に参加し、翻訳、俳句など発表。田螺公の俳号で回覧雑誌に俳句を発表。

大正二(一九一三)年　31歳

荻原井泉水に師事。「層雲」三月号に俳句が初入選する。

大正五(一九一六)年　34歳

4月　種田家の酒造経営が破綻、父は行方不明となる。熊本市に移住。古書店を開業する。

大正七(一九一八)年　36歳

弟の二郎が自殺する。

大正八(一九一九)年　37歳

10月　単身上京、セメント試験場で働く。

大正九(一九二〇)年　38歳

11月　サキノと離婚。東京市一橋図書館に勤務。

大正十(一九二一)年　39歳

5月　父竹治郎死去。

大正十一(一九二二)年　40歳

12月　一橋図書館を神経衰弱のため退職。

大正十二(一九二三)年　41歳

9月　関東大震災に遭い避難中、憲兵に拘束され巣鴨刑務所に留置される。熊本に帰る。

大正十三(一九二四)年　42歳

12月　泥酔して市電を止める。曹洞宗・報恩寺の望月義庵和尚に預けられる。

大正十四(一九二五)年　43歳

2月　報恩寺で出家得度。耕畝と改名。**3月**　熊本県植木町の観音堂の堂守となる。

大正十五(一九二六)年　44歳

4月　行乞放浪の旅に出る。

昭和二(一九二七)年　45歳

山陽、山陰、四国各地を漂泊する。

昭和三(一九二八)年　46歳

四国八十八箇所を巡礼。**7月**　小豆島の尾崎放哉の墓参。

昭和四(一九二九)年　47歳

山陽、九州を廻る。阿蘇内牧で井泉水と会う。

昭和五(一九三〇)年　48歳

九州各地を行乞する。**12月**　熊本市春竹琴平町に三八九居を得る。

昭和六(一九三一)年　49歳

1月　個人雑誌「三八九」を創刊。

昭和七(一九三二)年　50歳

6月　第一句集『鉢の子』上梓。**9月**　山口県小郡町の其中庵に入る。

昭和八(一九三三)年　51歳

其中庵にいながら、近辺を行乞する。**12月**　第二句集『草木塔』上梓。

昭和九(一九三四)年　52歳

4月　広島、神戸、京都、名古屋を経て信州飯田で発熱、入院。**4月**　其中庵に戻る。

昭和十(一九三五)年　53歳

2月　第三句集『山行水行』上梓。**8月**　自殺を図るが未遂。

昭和十一(一九三六)年　54歳

2月　第四句集『雑草風景』上梓。広島から北九州、門司、東海道を経て、東京、山形、仙台、越後を廻る。**7月**　帰庵。

昭和十二(一九三七)年　55歳

8月　第五句集『柿の葉』上梓。

昭和十三(一九三八)年　56歳

11月　山口市湯田温泉の風来居へ移る。

昭和十四（一九三九）年　57歳

1月　第六句集『孤寒』上梓。**3月**　山陽、近畿、東海道、信州を廻る。信州伊那谷で先蹤欽慕の俳人、井上井月の墓参を果す。**9月**　四国遍路。松山市の一草庵に留まる。

昭和十五（一九四〇）年　58歳

4月　これまでの折本句集を集成した一代句集『草木塔』を刊行。**7月**　第七句集『鴉』上梓（『草木塔』に既収）。**10月10日**　一草庵で句会。酩酊する。参加者が帰った後、**11日午前4時**（推定）、逝去。

＊『山頭火随筆集』（講談社文芸文庫、二〇〇二年）所収の「年譜」（村上護）、『漂泊の俳人種田山頭火展』（毎日新聞社、一九八一年）所収の「年譜」、『定本　種田山頭火句集』（弥生書房、大山澄太編、一九七一年）所収の「種田山頭火年譜」などを参照して作成した。

（岩波文庫編集部）

俳句索引

・本書中の俳句の冒頭と頁数を示した。配列は、現代仮名遣いによる五十音順とした。

あ

逢ひたいが……九四
あひびきまでは……一三〇
青い灯……三一
青草に……一八八
青田青田へ……二四七
青田かさなり……二五〇
青田のなかの……二二一
青田のまんなか……二九九
青葉につゝまれて……二九六
青葉のむかういちはやく……二九五
青葉のむかうから……一三八
青葉わけゆく……一四六
あをむけば……六八
赤い花が、……一三三
赤蛙……一三九
あかつきの……二五〇
あかるくて……二一一
秋あつくせり……二六九
秋風あるいても……四〇二
秋風の水で……七一、二六〇
秋風、行きたい……一五八
秋雨の枝……二五五
秋雨の汽車の……一二八
秋雨ふけて……一四二
秋空、うめくは……二七五
秋空の……七三
秋の雨ふる……二一七
秋の蚊の……七一
秋の野の……七五
秋の野へ……九八
秋の山の……二七五
秋の夜の……一八三
秋の夜ふかう……七四
秋蠅の……九九
秋晴れの島を……一六九
秋晴まいにち……一八二
秋日あつい……九七

秋ふかく……一七一
秋ふかうなる……七五
秋ふかう水音……二六七
秋を見おろして……一七〇
朝風に……二五〇
朝風の……二五〇
朝からの騒音……二三〇
朝からはだかで……九一
朝からふりとほして……二八五
朝霧の……二一三
朝ぐもり……二九九
朝寒の……二六〇
朝しづく……二四八
朝蟬や……二九九
朝月となり……二五六
朝の雲……二六〇
朝のひかり……一七四
朝の道を……二四八
朝の山の……一九二
朝は涼しい……一八九
朝は早い……三三三
朝は陽の……二七五
朝まゐりは……一七五、四〇二
朝焼うつくしい……九六
朝焼け蜘蛛の……一九三
朝焼の……一六九
朝焼夕焼……一五七
あさればば何か……三一一
足音は……一八一
足は手は……一五六
明日の行程……一六
明日は死なう……二九四
あすは入営の……一三四
あすもあたゝかう……五七
畦豆も……二四七
あたゝかい……五八、二三〇
あたゝかく虫がきて……二八四
あたたかし……八〇
あたゝかに坊やは……二三三
暑さ、この児は……一二四
暑さ、泣く……六七
あつまつて……一五〇
あてもなくさまよふ……三〇
あてもなく踏み歩く……二七
あなたの足袋で……一九八
あの雲が……一八九
あの山こえて……二四三
虻が交みて……二四
あふるゝ……二〇一
甘いものも……一三三
雨だれの音も……四六
天の川……一八〇
雨がやまない……七七
雨にあけて……二四六
雨にうたれて……三三六
雨のお正月の……七八
雨のおみくじ……二一五
雨の、風の、……一一五
雨の椿の……二八五
雨の山……二四七

雨のゆふべの……一一四
雨ふるふるさと……二五五
雨をたたへて……三一六
あら海せまる……四〇〇
あらうみとどろ……三九九
あらしのあとの……一七九
嵐の中の……四三、一八九
嵐やみし……一九
霰、鉢の子の……四七五
ありつたけ……六四
あるいてさみしい……一〇〇
歩いて東京へ……九九
あるかなきかの……一六
歩くところ……二三七
あるけばあるけば……二〇九
あるけばかつこう……一四五
あるけばきんぽうげ……六〇
あるけば冬草の……一〇五
アルコールが……一四〇
あるだけの酒飲んで……二〇二
あるだけの酒をたべ……三三〇
あれが草雲雀……三〇五
あれから一年……一三九
あんなに泣く……五四、二一五
あんなに降つて……四一
あんな夢を見た……五二

い

家がとぎれると……九三
家をめぐり……二四九
家を持たない……八一
庵はこのまま……二一一
いかにぺんぺん草の……三一五
生きたくもない……一一九
生きてゐることが……一三三
生きてゐるものの……一一〇
生きて還つてきた……六二
生きのびて……九二
活けて雑草の……一七八
いさましくも……一五五
石垣の……二九四
石ころに……二五
石段のぼり……一六三
石灯籠……一七九
石に水を、……一五八
石の指さす……一七二
いたゞきの……九三
いたゞきは……二三九
痛む足……二一五
いちご、いちご、……六三
いちにち雨ふる……一四二
いちにち働らいた……五九
一日物いはず海に……二四
いちにち物いはず波音……一七三
いちめんの……二四六
一階二階……一六五
いつさいがつさい……七〇
いつしよに伸べた……六五
いつしよにぺつたりと……二四三
いつでも……三一六

いつとなく……二二九
いつのまにやら……三〇八
いつぴきとなり……二二〇
いつまで生きよう……六四
いつまでもねむれない……九七
いつ見ても……三三
いつも空家……二九〇
いつも動いてゐる……四九
いつも清げに……一六
いつもの豆腐で……二二〇
いつも尿する……二五五
稲妻する……六九
犬が尾をふる柿が……一九八
犬が尾をふる木の葉……一〇〇
尿してゐる……二〇一
いま突撃の……一七八
いよ〳〵押し……三〇八
入日をまともに……七七
岩かげ……一八九、四六九
岩へふんどし……六一

う

うぐひすよ、……二一七
牛は花野に……一七四
うしろすがたに……二三七
うしろ姿の……五五
ウソをいはない……一〇五
唄さびしき……二一
うちぬけて……一七三、四〇〇
うちの鳥……一一三
移つてきて……二六四
打つ手を……二一六
うつとりとして……三〇八
うつむいて……六一
うと〳〵すれば……一三三
うどん供へて、……一五七
うぶすな神の……二五二
うぶすなの宮は……二五三
産湯すてる……八一
馬馬……一六九
馬も召されて……一五六
海鳴そぞろ……一七三、三九九
海のあなたは……五六
海は濁りて……二二
海は見えず……二一〇
海よ海よ……三一〇
海をまへに……九七
梅はなごりの、……二八七
うらうら……一六七
うらから……二九六
裏からつめたく……二六九
うれしいこと……一四八
売れない植木……三一二

え

ヱスもひとりで……二二六
ヱスもわたしも……二二七
枝もたわわに……二六二
絵本見て……一七
エンヂンのひゞきたえず……二九

エンジンの響き身ぬちに……三
炎天、かぜふく……二一九
炎天食べるもの……一七八
炎天の機械と……九一
炎天の熊本……一八九
炎天のした蚯蚓……九四
炎天の下を……一八九
炎天の碑を……一四一
炎天のポストへ……六七
炎天の街の……三一
炎天のレール……二二四
炎天、はてもなく……二二三
炎天、否定したり……二二四
炎天へ……二九九
炎天、まけとけ……六九
炎天を……三八
遠雷す……九一

お

おいしいにほひの……五一
逢うてうれしく……一〇九
大金持の……二〇八
大きな穴が……三〇
大きな蝶を……三三
大きな鳥の……一一
大空澄みわたる……一五三
大空晴れわたり……五五
大松二三本……一七一
おほらかに……三六
お客もあつたり……四〇二
お経あげてゐる……四六
おきるより……二五〇
をさない瞳が……一四二
おぢいさんも戦闘帽……一六六
おぢいさんも山ゆき……二八九
お地蔵さまも……二八三
お正月のからす……七八、二八三
お正月の小鳥が……一〇七
お正月の歯のない……一七五
おちついて……一七七
おちつかない……六六
落葉ふんで……二〇六
お茶漬け……七六
落ちる月へ……一〇〇
おとなりが……六三
おとはしぐれか……七四
音は並んで……一五六
音は郵便……一八二
音を出て……四九
をなごまち……一七六
おのれにこもれば……一四二
をのれにひそむや……九一
おばあさんが……九〇
お墓の、……二五三
伯母の家……二五〇
お日様……三五
おべんたうを……一四五
おぼつかない……四二
おまつりのきもの……二五六
お祭の提灯……二五七

おみくじひいて……五四、二一三
おみやげは酒と……一三八
おもひおくこと……三三六
思ひつかれて……三七
おもひつめては……二八七
おもひでの草の……二五二
おもひでは……二八五
重いドア……二〇三
重荷おもかろ……一九三
重荷おもくて……五五
重荷を負うて……二二六
父子ふたり……二八
お山は霧の……四〇二
おわかれの……一三三

か

蛙蛙……二八
蛙とびだしてきて……九八、三〇五
蛙なく窓からは……一三九
蛙ぴよんと……三三
蛙も出てきた……二八九
家格また……一四
案山子も……一五六
柿が落ちる……二六四
柿の葉……三三九
柿の若葉が、……一三八
柿の若葉の……一一五
柿は落ちたまゝ……二六五
かくれたり……三九九
筧あふるゝ……一九八
影が水を……八三
崖から夢のよな……一四五
翳げつゝ月は……二五六
崖はコンクリート……四六
翳げはじめた……二五六
掻けば剝げる……四一
かさなつて……一九二
笠もおちつかせて……二八九
笠も漏り……五三
飾窓の……二二六
霞の中を……五九
風がさわがしく……九四
風がはた〳〵……二三
風がふく……三三三
風がわたしを……一四一
風に最後の……七七
風にめさめて……二一八
風の建物の……五九
風の巷の……三六
風のトンネル……五九、二三三
風のなかおとした……九一
風の中おのれを……一五三
風の中声……四八
風の日を……二八
風のまに〳〵……二四
風は五月の……一一三
風は裸木……二〇
風ひかる、……三一八
風ふくふるさと……六八、二五一
風ふく夜の……二一

風をあるいてきて……一〇八
風をおきあがる……三一六
がちやがちや……一五二
鵞鳥よ……二六七
がつがつ食べて……一一八
かなしいことと……一八〇
かなしい旅だ……一五四
金借ることの……一二〇
カフエーに……一一
カフヱーも……九〇
壁がくづれて……一六〇
壁にかげぼうし……一〇六
壁をまともに……一八九
かぼちやおほきく……二九九
かぼちやと……九八
噛みしめる……一三四
鴉とんでゆく……一六八
鴉ないて待つもの……八一
鴉啼いてわたしも……三八
からだいつぱい……七六
からだぽりぽり……一七一
空梅雨……一一
からりとして……一一七
枯木かこんで……二〇六
枯草うごくと……一一三
枯草枯れつくし……一四九
枯草の……三一一
枯草ふかく……三一一
枯れた山……三〇六
枯れて草も木も……一〇六
枯れてゆき……一〇〇
枯野、馬鹿と……二〇三
枯野、みんな……一〇三
枯山のけむり……一九八
香春晴れざま……二三五
考へつつ……三三四
考へつづけてゐる……一四一
考へてゐる……七九
考へても……九九
考へるともなく……一三三
監獄署……三一

き

利かなくなつた……一〇九
機関銃……一七〇
ききようかるかや……九五
菊作る……二〇六
汽車すぎし……二八
汽車とゞろけば……三一
汽車のひゞきも……一〇七
傷が癒えゆく……三三六
傷づいた……二〇三
伐つては流す……一六六
気まぐれを……一六
君を送る……三一
ぎやあとなけば……九九
急行は……一四〇
胡瓜の皮をむぐ……九四
けふいちにちは……八二
教会の……一一七

今日がはじまる……二九一
けふから時計を……一三〇
今日の太陽……二九七
けふのみちの……一八九
けふは霰に……四七三
けふは凩の……一五〇
けふも雨ふる……一一四
けふもいちにち……三三三
今日も事なく……一一五
今日も事なし……一一七
けふも托鉢……二一六
けふも一つの……一六六
けふもやすまう……一〇三
けふもよく……三六
きら〳〵……一三三
霧雨の……一六四
霧島に……一九二
霧の朝日……二三三
霧の中から……一七五、四〇二
岐路に堕して……一一三
近眼と……七三

く

悔いること……三三〇
空襲警報ひたむきに……一七二
空襲警報るゐるゐ……一五九
草苺……二九五
草によこたはる……三三六
草の青さで……一一四
草の青さよ……一五一
草の中ゆく……一二五
草の葉の……二九六
草ふかく……一三三
草萌える……八七
草もわたしも……一〇一、三〇六
句集措いて……一九
熊が手を……一八九
汲みあげた……一一二
くみあげる……七二
雲かげふかい……一九〇
雲がみな……一三〇
蜘蛛は網張る……一一五
くもりおもたく……二四七
曇の日、……二四九
暗さ匂へば……六三
暗さ、ふくろうは……二八七
車、人間の……五〇
クレーン……一〇八
暮れきらない……二八四
暮れてなほ……四六
暮れても耕やす……八四
暮れてもまだ……二〇八
暮れの鐘が……四四
黒き手が……二九

け

景気インフレ……一六二
警察署庭木……二九
警察署の裏は……九二
警察署の雪は……二一五

けさのひかりの……一三一
けさはあめの……二四七
けさは鶯が……一一九
けさはおわかれの……一〇九、三一〇
下車客……二〇一
げそりと暮れて……一〇九

こ

乞ひあるく……三一五
鯉の児……二四九
恋のこうろぎ……七五
かういふ世の中の……一一八
後園に……一一
行軍の……一四一
乞ふことを……四九
かうしてこのまゝ……一〇六
かうして旅の……一九八
構内倉庫……一八
構内そよろの……一五
こうろぎ、旅の……三〇二
こうろぎよ……九六
氷くだいて……一〇二
こほろぎが……七〇
木かげが……一一九
木かげは……一三九
五月の風が……一三七
黄金虫……一七九
凩、書きつゞけ……二一五
凩に……二一七
凩のなか……二一六
凩の火の……七八
小菊咲いて……二〇三
濃き煙……二一
こゝがいちばん……一〇三
ここが船長室……三一三
こゝちよう……二〇一
こゝで泊らう……四三、一八九
こゝにかうしてみほとけ……七六、二七八
こゝにかうして私を……三〇七
こゝにふきのとうが……二八五
こゝにふきのとうそこに……二八九
ここにも畑……二三五
こゝにも春が来て……八七、二八六
ここへも恋猫……三一三
こゝまで機械……二九六
ここまで来しを……一四六
心あらためて土……一一〇
こゝろあらためて水……一〇八
こゝろむなしくあらうみ……一四七
こゝろむなしく風呂が……三〇七
ここを死に場所……一一九
腰かける……一九八
乞食ゆき……二六
古聖の……一三
谺谺する……二〇六
其中庵に……八七
其中一人いつも……一五三
「其中一人」が……一三五
其中雪ふる……八一、二九七
骨となつて……五七、二二八

子連れては……一八
ことしもをはりの……一三一
言葉がわからない……一八二
コドモが泣いて……六二、二三七
子供がねつしんに……八八
子供と……四四
こどもに雪を……一四三
こどもほしや……七一、二五六
こどもら学校へ……一六四
小鳥がきては……一〇四
このうまさは……九五
この柿の木が……二七七
この木で……六七
子のことは……九二
子のことも……九五
この旅、……三九
子のために……二二五
木の葉の……三二四
この鬚……一七九
このまゝ死んで……四五
木の実ころころ……三一五
このみちの雑草……一三一
このみちまつすぐな……一三〇
このみちや……四六七
この山奥にも……二七六
この山里……三〇二
こばまれて……七〇
小春ぶらぶらと……一三〇
米があれば……一〇二
こやしあたへる……二九〇
これが今日の……一一六
これがことし……三〇七
これが最後の……一五五
これが新国道で……八四
これから旅も……一〇八
これが別れの……四四
これが私の……六五
これだけ残つてゐる……六四
これだけの質草は……一一〇
これで田植が……二三九
これでも住める……一〇八
これでも生活の……五〇
これは母子草、……一一五
ころころころげて……九四
殺された……四〇
こんなところに……二七九
こんなにうまい……四二
こんなに米が……四五
こんなにたくさん……一九三
こんなに晴れた……一一六
こんなに痩せてくる……一三三
こんな水にも……一〇九
今夜のカルモチン……五〇
こんやの宿も……二三六

さ

最後の一匹……一四〇
最後の一粒まで……一〇二
最後の一粒を……一九八

サイダーの……一一
咲いてゐる……二九五
咲いておもたく……二九九
咲いてこぼれて……二六七
サイレン鳴れば……二二六
さえづりかはして……一四五
酒倉屋根に……二四
砂丘に……一四六
咲くより剪られて……八八
さくらさくら……五八
さくらまんかいに……一五一
酒がこれだけ、……一六一
叫ぶ男あり……二五
酒も断たん……一五
酒もなくなつた……二八〇
酒やめて……五七、二二七
さゝげまつる……一九〇
さゝやかな……二八
山茶花さいて……二七七
山茶花散つて……二〇八
雑草、どこから……二二八
雑草に……一一四
雑草は……八六
雑草風景、……一三六
雑草ふかく……一二四
雑草や……三一五
里をはなれて……一六八
さびしうなり……三〇七
さみしいからだを……六四
さみしいけれども……二九四
さみしい食卓……二六四
さみしい夜の……二四六
さみしうて夜の……六三
さみしさが……七三
さみだるる……一四七
寒い雨が……三一二
寒い風の……五二
寒さ、質受けして……一三一
さようなら……一五〇
猿と人間と……三二〇
さんざふる……二七七
山頭火には……九四
散歩がてら……一五

し

JOGK……六〇
死がせまつてくる……三三六
地下足袋の……二〇三
死がちかづけば……一四一
しがないくらしの、……一二二
時間、空間、……一三三
しくしく腹の……一七六
しぐるるや……三九
しぐれたりて……二七七
しぐれつゝ……一三四
しぐれて遠く……三二〇
しぐれて山を……一七二
しぐれ、まいにち……二一三
仕事のをはり……二六〇
仕事は見つからない……三〇五

仕事を持たない……八九
しづけさは……一八八
沈み行く……二一
シダ活けて……二八三
質草一つ……二三五
質のいれかへも……二三七
しつかとお骨……一六九
実験室の……一五
自動車が……九二
自動車に……二〇一
自動車まつしぐらに……五一
支那人の寝言……四七
死にそこなつたが……一二三
死にそこなつた、こうろぎ……九〇
死にそこなつて……一九三
死にたくも……三〇七
死ねない手が……一六〇
死ねる薬が……一二五
死ねる薬は……一一五、三一二
死ねる薬を……一四〇、三三六
死なうとおもふに、……一一八
死のすがたの……一四〇、三三六
死はひややかな……一五六
自分の家を……五二
地べたに……二九四
地べた人形……一七七
地べた日向を……二八四
島が島に……一四七
縞萱……二四六
字幕消えて……六〇
島にも家が……一一一
島の悲劇も……一三
島はいたゞき……三一三
しめやかな山と……六四
霜をふんでくる……八三
十一月二十二日……二〇二
囚徒が……一一七
樹影雲影……三二六
障子たゝくは……七五
生死の中の……三八
少年の夢の……一〇七
昭和九年も……三一八
初夏の坊主頭……二三七
しろい蝶……一一七
白きもの……一二
死をまへにして……三三六
死をまへに、やぶれたる……三〇六
しんせつに……二〇七
死んだまねして……九五
死んでしまへば、……三三六
死んでしまうたら、……一一七

す

水仙一りん……二〇九
水仙こちら……二八四
ずうつと晴れて……三一三
すくひあげられて……二〇五
すこしさみしうて……一九八
すこし寒い……二九〇
すこし濁つて……二三〇

少し酔へり……二三
すさんだ皮膚を……五三
すすき原……一七三
すゞしくお墓……二五三
すゞしく蛇が……六六
雀おどるや……一〇六
雀のおしやべり……一六四
すつかり春らしく……二八四
捨てきれない荷物……四一
捨てきれないものが……一〇二
すべつて杖も……一四五

せ

制札に……三〇二
性慾も……九九
咳がやまない……一五七
蟬しぐれ死に場所……一八八
蟬しぐれ、私は……二五二
鮮人長屋も……九七
先生のお話……三三
線路あさる……一八

そ

雑木紅葉のかゞやく……四〇二
雑木紅葉のぼりついて……二〇一
そうてまがる……二二五
さうろうとして……一八九
そこに月を……一五七
そこもこゝも……二〇六
そこらぢゆう……一五四
その竹の子も……二二一
そよかぜの……一四七
空たかく……一九六
空に雲なし……一八
空の爆音……二〇八
空は初夏の、……一一五
空へ若竹の……一三六
空ほがらかで……二三九
空も人も……四七
それから……一五一
それは死の前の……一六〇

た

大根二葉……一八二
大地したしう……一九〇
大地へおのれを……一八一
大木に……二〇七
太陽、……八四
田植じまひ……二四八
手折るより……二四六
焚火あたゝかく……二八四
焚くだけの……三〇七
竹の葉の……一四二
タコ壺……四二
たそがれる……七四、二七五
たゞ一本の……二七七
たたいてもらうて……一一三
たゝへた水の……二〇八
たたずめば……八〇
畳古きにも……二二六

たつた一人の……三一八
蓼のあかさも……三一四
立札の……二〇七
煙草のけむり、……七九
旅の或る日の朝……二五六
旅の或る日の松露……二三〇
旅の或る日の鼻毛……一六一
旅のいくにち……一九〇
旅のからだ……三〇五
旅のこころの……七一
旅のこどもが……一三三
旅のつかれの……三一一
旅はさみしい……四三、一九三
旅人のふところで……五八、二三〇
旅人わたしも……一五九
旅人われは……一〇〇
旅法衣……二一六
旅もいつしか……一六二
旅もをはりの……五七
食べることの……一四八
食べるもの食べきつた……六六
食べるもの食べつくし……八〇
たまさかに……三二
たま／＼たづねて……三一八
たま／＼髯……一一六
たまたま人が……一七六
たま／＼人くれば……二八七
だまつて考へない……二九九
誰かきさうな空が……七八
誰かきさうな空から……二七七
誰か来さうな糸瓜……三一〇
誰かきたよな……一四一
誰にあげよう……三一〇
誰にもあはない……二一九
誰も来ない……七六
誰やら休んだ……一六八
痰が切れない……二〇九
炭坑街……一八九
だんだん似て……一七六
たんぽぽちるや……一七七
たんぽぽのちりこむ……一三七

ち

地下室を……五一
血がほとばしる、……九二
父が掃けば……四五
父が母が……一二〇
父によう似た……五六、二三三
茶の花さいて……二一八
てふてふうらうら……一五一
てふてふつるまう……一一四
てふてふとまるな……一一七
てふてふひらひら……一五一
蝶々もつれつゝ……二四
蝶ひとつ……三四
チヨツピリと……一九三
塵かと吹けば……一七五
ちんぽこにも……六九
ちんぽこも……一一六

つ

追放す……一三
つかれてかへつて……二二八
つかれてもどるに……二六二
労れて戻る夜の……三四
月あかりして……一六七
つきあたつて……二八九
つきあたれば……二九四
月おちて……七一
月が暈きた……八三
月影ながう……二八九
月がのぼつて……二八〇
月がまろくて……一〇四
月から柿の……一五〇
月からこぼれて……一〇四
月に咲けるは……二六九
月にほえる……二六〇
月のあかるさは……一五二
月の落ちた……二二九
月のひかりのながれる……二五八
月のひかりの水を……二五七
月へうたふ……二二三
月も林を……七四
月夜いつぱい……八六
月夜おまつり……二五七
月夜のあんた……二五七
月夜の月が……一〇二
月夜の水を……三六
月夜のみみず……一四三
月よ山よ……一一三
つく／＼ぼうし
　つく／＼ぼうし……二六七
つくつくぼうし、わたしを……一七九
つと起きし……三三
椿おちては……二八七
椿ひらいて……八五
椿また……二八九
妻を満洲に、……一六四
つめたい雨の……二〇七
つめたいたたみを……八〇
つめたからう……二〇六
梅雨あかり、……二四八
梅雨ぐもり、……二九九
梅雨空の……一四七
梅雨晴の……二四三
強き闇に……三三
釣られて目玉……六五
鶴嘴ひかる……三一

て

低空飛行……一六五
鉄柵の……二五
鉄鉢かゞやく……六三
鉄鉢たたいて……七七、二八一
鉄鉢の……五六、四七三、四七四
鉄鉢へ……四七四
デパートの……五四
電線は……一六七
電灯ひとつ……八三

と

灯火管制の……八五
どうしてもねむれない……六八
どうしようもない……四一
どうすることも……八六
どうせもとの……一二〇
どうでもかうでも……三三
とう〳〵雪が……八二
どうにかなるだらう……一〇三
どうにもならない……一四四
どうやら道を……九六
遠くなり……一四四
遠山の雪の……一一〇
遠山の雪も……一〇三
通りぬける……一一三
とかく言葉が……一四六
読経流れて……二一九
毒薬を……一八八
どしやぶりのそのおく……一一三
どしやぶりの電車……一六三
図書館は……一四六
とつぷり暮れて……一一二
土手草……二三六
とても上手な……一三九
とてもねむれない……九八
とべないほど……一八〇
ともかくも生かされて……一二八
ともかくもけふ……一二〇
友にきく……一三
友や待つらん……二〇
とりきれない……六五、二四六
鳥よこち向け……三三
とろ〳〵とける……二八四
とんから……一五一
蜻蛉去れば……二〇

な

ながい毛が……八九
長い手紙を……七九
長かつた旅も……六六
仲がよくない……一七四
なか〳〵暮れない……三〇一
仲よく……一五三
流藻に……一一
鳴きかはしては……二〇六
鳴きつつ……三一六
泣きわめく……一九三
投げ与へられた……四四
名残ダリヤ……一九八
なつかしい頭が……六〇
なつかしい顔が……一三六
なつかしくも……五〇
夏草、お墓を……六九、二五二
夏草ふかく……二五三
夏木立……二九六
夏の蝶……一一
夏野ほのかに……一六
夏の夜……一一三
夏めいた……三一七

なつめたわゝに……七一、二五九
夏山ひそか……二九六
何か捨てゝ……二一五
何が何やら……二三五
何もかも捨てゝ……九七
なにもかも雑炊……一〇七
何もかも万歳……一五五
何やら来て……一一〇
何を食べても……三〇八
鍋や茶碗や……一一八
波音おだやかな……一七三
波音しぐれて……三九九
波音のお念仏……六二
波音の墓の……一六三
波音ばかりの……一六五
なみだこぼれて……三〇八
涙ながれて……一六二
涙流れぬ……二一七
波の上を……一六三
波のうら〳〵……一三
浪の音……二一七
波の果てより……一二
波よ照れ〳〵……二一五
南無観世音……一七二
南無地蔵尊、こどもらが……八六
南無地蔵尊冴えかへる……一三四
南無妙法蓮華経……三一
ならんでお墓の……一八二
ならんでぬかづいて……一六二
何だか死に……八三
何だか物足らない……八七
何でこんなに……二四六
なんと朝酒は……一一四
なんとうまさうな……一五八
なんとけさの……三三〇
なんとすずしい……三〇二
何とたくさん……四五
なんとなくあるいて……一五七
なんとなくなつかしい……一一七
なんとまつか……一七五
なんと若葉の……一一六
なんぼう考へても……一一九
なんぼ食べても……五五

に

煮ゑえるもの……二八六
煮ゑる音……二八七
握りしめる……一六〇
日記焼き捨てる……四七
荷づくり……三〇六
韮咲きぬ……一二
庭も畑も……二九九

ぬ

ぬいてもぬいても……八九
ぬかづいて……七二
ぬかづけば……一七一
ぬかるみを……六〇
ぬくとくはうて……八五
ぬけた歯を……一三八

濡れて越える……二二六

ね

葱坊主、……一一四
葱も褌も……九八
寝ころべば信濃の……一六七
寝ころべば露草……一八九
寝てゐる猫の……四九
ねむり深い……二一六
ねむれない……一八三
寝られない……七七
寝るところが……五二
寝るとして……一一七
寝るよりほか……二六九

の

のびあがり……二七九
伸びて伸びきつて……二六五
上つたり……一六七
のぼりつくして……二四三
のぼりつめて……一七〇
昇る日さんらん……二一六
飲めるだけ……一四〇
野良猫が影の……一九
野良猫が来て……一七九
野分海の……一四

は

煤煙、騒音、……一三〇
廃坑の霜が……五〇
廃坑の月草を……二三五
廃坑、若葉……二三五
蠅がうるさい……二三九
生えて移されて……一二一
蠅も移つて……二六四
蠅を打ち……一八〇
墓がならんで……四四
墓から墓へ……六五、二四九
ハガキ一枚……一三三
墓に紫陽花……二四九
墓にかこまれて……一七〇
墓のしたしさの……四〇
墓をおしのけ……五一
はきだめに……一七八
はぎとられた……二〇五
爆音はとほく……一三七
橋の下の……八九
はじめての……二〇二
バスのとまつた……一六五
バスも通うて……九七
はだかで筍……一一八
はだかでだまつて……四五
はだかではだかの子に……九六
はだかではだかの子を……六七
畑いつか……二九九
ばたり落ちてきて……六二
初誕生の……二一九
初孫が……一五七
鳩群れて……二四
花いばら、……七〇、二四〇

花が葉に……一四四
花草に……二九九
花ぐもりのいちにち……三三〇
花ぐもりの、ぬけさうな……一三五
話しつかれて……二八九
花野ひそみゆく……一七一
はなれた家で……二八九
はなれて遠い……八〇
母一人……一六九
母よ、……一六五
葉ぼたん……二一三
林のなか、……八二
林をあるけば……一〇四
腹いつぱいの月が……九六
腹いつぱい水を……四六九
腹が鳴る、……八四
腹底の……五七
春がきたぞよ……二八七
春風のうごく……一六二
春風の吹くまま……三七二
春さむく……八七
春のくばりもの……三三〇
春の野が……八六
春のほこりが、……一五四
春の街並……三三〇
春の水を……二一一
春の雪……一四三
春の夜の明日は……一六一
春の夜の寝言……一六三
春ふかき……一六六
春へ窓を……五八
春めいた朝……三一九
晴れきつて……二〇二
晴れてきて……三〇六
霽れててふてふ……三一六
晴れては曇る……二八七
はれ〴〵酔うて……二九四
晴れわたり……九一
晩の極楽飯、……九八

ひ

ひえ〴〵と……九〇、二九九
陽がさせば……二八四
火が何よりの……四八
灯が一つ……二一三
火が燃えてゐる……五二
光あまねく……一九六
光と影と……二八
彼岸入といふ……二八七
彼岸花さく……一三五
彼岸花の……二六二
ピクニツクも……一八三
飛行機飛んで……五一
飛行機はるかに……一四八
日ざかりの石ころ……三〇二
日ざかりの千人針……一五二
日ざかり、われと……六八
ひさしぶり逢へた……二四三
ひさしぶりにでゝ……一〇一、三〇八

久しぶりに掃く……二一六
ひさしぶり話して……五九
ひさびさ雨ふり……六九、二五二
ひさびさ袈裟……二八五
ひそかに蓄音機……五四
陽ぞ昇る……三五
ひつそりとしてぺんぺん……二八九
ひつそりとして八ツ手……一五二
ぴつたり身につけ……六六
ひとすぢに……二〇三
一すぢの煙……三四
ひとすぢのひかり……二六
人に逢はなく……一五八
人のなつかしくて……二二五
人は動かない……五〇
一人が一人を……八八、二九一
独言でもいふ……三〇七
ひとりしんみりと……一二四
ひとりたがやせば……一三六
ひとりで酔へば……七二
ひとりには……五五
ひとりのあつい……二三九
ひとりの火が……七四
ひとりの火を……二二五
独り飲みをれば……三
独り飲む……二
ひとりへひとりが……一〇五
ひとりものに……二三五
人をおこらして……三〇七
人を待ちつゝ……二八七
日向草の……二五二
日向ごろりと……一二六
ひなたの六地蔵……八八
ひなたぼこ……一八〇
火のない火鉢……二〇六
百姓なれば……一二一
冷飯が……三〇六
ひよいと四国へ……一六九
へうへうとして……三九、四六八
ビルがビルに……一四四
昼三味線も……一〇〇
昼月に……二三二
ビルとビルとの……一五八
昼虫の……二六六
昼も虫なく……三三二
拾ふことの、……六五
日を浴びつゝ……五二

ふ

吹いても……五四
風鈴の……三三六
蕗の葉の……二九三
ふくらうは……一〇七
ふけて炊かねば……八三
更けて戻れば……一六一
ふたたび……一四八
ふたりいつしよに……一〇六
札をつけられて……八五
降つてきたのは……五三
ふつとふるさとの……一五八

ふと子のことを……一〇一
ふと死の……三三六
ふとめざめたら……一〇一、三〇八
不平難ず……一三
ふまれてたんぽぽ……一七八
踏み入れば……四〇
冬朝を……三〇七
冬ぐもり、……八〇
冬になつた……二七九
冬蠅とゐて……二七七
冬蠅のいつぴきと……三〇八
冬蠅よ……七九
冬日ぬくう……二一三
冬夜の人影……二八一
冬夜の水を……一〇五
冬夜むきあへる……二二九
ぶらぶら……一六七
ふりかへらない……四六
ふりかへる……一七六
ふる郷ちかい……四七
ふる郷ちかく……四八
ふるさとの蟹の……二五二
ふるさとの河原月草……二五二
ふるさとのこゝにも……二五一
ふるさとの言葉の……六一
ふるさとの自動車……四二
ふるさとの空……二五二
ふるさとの土の底から……一四九
ふるさとのながれや……九三
ふるさとの水だ……二五二
ふるさとの水を……九三
ふるさとの夢から……六一
ふるさとの夜と……二三六
ふるさとはあの山なみの……一四三
ふるさとはみかんの……六二、二三七
ふるさとへ走り……一六八
ふるつくふうふう……一三六
降るもよからう……二〇八
触るれば……二〇
触れて夜の花……二九〇

へ

兵隊おごそかに……二八
兵隊さんが……三五
兵隊過ぎぬ……三〇
壁書さらに……一四
へそが汗……一五九
へたくそな……二三五
遍路たゞずむ……二三〇
へんろの眼に……五八

ほ

ホイトウと……四七
法衣ぬげば……七四
防空管制下……一五九
坊さん二人……二〇八
砲声しきりに……一七〇
ほうたるこいこい……六九
放鳥の……一二
吠えつゝ……四四

ほがらかにして……七五
ぽかんと山が、……一二
北朗作る……三〇七
ほころび縫う……三五
ほころびを縫ふ……一三八
星あかりを……六八
星があつて……五五
星空の……三四
星のまたゝき……三三
星も見えない……六一
細い手の……一四八
ボタ山ならんで……二〇二
ボタ山の下で……四八、二〇三
ボタ山のたゞ……四九
ボタ山の雪……四二
ボタ山も……四九
墓地をとなりに……一七六
ほつかり覚めてまう……一三一
ぽつかり島が、……三一三
ほつと月がある……一四四
骨だけとなり……二九六
ぼろ売つて……一八一
ぼろ着て着ぶくれて……一五〇
ぼろきてすずしい……九二
ほろにがい……三〇六
ほろほろ……一七四
ほろりと……一六二
ぽろり歯が……一六八

ま

枕がひくうて……九三
まことお彼岸入……三〇五
孫に腰を……二〇九
貧しさは……六八
また逢へよう……三一一
また逢つた……二〇八
また一枚ぬぎすてる……一四四
また逢うて……二〇三
まだかきをきを……九〇、二九九
また質入する……一三五
また孫が……一八〇
また見ること……四一
またも旅する……二五九
街からつかれて……九五
街はうるさい……一一九
街はおまつり……一五五
街は師走の、……七六
松風に明け暮れ……三七
松風に鉄鉢……五八
松風の……二一九
松風春風……一六四
松から……一五四
松裂かれし……一九
まつすぐな……三九
まつたく雲がない今日の……一七七
まつたく雲がないピント……一六四
松に腰……二一九
松の木……四〇〇
松はおだやかな……二三〇
松はみな……三七、二一六

待てば鐘なる……二五六
窓が人が……一三三
窓に迫る……一四
まとも木枯の……八一
真昼かなしき……三三
真夜中はだしで……三七
ま夜なかひとり……三六
まんぢゆう、ふるさと……一一三、三一五

み

見あげて……一三四
三日月さん……七八
三日月の……二七一
三日月ほのと……二五
三日月よ……七〇
みぎひだり……八二
みごもつて……一二七、三三二
水音かすかに……三三
水音しだいに……一七〇
水音、なやましい……六三
水音のたえず……一四七
水音のとけて……一四九
水音の一人……一一一
水音のやゝ……二六〇
水音もあたらしい……八六
水じゆうわうに……一五四
水たまりが……五九、二三三
水でもくんで……二五〇
水鳥の……二三六
水に朝……二六〇
水にそうて……八九
水のいろの……八二
水のいろも……二八四
水のんでこの……五一、二〇九
水のんで寝て……三一二
水はあふれ……四〇
水はみな……三三
水へ石を……一三七
水へ水の……一三六
みすぼらしい……二〇六
水もぬるんだやうな……四七八
水をひいて……一六六
水をへだててをとこと……一五九
水をへだてゝをなごや……八九
水を前に……四八
水をよばれる……一七一
水を渡つて……六二
水をわたる……一四九
店しまふ……三〇
店のさゞめき……一七
道がわかれて……三〇五
みちのまんなかの……二四三
水底青めば……二八九
水底の雲も……一四六
水底の月の……二九三
身にせまり啼く……六一
身にせまり人間の……三〇六
身にちかくあまりに……二六六
身にちかくふくらう……一〇七
身のまはりは……一三九

みのむしぶらりと……一四八
蓑虫も……一八九
見はるかす……二七六
みほとけの……七二
みほとけは……七五
蚯蚓が……七〇
見る／＼月が……四七
みんな生きねば……一〇八
みんな去んでしまえば……三一五
みんないんでしまつた……九〇
みんな死んで……一三
みんな出て征く……一五五
みんなに話し……二五三
みんなの唄に……三五
みんな働らく……八四
みんなもがれて……二七六
みんな洋服で……一四三

む

麦の穂、……二九三
聟をとるとて……一四二
蒸し暑い……四三、一九三
むしあつく生きもの……一五九
むつかしい……一三
村はおまつり、……二九三

め

眼が見えない……二〇二
めくらのばあさん……三一八
飯のうまさも……一九八
眼白あんなに……二八九
眼とづれば影が……一四九
眼とづれば涙……一六八
眼の見えない人と……二〇九
眼は見えないでも……一一〇
めをとで柿もぐ……二七五

も

もう葉桜……二三
もう春風の……三一八
もう冬がきて……七六
もう郵便が……二八九
モシモシよい……一三
百舌鳥ないて……一九八
持てるもの……五三
森の奥の……二三
もりもり盛り……一八一
諸戸開いて……一六
もんぺも……一八三

や

焼いてしまへば……一六〇
八重ざくら……一四五
焼かれる虫の……一一八
焼芋やけます……三一一
焼き捨てゝ……四三
焼場水……一五三
やつとお米が……一八一
やつと一人……一六三

やつとふきのとう……八五
やつぱり私は……二九三
藪かげの……二七
藪かげほつと……三一五
藪かげ藪蘭……三一五
藪から鍋へ……一五二
藪の奥を……二六
藪のしづかさ……八五
藪のなか……二二六
やぶれたからだの……一一三
山あをあをと……一一三
山家明けて……一九三
山桐の……三〇二
山ざくら……一五四
山寺の……三八
山に白いのは……一六〇
山に向つて……二一三
山の青さへ……九三
山の端の……二五八
山の仏には……六六

山のまろさは……九五
山の水を……二九〇
山のみどりの……一七八
山はしづけく……一六六
山ふかくきて……六四、二四三
山ふかく冴……三〇五
山ふかくなり……五六
山ふところのはだか……二四三
山ふところの水……二三三
闇が空腹……八八
闇路戻れば……一九
病みて旅人……一七三
闇の奥に……一三
闇をつらぬいて……五三
闇をぬいて……一九
病む児守る……一四
病めばをかしな夢……一〇九、三一一
病めばひたゝき……三〇八
やるせない夢の……四六
病んで寝てゐて……一一二

ゆ

憂鬱を……四八、二〇三
夕蝉の……三〇一
夕空、犬が……二三五
ゆふ空から……七三
夕空低う……二〇八
夕立晴るゝ……一三
夕立や……一八一
郵便やさんたより……二二七
郵便やさん、手紙と……七三
ゆふべなごやかな……一五六
ゆふべのサイレンの……八四
ゆふべは寒い……四〇〇
ゆふべひそけく……一八九
夕焼うつくし……一八二
夕焼小焼……二四九
夕焼ふかく……二二五、三三〇
夕焼ける……二七九
雪あかり何やら……一〇四

雪あかりわれと……一三五
雪あした、……三一二
雪が霙となり……一〇五
雪から大根……八二
ゆきゝたえず……二九
ゆきずりの……一九八
雪空、痒い……五四
雪に覚めたが……一〇一
雪のあかるさが……一〇五
雪のあかるさの……一三五
雪の法衣の……五六
雪降りそめし……一七
雪ふりつもる……一六一
雪ふるひとり……一〇四
雪へ雪ふる……一五三
雪もよひ雪とならなかつた……二二五
雪もよひ雪にならない……一三四
雪やみけり……三〇
雪、雪、雪の……八一
雪をたべつつ……一三五
尿してゐる……二〇一
夢の女の……一〇六
夢深き……二六
ゆらいで梢も……一三五
ゆれては萩の、……三三

よ

酔ひざめの……一三八
酔ひしれた……二六九
よい道がよい……二一一
よい娘さんが……九六
よいゆふべと……六七
酔うてこほろぎと……四五
よう寝られた……二二五
酔へばいろ〱の……七九
酔へば物皆……一八
酔へばやたらに……七二、二六九
夜風その奥……二九〇
横顔の……四三
よごれものは……七九
夜蟬よ……一二三
夜なべの……二七一
よびかけられて……三〇八
夜ふけの甘い物……二〇二
夜ふけの風……八七、二九〇
よべのよい……三〇五
よぼ〱の……三一一
よろめくは……九九
よろ〱歩いて……一九八
夜をこめて……一九九

り

りんだうは……二七六

る

留守番、……二〇三

れ

レールに……三〇五
練兵場は……一一七

ろ

老木倒れたる……一七四
驢馬にひかせて……三一一

わ

わが井戸は……七三
わが手わが足……一七四
若葉かげよい……二三七
若葉、高圧線……二九三
若葉に月が、……一三七
若葉を……一六五
別れてきて……六〇
わかれて遠い……一三三
わかれてもどる……二六九
分け入つても……三八
忘れえぬ……一三
忘れようとする……五七
忘られて……八八
わたしがはいれば……七二
わたしがわたしに……一七二
私と生れて……一四九
私の食卓、……六七
わびしさは……二三〇
わらやうつくしい……一〇三
わらやしづくするあかるい……二七九
わらやしづくするうちに……一一三
我とわが子と……一八

【編集附記】

一　本書は、種田山頭火の著作を、編者により「俳句」「日記」「随筆」にまとめたものである。

一　「俳句」は、『山頭火全句集』(第一刷、二〇〇二年十二月、春陽堂書店)を底本として、千句を採録した。「日記」「随筆」は、『山頭火全集』第三―十巻(一九八八―一九九〇年)を底本とした。

一　原則として、漢字は新字体とした。仮名遣いは、俳句は歴史的仮名遣いのままとした。散文は、現代仮名遣いに改めた。

一　山頭火が、生前に自選した一代句集『草木塔』(一九四〇年四月、八雲書林)に採録されている句は、下に＊印を付した。

一　俳句の前書きで、複数の句全体に亘る前書きが付いた句の中から、一部を採用した場合、〔　〕で採録句数を示した。

　例　飯　十一句〔二句〕

一　「日記」の日付の下の「(二五・上)」などの記載は、宿代、宿の等級を示している。また、句の冒頭の「・」印は、山頭火が記したものと思われ、そのままとした。

一　日記、随筆の散文内で、漢字語のうち、使用頻度の高い語を一定の枠内で平仮名に改めた。

一　本文中に、今日からすると不適切な表現があるが、原文の歴史性を考慮してそのままとした。

(岩波書店　文庫編集部)

山頭火俳句集（さんとうかはいくしゅう）

2018年7月18日　第1刷発行
2025年6月25日　第7刷発行

編　者　夏石番矢（なついしばんや）

発行者　坂本政謙

発行所　株式会社 岩波書店
〒101-8002 東京都千代田区一ツ橋2-5-5

案内 03-5210-4000　営業部 03-5210-4111
文庫編集部 03-5210-4051
https://www.iwanami.co.jp/

印刷・三陽社　カバー・精興社　製本・中永製本

ISBN 978-4-00-312111-5　　Printed in Japan

読書子に寄す

——岩波文庫発刊に際して——

岩波茂雄

真理は万人によって求められることを自ら欲し、芸術は万人によって愛されることを自ら望む。かつては民を愚昧ならしめるために学芸が最も狭き堂宇に閉鎖されたことがあった。今や知識と美とを特権階級の独占より奪い返すことはつねに進取的なる民衆の切実なる要求である。岩波文庫はこの要求に応じそれに励まされて生まれた。それは生命ある不朽の書を少数者の書斎と研究室とより解放して街頭にくまなく立たしめ民衆に伍せしめるであろう。近時大量生産予約出版の流行を見る。その広告宣伝の狂態はしばらくおくも、後代にのこすと誇称する全集がその編集に万全の用意をなしたるか。千古の典籍の翻訳企図に敬虔の態度を欠かざりしか。さらに分売を許さず読者を繋縛して数十冊を強うるがごとき、はたしてその揚言する学芸解放のゆえんなりや。吾人は天下の名士の声に和してこれを推挙するに躊躇するものである。このときにあたって、岩波書店は自己の責務のいよいよ重大なるを思い、従来の方針の徹底を期するため、すでに十数年以前より志して来た計画を慎重審議この際断然実行することにした。吾人は範をかのレクラム文庫にとり、古今東西にわたって文芸・哲学・社会科学・自然科学等種類のいかんを問わず、いやしくも万人の必読すべき真に古典的価値ある書をきわめて簡易なる形式において逐次刊行し、あらゆる人間に須要なる生活向上の資料、生活批判の原理を提供せんと欲する。この文庫は予約出版の方法を排したるがゆえに、読者は自己の欲する時に自己の欲する書物を各個に自由に選択することができる。携帯に便にして価格の低きを最主とするがゆえに、外観を顧みざるも内容に至っては厳選最も力を尽くし、従来の岩波出版物の特色をますます発揮せしめようとする。この計画たるや世間の一時の投機的なるものと異なり、永遠の事業として吾人は微力を傾倒し、あらゆる犠牲を忍んで今後永久に継続発展せしめ、もって文庫の使命を遺憾なく果たさしめることを期する。芸術を愛し知識を求むる士の自ら進んでこの挙に参加し、希望と忠言とを寄せられることは吾人の熱望するところである。その性質上経済的には最も困難多きこの事業にあえて当たらんとする吾人の志を諒として、その達成のため世の読書子とのうるわしき共同を期待する。

昭和二年七月

《日本文学（現代）》〔緑〕

怪談 牡丹燈籠　三遊亭円朝
小説神髄　坪内逍遥
当世書生気質　坪内逍遥
アンデルセン 即興詩人 全二冊　森鷗外訳
ウィタ・セクスアリス　森鷗外
青年　森鷗外
雁　森鷗外
阿部一族 他二篇　森鷗外
山椒大夫・高瀬舟 他四篇　森鷗外
舞姫・うたかたの記 他三篇　森鷗外
渋江抽斎　森鷗外
鷗外随筆集　千葉俊二編
大塩平八郎 他三篇　森鷗外
浮雲　二葉亭四迷　十川信介校注
吾輩は猫である　夏目漱石
坊っちゃん　夏目漱石

草枕　夏目漱石
虞美人草　夏目漱石
三四郎　夏目漱石
それから　夏目漱石
門　夏目漱石
彼岸過迄　夏目漱石
漱石文芸論集　磯田光一編
行人　夏目漱石
こころ　夏目漱石
硝子戸の中　夏目漱石
道草　夏目漱石
明暗　夏目漱石
思い出す事など 他七篇　夏目漱石
文学評論 全二冊　夏目漱石
夢十夜 他二篇　夏目漱石
漱石文明論集　三好行雄編
倫敦塔・幻影の盾 他五篇　夏目漱石

漱石日記　平岡敏夫編
漱石書簡集　三好行雄編
漱石俳句集　坪内稔典編
漱石・子規往復書簡集　和田茂樹編
文学論 全二冊　夏目漱石
坑夫　夏目漱石
漱石紀行文集　藤井淑禎編
二百十日・野分　夏目漱石
五重塔　幸田露伴
努力論　幸田露伴
一国の首都 他一篇　幸田露伴
渋沢栄一伝　幸田露伴
飯待つ間 —正岡子規随筆選　正岡子規　阿部昭編
子規句集　高浜虚子選
病牀六尺　正岡子規
子規歌集　土屋文明編
墨汁一滴　正岡子規

仰臥漫録	正岡子規
歌よみに与ふる書	正岡子規
獺祭書屋俳話・芭蕉雑談	正岡子規
子規紀行文集	復本一郎編
正岡子規ベースボール文集	復本一郎編
金色夜叉 全二冊	尾崎紅葉
多情多恨	尾崎紅葉
不如帰	徳冨蘆花
武蔵野	国木田独歩
運命	国木田独歩
愛弟通信	国木田独歩
蒲団・一兵卒	田山花袋
田舎教師	田山花袋
一兵卒の銃殺	田山花袋
あらくれ・新世帯	徳田秋声
藤村詩抄	島崎藤村自選
破戒	島崎藤村
桜の実の熟する時	島崎藤村
夜明け前 全四冊	島崎藤村
藤村文明論集	十川信介編
生ひ立ちの記 他一篇	島崎藤村
島崎藤村短篇集	大木志門編
にごりえ・たけくらべ	樋口一葉
大つごもり・十三夜 他五篇	樋口一葉
修禅寺物語 正雪の二代目 他四篇	岡本綺堂
高野聖・眉かくしの霊	泉鏡花
歌行燈	泉鏡花
夜叉ケ池・天守物語	泉鏡花
草迷宮	泉鏡花
春昼・春昼後刻	泉鏡花
鏡花短篇集	川村二郎編
日本橋	泉鏡花
外科室・海城発電 他五篇	泉鏡花
海神別荘 他二篇	泉鏡花
鏡花随筆集	吉田昌志編
化鳥・三尺角 他六篇	泉鏡花
鏡花紀行文集	田中励儀編
俳句はかく解しかく味う	高浜虚子
俳句への道	高浜虚子
立子へ抄 ―虚子より娘へのことば	高浜虚子
回想 子規・漱石	高浜虚子
有明詩抄	蒲原有明
宣言	有島武郎
カインの末裔・クララの出家	有島武郎
一房の葡萄 他四篇	有島武郎
寺田寅彦随筆集 全五冊	小宮豊隆編
柿の種	寺田寅彦
与謝野晶子歌集	与謝野晶子自選
与謝野晶子評論集	鹿野政直・香内信子編
私の生い立ち	与謝野晶子
つゆのあとさき	永井荷風

濹東綺譚	永井荷風
荷風随筆集 全二冊	野口冨士男編
摘録 断腸亭日乗 全二冊	永井荷風 磯田光一編
すみだ川・新橋夜話 他一篇	永井荷風
あめりか物語	永井荷風
下谷叢話	永井荷風
ふらんす物語	永井荷風
荷風俳句集	加藤郁乎編
花火・来訪者 他十一篇	永井荷風
問はずがたり・吾妻橋 他十六篇	永井荷風
斎藤茂吉歌集	山口茂吉 柴生田稔 佐藤佐太郎 編
鈴木三重吉童話集	勝尾金弥編
小僧の神様 他十篇	志賀直哉
暗夜行路 全二冊	志賀直哉
志賀直哉随筆集	高橋英夫編
高村光太郎詩集	高村光太郎
北原白秋歌集	高野公彦編
北原白秋詩集 全二冊	安藤元雄編
フレップ・トリップ	北原白秋
友情	武者小路実篤
釈迦	武者小路実篤
銀の匙	中勘助
若山牧水歌集	伊藤一彦編
新編 みなかみ紀行	若山牧水 池内紀編
新編 百花譜百選	木下杢太郎画 前川誠郎編
新編 啄木歌集	久保田正文編
吉野葛・蘆刈	谷崎潤一郎
卍(まんじ)	谷崎潤一郎
谷崎潤一郎随筆集	篠田一士編
多情仏心 全二冊	里見弴
道元禅師の話	里見弴
今年竹 全二冊	里見弴
萩原朔太郎詩集	三好達治選
郷愁の詩人 与謝蕪村	萩原朔太郎
猫町 他十七篇	萩原朔太郎 清岡卓行編
恋愛名歌集	萩原朔太郎
恩讐の彼方に・忠直卿行状記 他八篇	菊池寛
菊池寛戯曲集 父帰る・藤十郎の恋	石割透編
河明り 老妓抄 他一篇	岡本かの子
春泥・花冷え	久保田万太郎
大寺学校 ゆく年	久保田万太郎
久保田万太郎俳句集	恩田侑布子編
室生犀星詩集	室生犀星自選
随筆 女ひと	室生犀星
室生犀星俳句集	岸本尚毅編
出家とその弟子	倉田百三
羅生門・鼻・芋粥・偸盗	芥川竜之介
地獄変・邪宗門・好色・藪の中 他七篇	芥川竜之介
河童 他二篇	芥川竜之介
歯車 他二篇	芥川竜之介
蜘蛛の糸・杜子春・トロッコ 他十七篇	芥川竜之介

侏儒の言葉・文芸的な、余りに文芸的な	芥川竜之介
芥川竜之介書簡集	石割透編
芥川竜之介随筆集	石割透編
蜜柑・尾生の信 他十八篇	芥川竜之介
年末の一日・浅草公園 他十七篇	芥川竜之介
芥川竜之介紀行文集	山田俊治編
田園の憂鬱	佐藤春夫
海に生くる人々	葉山嘉樹
葉山嘉樹短篇集	道籏泰三編
嘉村礒多集	岩田文昭編
日輪・春は馬車に乗って 他八篇	横光利一
宮沢賢治詩集	谷川徹三編
童話集 風の又三郎 他十八篇	宮沢賢治 谷川徹三編
童話集 銀河鉄道の夜 他十四篇	宮沢賢治 谷川徹三編
山椒魚・遙拝隊長 他七篇	井伏鱒二
川釣り	井伏鱒二
井伏鱒二全詩集	井伏鱒二
太陽のない街	徳永直
黒島伝治作品集	紅野謙介編
伊豆の踊子・温泉宿 他四篇	川端康成
雪国	川端康成
山の音	川端康成
川端康成随筆集	川西政明編
三好達治詩集	桑原武夫 大槻鉄男選
詩を読む人のために	三好達治
夏目漱石 全二冊	小宮豊隆
新編 思い出す人々	内田魯庵 紅野敏郎編
檸檬(レモン)・冬の日 他九篇	梶井基次郎
蟹工船 一九二八・三・一五	小林多喜二
富嶽百景・走れメロス 他八篇	太宰治
斜陽 他一篇	太宰治
人間失格・グッド・バイ 他一篇	太宰治
津軽	太宰治
お伽草紙・新釈諸国噺	太宰治
右大臣実朝 他一篇	太宰治
真空地帯	野間宏
日本唱歌集	堀内敬三 井上武士編
日本童謡集	与田準一編
至福千年	石川淳
小林秀雄初期文芸論集	小林秀雄
近代日本人の発想の諸形式 他四篇	伊藤整
小説の認識	伊藤整
中原中也詩集	大岡昇平編
ランボオ詩集	中原中也訳
晩年の父	小堀杏奴
夕鶴・彦市ばなし 他二篇 —木下順二戯曲選II—	木下順二
元禄忠臣蔵 全二冊	真山青果
随筆滝沢馬琴	真山青果
みそっかす	幸田文
古句を観る	柴田宵曲
俳諧随筆 蕉門の人々	柴田宵曲

岩波文庫の最新刊

E・H・カー著／中村研一訳
平和の条件

第二次世界大戦下に出版された戦後構想。破局をもたらした根本原因をさぐり、政治・経済・国際関係の変革を、実現可能なユートピアとして示す。
〔白二二一二〕 **定価一七一六円**

芥川龍之介選 澤西祐典・柴田元幸編訳
英米怪異・幻想譚

芥川が選んだ「新らしい英米の文芸」は、当時の〈世界文学〉最前線であった。芥川自身の作品にもつながる〈怪異・幻想〉の世界が、十二名の豪華訳者陣により蘇る。
〔赤N二〇八-一〕 **定価一五七三円**

正岡子規著
俳諧大要

正岡子規(一八六七―一九〇二)による最良の俳句入門書。初学者へ向けて要諦を簡潔に説く本書には、俳句革新を志す子規の気概があふれている。
〔緑一三-七〕 **定価五七二円**

レッシング作／笠原賢介訳
賢者ナータン

十字軍時代のエルサレムを舞台に、ユダヤ人商人ナータンが宗教的対立を超えた和合の道を示す。寛容とは何かを問うたレッシングの代表作。
〔赤四〇四-二〕 **定価一〇〇一円**

今月の重版再開

曲亭馬琴著／徳田武校注
近世物之本江戸作者部類
〔黄二二五-七〕 **定価一二七六円**

実吉捷郎訳
トオマス・マン短篇集
〔赤四三三-四〕 **定価一一五五円**

定価は消費税10％込です　2025.4

岩波文庫の最新刊

サン＝テグジュペリ作／野崎 歓訳

夜間飛行・人間の大地

「愛するとは、ともに同じ方向を見つめること」――長距離飛行の先駆者＝作家が、天空と地上での生の意味を問う代表作二作。原文の硬質な輝きを伝える新訳。

〔赤N五一六-二〕 **定価一二二一円**

久保田淳校注

百人一首

藤原定家撰とされてきた王朝和歌の詞華集（アンソロジー）。代表的な古典文学として愛誦されてきた。近世までの諸注釈に目配りをして、歌の味わいを楽しむ。

〔黄一二七-四〕 **定価一七一六円**

ショーペンハウアー著／藤野 寛訳

自殺について 他四篇

名著『余録と補遺』から、生と死をめぐる五篇を収録。人生とは欲望が満たされぬ苦しみの連続であるが、自殺は偽りの解決策として斥ける。新訳。

〔青六三二-一〕 **定価七七〇円**

ゲルツェン著／金子幸彦・長縄光男訳

過去と思索（七）

一八六三年のポーランド蜂起を支持したゲルツェンは、ロシアの世論から孤立し、新聞《コロコル》も終刊、時代の変化を痛感する。

（全七冊完結）〔青N六一〇-八〕 **定価一七一六円**

……今月の重版再開……

中勘助作

鳥の物語

〔緑五一-二〕 **定価一〇一二円**

中勘助作

提婆達多

〔緑五一-五〕 **定価八五八円**

定価は消費税10％込です　2025.5